比较文学与世界文学 研究丛书

主编 曹顺庆

二编 第 **23** 册

英美经典作家九论（下）

张 叉 著

花木兰文化事业有限公司

国家图书馆出版品预行编目资料

英美经典作家九论（下）／张叉 著 —— 初版 —— 新北市：花木
兰文化事业有限公司，2023〔民 112〕
目 2+164 面；19×26 公分
（比较文学与世界文学研究丛书 二编 第 23 册）
ISBN 978-626-344-334-1（精装）
1.CST：英国文学 2.CST：美国文学 3.CST：作家
4.CST：文学评论
810.8   111022127

ISBN-978-626-344-334-1

9 786263 443341

比较文学与世界文学研究丛书
二编 第二三册   ISBN：978-626-344-334-1

英美经典作家九论（下）

作　　者 张 叉
主　　编 曹顺庆
企　　划 四川大学双一流学科暨比较文学研究基地
总 编 辑 杜洁祥
副总编辑 杨嘉乐
编辑主任 许郁翎
编　　辑 张雅淋、潘玟静　美术编辑 陈逸婷
出　　版 花木兰文化事业有限公司
发 行 人 高小娟
联络地址 台湾 235 新北市中和区中安街七二号十三楼
　　　　 电话：02-2923-1455 ／传真：02-2923-1452
网　　址 http://www.huamulan.tw 信箱 service@huamulans.com
印　　刷 普罗文化出版广告事业
初　　版 2023 年 3 月
定　　价 二编 28 册（精装）新台币 76,000 元   版权所有 请勿翻印

英美经典作家九论（下）

张叉 著

目

次

乔治·戈登·拜伦的"诗的本身即是热情"评说

　　英国 19 世纪上半叶伟大的诗人乔治·戈登·拜伦（George Gordon Byron, 1788-1824）[1]有句流传很广的名言"诗的本身即是热情"[2]，这是他诗歌美学的核心。关于这一论断，中国国内外国文学史教材中一般都有提及，但是均无阐释。兹以"诗的本身即是热情"在中国知网"主题"检索，截至 2022 年 9 月 4 日，有文章 0 篇；以"拜伦"在中国知网"主题"检索，截至 2022 年 9 月 4 日，有文章 2223 篇，数量不可谓不多，但是这 2223 篇文章的题目中包含"诗的本身即是热情"字样的为 0 篇。如此看来，目前国内文学批评界对这个诗歌美学还关注严重不足，研究严重不够，这是令人遗憾的。鉴于此，本文拟就"诗的本身即是热情"作一个简单的探讨。其实，"诗的本身即是热情"是可以从四个层面来进行理解的，一是诗歌创作者是热情的人，二是诗歌创作是热情催生的结果，三是诗歌本身体现着热情，四是诗歌可以点燃他人的热情。

1　George Gordon Byron：1822 年，拜伦岳母朱迪斯·诺埃尔（Judith Noel）去世，他继承勋爵之位，随后遵其遗嘱改称"乔治·戈登·诺埃尔"（George Gordon Noel），有时候也称"诺埃尔·拜伦勋爵"（Lord Noel Byron，或译"诺艾尔·拜伦勋爵"），自签名"诺埃尔·拜伦"（"Noel Byron"，或译"诺艾尔·拜伦"），通常简称"拜伦勋爵"（Lord Byron）。鲁迅将"Byron"译作"裴伦"，详见：《鲁迅全集》第一卷，北京：人民文学出版社 1981 年版，第 66 页。

2　郑克鲁、蒋承勇主编《外国文学史》（第三版）上，北京：高等教育出版社 2015 年版，第 187 页。

一、热情的诗人

从字面上来看，"诗的本身即是热情"说的是诗歌。不过，诗歌是人创作的，只有具有热情的诗歌创作者，才能够创作出具有热情的诗歌，所以从实质来看，"诗的本身即是热情"说的也是诗歌创作者。拜伦在 1821 年 1 日 5 日的《日记》中写道，"上帝从混沌中创造世界，人民是从强烈的热情中诞生的"[3]。照这样来推断，强烈的热情中诞生的人也应该是具有强烈的热情的，而事实上，拜伦本人就是这样的一个人。卡罗琳·兰姆夫人（Lady Caroline Lamb）[4]对他有一个非常有名的描述，说他是一个疯狂、邪恶和危险的人（mad, bad and dangerous to know），就切中了他性格的某些侧面。其实，他早在孩童时期便展示出沉默的狂怒、无常的阴郁、强烈的报复之性格特征（silent rages, moody sullenness and revenge），成年后是一个才华横溢、天马行空、放荡不羁、激进好斗、豪情万丈的人，性格非常复杂，而热情奔放乃是其性格中一个十分引人注目的侧面。

（一）在家庭的剧烈情感碰撞

拜伦的性格是复杂的，当然也是充满感情的，这导致了他在同家庭其他人相处的过程中出现剧烈的感情碰撞，父子关系、母子关系、夫妻关系均很紧张。

拜伦的父亲约翰·拜伦（John Byron）是上尉军官，纨绔子弟，有约翰上尉"癫子杰克"拜伦（Captain John "Mad Jack" Byron）[5]之称，"癫子杰克"是其绰号。约翰·拜伦曾经引诱卡尔马森侯爵夫人（Marchioness of Caermarthen），非婚生下女儿奥古斯塔（Augusta）[6]。卡尔马森侯爵夫人离异后，他将其纳为妻室。然而，他对待她"残忍和恶毒"（brutal and vicious），她在生下两个女儿后便离开人世了。她离开人世后，乃续弦家产丰厚的凯瑟琳·戈登（Catherine Gordon）[7]，这就是乔治·戈登·拜伦的母亲。不久，拜

3　〔苏〕苏联科学院高尔基世界文学研究所编《英国文学史》第二卷第一分册，缪灵珠、秦水、蔡文显、廖世健、陈珍广译，北京：人民文学出版社 1984 年版，第 249 页。

4　Lady Caroline Lamb：或译"卡洛琳·兰姆夫人"。

5　"Mad Jack"：或译"疯子杰克"、"疯杰克"，分别见：聂珍钊主编《外国文学史》（第二版）上册，北京：高等教育出版社 2018 年版，第 224 页；梁实秋著《英国文学史》（三），北京：新星出版社 2011 年版，第 1002 页。

6　Augusta：或译"奥古斯达"、"奥格斯塔"、"奥古丝塔"与"奥古丝达"。

7　Catherine Gordon：或译"凯撒琳·高尔登"、"凯撒琳·戈登"，分别见：梁实秋著《英国文学史》（三），北京：新星出版社 2011 年版，第 1003 页；〔苏〕阿尼

伦出生。虽然拜伦的母亲颇有财产，但是他父亲挥霍无度，很快就把家产用光，随后将母亲和他遗弃，只身浪迹欧洲大陆。他3岁那年，父亲在流浪期间落魄潦倒，客死法国。父亲去世，他家境每况愈下，不得不随母亲来到苏格兰，一家人在阿伯丁城过着贫困、孤独的生活。拜伦就在这样的境况中度过了童年，而整个青年时期，他都将自己同周围隔绝开来，生活压抑，郁郁寡欢。自身的残疾、父亲的堕落、母亲的粗暴、家境的偃蹇等等在他心里留下阴影，孕育了敏感的性格，促成他成为一个具有浓重主观色彩、热情奔放的、激进的浪漫主义人物。从这种情况来看，他对父亲应该是充满强烈的厌恶之情的，父子关系紧张。

拜伦的母亲凯瑟琳·戈登是个富有激情的人，但是没有判断力，缺乏自制力，好饮贪杯，任性固执。拜伦1788年1月22日出生于伦敦，先天右脚畸形，行路微跛。在家里的时候，他嘲笑她"矮小肥胖"（short and corpulent），她在盛怒之下则直接以"跛脚淘气蛋"（"a lame brat"）[8]反唇相讥。根据《不列颠简明百科全书》（*Britannica Concise Encyclopedia*）记载，他"生来有一只脚为畸形，并且对于这个问题极端的敏感"（"Born with a clubfoot and was extremely sensitive about it"）[9]。事实上，他从很小的时候就对跛脚这个问题有清醒的认识，自称"跛行淘气鬼"（le diable boiteux）[10]。这在心理和身体上给他造成了一生的痛苦，他经常穿上特制的鞋子来掩盖畸形的右脚。他认为脚上的毛病让自己缺乏男子汉气概，苏格兰小说家约翰·高尔特（John Galt）则认为，拜伦的跛脚并不明显，所以拜伦过于敏感了，这是后话。不管怎么说，拜伦从小就自卑孤僻、缺少欢乐，往往有种孤独、抑郁情绪，非常自傲，高度敏感，极度以自我为中心，情感丰富，注重内心情感的抒发。安妮特·鲁宾斯坦（Annette T.Rubinstein）在《英国文学的伟大传统》（*The Great Tradition in English Literature*）说，拜伦的母亲"爱抱怨，易动怒，不时因孤独、困顿而

克斯特著《英国文学史纲》，戴镏龄、吴志谦、桂诗春、蔡文显、周其勋、汪梧封译，北京：人民文学出版社1959年版，第295页。

8　a lame brat：汉译或作"腐脚淘气鬼"、"腐子淘气鬼"、"拐子淘气鬼"、"腐脚魔鬼"、"腐子魔鬼"、"拐子魔鬼"、"腐脚撒旦"、"腐子撒旦"与"拐子撒旦"。

9　*Britannica Concise Encyclopedia*, Shanghai: Shanghai Foreign Language Education Press, 2008, p.265.

10　le diable boiteux：此系法语，英译作"the limping devil"，汉译或作"跛行魔鬼"与"跛行撒旦"。

几乎神经错乱"（"…embittered, enraged, and at times almost demented by loneliness and frustration…"[11]）。乔治·桑普森（George Sampson）在《简明剑桥英国文学史》（*The Concise Cambridge History of English Literature*）中说：

> 他母亲几乎算得上世上最糟糕的家长。贫穷的困扰，对这个漂亮的跛脚男孩的爱和恨使母亲有时候讥讽孩子的跛脚，使他痛苦，有时盛怒又使孩子几乎发疯。……有些人难以理解他们所谓的拜伦的愤世嫉俗的态度，因为他们忘记了许多事实，特别是忘记了这位高傲敏感的孩子在他可塑性最强的岁月里，由于贫困潦倒和半疯癫母亲的盛怒所受的折磨。很少有哪位年轻的诗人经受过这么悲惨的童年[12]。

苏联科学院高尔基世界文学研究所编《英国文学史》说："母亲是个智力不高而性情乖戾的妇女，她喜怒无常而急躁，这使拜伦十分反感。"[13]也就是说，她对他时而怜爱，娇惯放纵，时而粗暴，雪上加霜，于是乎，他对她心生憎恶，母子关系失诸紧张。

1815年1月2日，拜伦同安妮·伊莎贝拉·米尔班克（Anne Isabella Milbanke）[14]在达勒姆郡的西厄姆大厅（Seaham Hall, County Durham）举行婚礼。米尔班克是个具有严肃宗教观、道德高尚、生性聪明、有数学天赋的姑娘，她嫁给他就是为了对他进行"改造"（"reform"）。1816年1月16日，仅仅在结婚第二年女儿奥古斯塔·艾达·拜伦（Augusta Ada Byron）出生后不久，她便失望地声称"他是疯子"（"he was insane"[15]），带着刚刚满月的女儿离开了他。她向他提出分居，他心中大惊，致函请她重新考虑，她却不为所动，再也

11　Annette T.Rubinstein, *The Great Tradition in English Literature*, Volume II, New York and London: Modern Reader Paperbacks, 1969, p.494.

12　〔英〕乔治·桑普森《简明剑桥英国文学史》（十九世纪部分），刘玉麟译，上海：上海外语教育出版社1987年版，第10页。

13　〔苏〕苏联科学院高尔基世界文学研究所编《英国文学史》第二卷第一分册，缪灵珠、秦水、蔡文显、廖世健、陈珍广译，北京：人民文学出版社1984年版，第251页。

14　Anne Isabella Milbanke：或译"安·米尔班克"、"阿娜贝儿·密尔班克"，分别见：〔英〕乔治·桑普森《简明剑桥英国文学史》（十九世纪部分），刘玉麟译，上海：上海外语教育出版社1987年版，第12页；〔苏〕阿尼克斯特著《英国文学史纲》，戴镏龄、吴志谦、桂诗春、蔡文显、周其勋、汪梧封译，北京：人民文学出版社1959年版，第295页。

15　*A Short History of English Literature*, Newly Revised and Enlarged Edition, compiled by Liu Bingshan, Zhengzhou: Henan People's Press, 2007, p.225.

不愿意回到他身边了。1816 年 3 月 17 日，拜伦签署分居协议，婚姻破裂了。米尔班克对拜伦的"改造"失败了，这从另一个侧面说明他的个性是多么的倔犟，夫妻关系是多么的紧张乃至于势若水火，不可调和。

（二）在爱情上的热烈追逐

拜伦早在孩童时期便展示出有依恋和痴迷的早熟倾向（a precocious bent for attachment and obsession），与此同时，也夹杂着饱含情感的甜蜜和顽皮（affectionate sweetness and playfulness），这种性格对其他人尤其是异性是很具有吸引力的，这就为他在成年爱情生活方面遍地开花、泛滥成灾创造了条件。

拜伦在爱情上是一个成熟早、觉醒早的人。拜伦在 8 岁的时候，对远房表妹玛丽·达芙（Mary Duff, his distant cousin）产生了强烈的感情，他本人对此有详细描述：

> 在一个我既没有感情，也不知道这个词的意思和效果的时代，我竟然如此真心地喜欢这个姑娘，这是多么奇怪啊！我母亲总是唤起我这种孩子气的感情，最后，多年以后，在我十六岁的时候，有一天她告诉我，"哦，拜伦，我收到了一封爱丁堡来的信，你的老情人玛丽·达芙嫁给了 C*** 先生了。"那么，我的回答是什么呢？我真的无法解释或阐述我那个时刻的感受，但这个消息几乎让我抽搐了。这一切究竟是怎么如此早地发生了的？它的起源是什么？当然，打那以后很多年，我对性都没有了想法；然而，我的痛苦，我对那个女孩的爱意还是如此强烈，我有时甚至产生怀疑，从那以后我是否还真的有爱。尽管如此，几年后听到她结婚的消息就如同九天雷霆——几乎让我窒息——让我的母亲感到恐惧，几乎让每个人都感到惊讶和怀疑。这是我生存中的一种现象（因为我还不到八岁），它使我困惑，直到最近，我都不知道为什么，像以前一样，回忆（而不是依恋）之情重新浓浓地生发了。然而，我想得越多，就越对找到这种早熟的任何原因这事感到困惑[16]。

除了玛丽·达芙之外，拜伦还对另一个远房表妹玛格丽特·帕克（Margaret Parker）产生过感情。他孩童时期，对他家第一批守护人中的一个苏格兰女子梅（May）、有时也叫玛丽（Mary）、格雷（Gray）的产生过性意识。关于上面

---

16 "George Gordon Byron Biography", https://www.poemhunter.com/george-gordon-byron-3.

提及的他的两次恋爱经历，安妮特·鲁宾斯坦在《英国文学的伟大传统》中也有只言片语的记载：

> At seventeen, after having felt himself wildly in love with at least twice-once, in early adolescence with a young cousin who died, and again in his last two years at school, with an older, more distant relative who married——he entered Cambridge, spent many times his generous £500 allowance (one of the largest at the college) in living as he thought a lord should live, drinking and gambling, which he disliked, and giving ostentatious entertainments which he liked very much[17].

> 他十七岁的时候，发觉自己至少两次疯狂地恋爱了——一次是在青春期初期，他爱上了一个小表妹，在哈罗中学的最后两年里，他又爱上了一个年龄比他大的、关系更远的已婚亲戚——他进入剑桥大学，多次慷慨花费 500 英镑津贴（这个学院里金额最大的津贴）于生活，这是他认为勋爵应该过的生活，喝酒、赌博，这些他不喜欢，举办炫耀性的娱乐活动，这些是他非常喜欢的。

拜伦成年后身长一米八〇，美风姿，有才艺。有个英国人在君士坦丁堡遇见过他，这个英国人描述当时的情形说：

> 他穿着一件紫红色外衣，绣满了金线，颇似英国副官的礼服，肩头有两个大的饰章……。他的相貌非常俊秀，若不是两只绿眼奕奕有神，则颇有女性的样子。走进内厅，他脱下了带羽毛的折边帽，露出了一头的鬈曲的赤褐色的头发，使他的面庞格外显得美丽[18]。

拜伦喜招摇，好夸张，以引人注目为乐事。他的外在风貌、内在气质都很有特点，这些都是有吸引力的。实际上，他就是个风流鬼，韵事不断。

1801 年，拜伦到哈罗中学（Harrow School）[19]读书。1803 年夏，时年 15 岁的他爱上一个年龄比他大的女子玛丽·查沃斯（Mary Chaworth）[20]，乔治·

---

17 Annette T.Rubinstein, *The Great Tradition in English Literature*, Volume II, New York and London: Modern Reader Paperbacks, 1969, p.494.

18 梁实秋著《英国文学史》（三），北京：新星出版社 2011 年版，第 1003-1004 页。

19 Harrow School：或译"哈娄学校"、"哈罗公学"，分别见：梁实秋著《英国文学史》（三），北京：新星出版社 2011 年版，第 1002 页；〔苏〕叶利斯特拉托娃著《拜伦》，周其勋译，上海：上海译文出版社 1985 年版，第 15 页。

20 Mary Chaworth：或译"玛丽·查沃恩"、"玛丽·查沃思"、"玛丽·查华思"，桑普森著的《简明剑桥英国文学史》记载："他中学时代也有一段韵事，这就是他对玛丽·安·查沃恩的单恋。"[21]拜伦为情所困，拒绝在 1803 年 9 月返回哈罗中学。他的母亲写道，他没有什么不适，他只有爱，绝望的爱，这是最坏的疾病，简而言之，这个男孩心烦意乱地爱上了查沃斯。"由于爱情的鼓舞，拜伦写了一些热烈的抒情诗。"[22]两年后，查沃斯嫁给了一个贵族青年，拜伦本人也在后来的回忆录中写道，查沃斯是他成年后的第一个性爱对象，"还念念不忘他的第一次恋爱"[23]。拜伦进入剑桥大学后，过上了奢华、放纵的日子，玛格丽特·德拉布尔（Margaret Drabble）编辑的《牛津英国文学词典》（The Oxford Companion to English Literature）记载："1805 年，他这样一个非常英俊的年轻人去了剑桥大学，轮番在剑桥和伦敦沉醉于奢侈、放荡的生活，断断续续地去课堂学习。"（"In 1805, an extremely handsome young man, he went up to Cambridge, where he attended intermittently to his studies between extravagant debauches there and in London."[24]）

1809 年，拜伦同朋友约翰·卡姆·霍布豪斯赴东方漫游，其初步成果是写出了《恰尔德·哈洛尔德游记》前两章，这让他名声鹊起，这对她的风流韵事起到了推波助澜的作用："诗中那位浪漫的贵族公子或多或少地被人视作诗人的化身，从而增强了他关于风流韵事的传闻。在三年时间里，他成为英国上流社会崇拜的偶像，不断受到倾心的姑娘们的追逐，其中之一是梅尔本勋爵的夫人小说家卡罗琳·兰姆。她的苦恋在当时引起了物议。"[25]

分别见：〔英〕乔治·桑普森著《简明剑桥英国文学史》（十九世纪部分），刘玉麟译，上海：上海外语教育出版社 1987 年版，第 11 页；爱伦·坡著《拜伦与查沃斯小姐》，曹明伦译，《中国翻译》2021 年第 3 期，第 176 页；〔苏〕阿尼克斯特著《英国文学史纲》，戴镏龄、吴志谦、桂诗春、蔡文显、周其勋、汪梧封译，北京：人民文学出版社 1959 年版，第 296 页。

21 〔英〕乔治·桑普森著《简明剑桥英国文学史》（十九世纪部分），刘玉麟译，上海：上海外语教育出版社 1987 年版，第 10-11 页。

22 〔苏〕阿尼克斯特著《英国文学史纲》，戴镏龄、吴志谦、桂诗春、蔡文显、周其勋、汪梧封译，北京：人民文学出版社 1959 年版，第 296 页。

23 〔苏〕阿尼克斯特著《英国文学史纲》，戴镏龄、吴志谦、桂诗春、蔡文显、周其勋、汪梧封译，北京：人民文学出版社 1959 年版，第 296 页。

24 The Oxford Companion to English Literature, the Sixth Edition, edited by Margaret Drabble, Oxford / Beijing: Oxford University Press / Foreign Language Teaching and Research Press, 2005, p.157.

25 〔英〕乔治·桑普森著《简明剑桥英国文学史》（十九世纪部分），刘玉麟译，上海：上海外语教育出版社 1987 年版，第 11 页。

在拜伦众多绯闻中，同威廉·兰姆（William Lamb）的妻子卡罗琳·兰姆夫人之间的一段感情最遭人议论。1812 年 3 月 25 日，兰姆夫人在梅尔本邸宅见到拜伦，就爱上了他，两人开始了一场非常公开的恋爱，这震惊了英国公众。他最终对她心生厌倦，于是同她断绝恋爱，迅速转向牛津夫人（Lady Oxford）等其他女人，而她却一直扭住他不放，无法完全恢复正常生活。她情绪不安，体重大减，以至于拜伦对她岳母、朋友梅尔本夫人（Lady Melbourne）无情地评论说，他被骷髅困扰（haunted by a skeleton）。一天，她在他办公桌上写道："记住我！"（Remember me!）他作了一首题为《记住你！》（"Remember Thee! Remember Thee!"）的诗歌作为反驳，结尾一句云："你是他的错误，你是我的恶魔。"（Thou false to him, thou fiend to me.[26]）

1816 年，拜伦和米尔班克的婚姻破裂，一时流言蜚语四起，传他搞婚姻暴力，同众多女演员通奸，跟同父异母姐姐奥古斯塔乱伦，与人行鸡奸。卡罗琳·兰姆夫人也醋意大发、推波助澜，"他的韵事流传使他成为全国最轰动的人物"[27]。1816 年 4 月 25 日，他离开英国，一去八年，至死未回，甚至安葬女儿时都没有回国，其中一个重要的原因是，他离开英国时已面临鸡奸和乱伦的指控，离开英国可以逃避指控，避免把所有风流韵事揭露于光天化日之下。

1816 年夏天，拜伦在瑞士日内瓦湖旁的迪奥达蒂别墅（the Villa Diodati）定居下来，他在这里结识了珀西·比希·雪莱（Percy Bysshe Shelley）、雪莱的未婚妻玛丽·戈德温（Mary Godwin）、玛丽·戈德温继母的女儿克莱尔·克莱尔蒙特（Claire Clairmont）[28]。拜伦与克莱尔蒙特同居，并且怀了孕。怀了孕的克莱尔蒙特被送回伦敦，1717 年，非婚生下女儿克拉拉·阿莱格拉·拜伦（Clara Allegra Byron）。

据说，拜伦与他在纽斯特德（Newstead）[29]雇佣的一个名叫露西（Lucy）的

---

26 A.S.B.Glover, *A Selection of Byron's Poems*, London: Penguin Books Limited, 1954, p.44.

27 梁实秋著《英国文学史》（三），北京：新星出版社 2011 年版，第 1004 页。

28 Claire Clairmont：或译"克雷尔·克雷蒙"。

29 Newstead：或译"纽斯台"、"纽斯台德"、"纽斯泰德"，分别见：梁实秋著《英国文学史》（三），北京：新星出版社 2011 年版，第 1002 页；〔苏〕苏联科学院高尔基世界文学研究所编《英国文学史》第二卷第一分册，缪灵珠、秦水、蔡文显、廖世健、陈珍广译，北京：人民文学出版社 1984 年版，第 252 页；聂珍钊主编《外国文学史》（第二版）上册，北京：高等教育出版社 2018 年版，第 225 页。

女仆生了一个儿子，其诗歌《致儿子》（"To My Son"）就是写给这个私生子的。

拜伦南下意大利威尼斯过冬，爱上了玛丽安娜·西加蒂（Marianna Segati），于是暂停旅行，在威尼斯住下来。很快，他移情别恋，同 22 岁的房东太太玛格丽塔·科尼（Margarita Cogni）恋爱，而西加蒂和科尼两个都是已婚女人了。科格尼是个文盲，她离开丈夫，搬进了拜伦在威尼斯的房子里。两人的争斗经常使拜伦不得安宁，他只好在冈朵拉（Gondola）[30]过夜。拜伦不堪其苦，要求她搬出房子，同她分手，性子刚烈的科尼竟然举身投入威尼斯运河自杀。

在威尼斯期间，拜伦成为了当时威尼斯贵族社会所谓"有夫之妇的情夫"（cavaliere servente）[31]，这就是美国俚语中所谓"女人杀手"（"lady-killer"，"ladies' man"，"lover-boy"，"lady's man"[32]）了。1818 年，拜伦遇到 18 岁的戴丽莎·古契欧利（Teresa Guiccioli）[33]。戴丽莎嫁给古契欧利伯爵时年仅 16 岁，而古契欧利伯爵已经 58 岁了。遥想 18 岁花季的戴丽莎见到比丈夫小 30 岁、英俊潇洒、才华横溢、正值 30 岁盛年的拜伦，心中何其兴奋。她在他身上找到了初恋的感觉，他反过来要她跟他私奔。有一段时间，拜伦成为戴丽莎家中的一员，戴丽莎与古契欧利伯爵时起勃豀，矛盾渐深，终至婚姻破裂，劳燕分飞，戴丽莎搬回娘家居住。1821 年，戴丽莎举家迁至比萨（Pisa）[34]，拜伦如影随形，穷追不舍，一路跟到了比萨。

拜伦的父亲同第一任妻子卡尔马森侯爵夫人婚后生了两个女儿，其中只有一个存活下来，这就是拜伦的同父异母的姐姐奥古斯塔。奥古斯塔在母亲去世后寄养于外祖母家，长大后嫁给上校乔治·李（George Leigh），夫妇失睦。奥古斯塔比拜伦大 4 岁，他小时候很少见到她，成年后，同她建立了密切的关系。他从欧洲大陆回来后，同她往来逐渐频繁。关于他俩的关系，一些人认为是清白的，还有一些人却认定为乱伦，这方面的绯闻不少。有人宣称，奥古斯塔的孩子伊丽莎白·梅多拉·李（Elizabeth Medora Leigh）乃拜伦之私生女，拜伦在 1809 年 1 月 17 日从纽斯特德修道院写给约翰·汉森（John Hanson）

---

30 Gondola：或译"刚多拉"与"贡多拉"，意大利威尼斯一种特殊的水上小划船。

31 梁实秋著《英国文学史》（三），北京：新星出版社 2011 年版，第 1006 页。

32 〔美〕罗伯特·查普曼博士编，粟旺、徐存尧编审《美国俚语大全》，北京：中国对外翻译出版公司 1989 年版，第 524 页。

33 Teresa Guiccioli：或译"戴丽莎·吉奇奥利"、"特蕾莎·圭乔利"、"德利萨·圭契奥利"、"特雷沙·古巴·格维奇奥里"。戴丽莎·古契欧利即古契欧利伯爵夫人（Countess Guiccioli）。

34 Pisa：或译"皮萨"。

的信中提到了相关情况。还有人宣称，拜伦同奥古斯塔生下了私生女，此女流落于法国，拜伦的诗歌《歌词》（"Stanzas for Music"）写的就是这件事情：

I speak not, I trace not, I breathe not thy name,

There is grief in the sound, there is guilt in the fame:

But the tear which now burns on my cheek may impart

The deep thoughts that dwell in that silence of heart.

Too brief for our passion, too long for our peace,

Were those hours - can their joy or their bitterness cease?

We repent, we abjure, we will break from our chain,

We will part, we will fly to - unite it again!

你的名字我不敢想也不敢说，

说出来有苦痛，传出去是罪过：

但是我的颊上的热泪可以透露

我心中闷积的深深的痛苦。

为了我们的热情，那段时间太短，

为了我们的安宁又太长——其苦乐可有个完？

我们悔恨，我们弃绝，我们要打破这锁链而去，

我们离开它，我们逃避它——又把它联结在一起[35]！

拜伦是否同奥古斯塔乱伦？梁实秋认为确有其事，他结合这首诗歌点评说："看他多么悔恨，又多么一往情深。他深陷在感情的阱里而不能自拔。乱伦的畸恋是不可原宥的，但是世人若想到拜伦的禀性和他有异常人的丰沛情感，似宜哀矜勿喜。"[36]梁实秋甚至断定："除了对于他的异母姊奥格斯塔之外他可以说是不曾真正恋爱过。"[37]这个断语未必可信。桑普森在《简明剑桥英国文学史》中写道："拜伦父亲的第一个夫人卡马森侯爵夫人，他对她十分粗暴。她生下一个女儿奥古斯塔，拜伦后来因和她过从甚密而受谤。"[38]拜伦同奥古斯塔乱伦之事未必属实。不过，至少两人关系十分亲密，这一点是板上

---

35 梁实秋著《英国文学史》（三），北京：新星出版社 2011 年版，第 1004-1005 页。

36 梁实秋著《英国文学史》（三），北京：新星出版社 2011 年版，第 1005 页。

37 梁实秋著《英国文学史》（三），北京：新星出版社 2011 年版，第 1004 页。

38 〔英〕乔治·桑普森《简明剑桥英国文学史》（十九世纪部分），刘玉麟译，上海：上海外语教育出版社 1987 年版，第 10 页。

钉钉、确凿无疑了。

关于拜伦的感情生活，除了"异性恋"说外，还有"同性恋"说、甚至"双性恋"说。传记作家菲奥娜·麦卡西（Fiona MacCarthy）认为，拜伦真正的性渴望是针对青春期男性的。另一位传记作家莱斯利·马尚德（Leslie Marchand）则提出了一个有争议的理论，他认为格雷勋爵（Lord Grey）对拜伦的性爱企图促使拜伦后来与哈罗中学（1801-1805）和剑桥大学（University of Cambridge, 1805-1808）的年轻男子发展了性关系。《不列颠简明百科全书》可能也是支持"双性恋"说的，其"拜伦"词条云：

> Childe Harold's Pilgrimage (1812-18), a poetic travelogue expressing melancholy disillusionment, brought him fame, while his complex personality, dashing looks, and many scandalous love affairs, with women and with boys, captured the imagination of Europe[39].

> 一部表达忧郁幻灭感的诗歌游记作品《恰尔德·哈洛尔德游记》（1812-1818）给他带来了声誉，而他复杂的个性、时髦的外表以及同诸多妇人和小伙之间诽谤性的桃色事件则吸引了欧洲的注意力。

拜伦到底是异性恋还是同性恋、双性恋，这些都是值得进一步研究的事情。不过，有一点是可以肯定的，拜伦在感情方面大异于常人，他性觉醒很早，性成熟很早，性意识敏感，性活动丰富，他有无穷的性兴趣、强烈的性冲动、旺盛的性精力，这不得不令人叹为观止。英国史学家托马斯·巴宾顿·马考莱（Thomas Babington Macaulay）于 1830 年在《爱丁堡评论》（The Edinburgh Review）上撰发文章，称拜伦是"多情的、变态的、潦倒的勋爵，有缺陷的美男子"[40]。中国诗人苏曼殊在《〈潮音〉自序》中评论说："他整个的生活、事业和著作，都缠结在恋爱和自由之间。"[41]中国学者梁实秋在《英国文学史》

---

39 原文是："Childe Harold's Pilgrimage （1812-18）, a poetic travelogue expressing melancholy disillusionment, brought him fame, while his complex personality, dashing looks, and many scandalous love affairs, with women and with boys, captured the imagination of Europe." 详见：Britannica Concise Encyclopedia, Shanghai: Shanghai Foreign Language Education Press, 2008, p.265.

40 〔苏〕苏联科学院高尔基世界文学研究所编《英国文学史》第二卷第一分册，缪灵珠、秦水、蔡文显、廖世健、陈珍广译，北京：人民文学出版社 1984 年版，第 142 页。

41 转引自：石在中《论拜伦对苏曼殊的影响》，《湖北教育学院学报》1998 第 3 期，第 27 页。

中评论说，"他用情太滥，不能自制，他任性放肆，骇世震俗"[42]，很有道理。用情太滥也好，任性放肆也罢，这些何尚不是他在爱情上的强烈表达、释放，只是这种表达、释放来得太快、太多、太猛以至于泛滥而已。

（三）在贵族社会的激烈政治交锋

拜伦出身没落贵族，父亲是英格兰世家，母亲是苏格兰豪门。1798 年，拜伦的堂祖父、第五任拜伦男爵、"邪恶"的拜伦勋爵（"wicked" Lord Byron）去世，年仅十岁的拜伦成为罗奇代尔第六代拜伦男爵（the 6th Baron Byron of Rochdale），同时还继承了在诺丁汉的祖传房产纽斯特德修道院（Newstead Abbey）[43]，家境有所好转。1801-1805 年，他在哈罗中学接受教育，1805-1808 年，在剑桥大学深造，大学毕业后达到成年，立即进入了上流社会。1809 年 3 月 13 日，他在英国上议院（the House of Lords）获得席位，在纽斯德修道院大摆筵席以示庆祝。但是，他是一个有思想见解、热情奔放、耿介豪爽、敢于直言的人，经常对政治、社会的阴暗面进行批评、讽刺，为普通的人民群众仗义执言，完全不忌讳得罪上流社会。从这个角度看，他是反叛于自己所在的阶级的，而且这种反叛精神十分强烈。他不仅一点也不能代表贵族阶级，而且还完全站到了贵族阶级的对立面，与贫民阶级同列。

1809-1811 年，拜伦游历了葡萄牙、西班牙、阿尔巴尼亚、希腊、土耳其等一些南欧与西亚国家，一回国便投入到政治事业中，成为人民事业坚定的支持者。1811 年，卢德运动（Luddite）[44]在诺丁汉爆发，1812 年，在英格兰迅速蔓延，许多工厂、工厂里的机器都遭到手摇纺织织工的焚毁，英国政府准备采取措施进行镇压。1812 年 2 月 27 日，英国政府就对毁坏机器的人实行死刑的法案举行第二次听证会，时年仅 24 岁的拜伦第一次在上议院发表演说。在这次演说中，他对军队在诺丁汉对卢德派进行的镇压竭力嘲讽，对镇压卢德运动

---

42 梁实秋著《英国文学史》（三），北京：新星出版社 2011 年版，第 1007 页。

43 Newstead Abbey: 或译"纽斯台寺院"、"纽斯台德寺"、"纽斯台德修道院"、"纽斯台德的庄园"，分别见：梁实秋《英国文学史》（三），北京：新星出版社 2011 年版，第 1002 页；〔英〕阿尼克斯特著《英国文学史纲》，戴镏龄、吴志谦、桂诗春、蔡文显、周其勋、汪梧封译，北京：人民文学出版社 1959 年版，第 296 页；〔英〕乔治·戈登·拜伦著，郑法清、谢大光主编《拜伦书信选》，王昕若译，天津：百花文艺出版社 2012 年版，第 22 页；〔苏〕苏联科学院高尔基世界文学研究所编《英国文学史》第二卷第一分册，缪灵珠、秦水、蔡文显、廖世健、陈珍广译，北京：人民文学出版社 1984 年版，第 252 页。

44 Luddite: 或译"鲁德运动"。

竭力反对：

> 这些人愿意垦地，但是铲子在别人手里；他们不羞于行乞，但是无人肯加救济。他们自己谋生之路已被切断；其他职业均早已填满；他们的过分激烈的行为，不管是怎样可恶，是不足为异的。
>
> 你们称这些人为暴民，激烈、危险、无知；要想安抚这"多头的民众"好像是只有砍掉他的几颗多余的头之一途。但是即使是民众，如果待之以和解与坚定的态度，也可使之回复于理性，总比格外刺激与加倍膺惩要好得多。我们知否我们仰赖民众的是什么吗？在田里为你辛劳的是民众，在家里服侍你的是民众，服役海军陆军的是民众，使你能够君临世界的是民众，可是忽略与灾难使得他们走投无路时他们也能起来与你为敌。诸君可以称民众为暴民，但勿忘暴民往往正是代表人民的心情[45]。

根据文学史料记载："这个演说简短而有力，体现了对这个国家状况有一定的了解，也表达了对织工状况的深切同情。"（It was short and powerful, and showed a certain understanding of the state of the country, as well as a deeply felt sympathy for the condition of the weavers[46].）至于他这次演说为何言辞如此激烈，可能和他此前一次返回诺丁汉庄园的见闻有关系：

> Meanwhile, on a visit to his estate in Nottingham, Byron had been deeply moved by the misery of the Nottingham hand weavers who, thrown out of work by the introduction of a machine loom, were literally starving with no government relief whatsoever[47].
>
> 与此同时，拜伦在一次参观他在诺丁汉的庄园期间，被诺丁汉手工织工的痛苦所深深感动，他们因引进的织布机而失去工作，简直就是在挨饿，几乎没有丝毫政府的救济。

了解了他这次见闻，就不难理解他在议会演说中寄托的感情了。很显然，他在演说中反对社会不公平，观点非常明确，言辞极其激烈。十年后，他在《杂想》中回顾当时在上议院演讲的情形说："使我那时感到窘迫或激动（当时我

---

45 梁实秋著《英国文学史》（三），北京：新星出版社 2011 年版，第 1007-1008 页。

46 Annette T.Rubinstein, *The Great Tradition in English Literature*, Volume II, New York and London: Modern Reader Paperbacks, 1969, p.497.

47 Annette T.Rubinstein, *The Great Tradition in English Literature*, Volume II, New York and London: Modern Reader Paperbacks, 1969, p.497.

这两种感受都非常强烈）的不是听众的质量，而是听众的数量，还因为我想的是议会外的公众，而不是议会里的人。"[48]

　　1812 年 4 月 21 日，他在上议院发表第二次演说，阐明自己对爱尔兰问题的看法，"无情地揭露拥护压迫爱尔兰这一民族主义政府的人的伪善的假仁假义态度"[49]，对英国统治下的爱尔兰人民表现出了极大的同情。1813 年 6 月 1 日，他发表最后一次议会演说，就著名激进分子约翰·卡特莱特（John Cartwright）起草的议会与司法改革提出了措辞尖锐的申述。他还在上议院发表演说，呼吁解放天主教与废除债权人监狱。从总体上看，拜伦在上议院的演讲都具有言辞极其激烈的特点，是其拜伦式的狂烈的情感大爆发。

　　除了上议院演讲之外，拜伦对贵族社会的激烈交锋还体现在他的文学创作上。1812 年，他创作诗歌《华尔兹》（"The Waltz"），"因反对来自日耳曼的舞步，他也批判到了英国的日耳曼裔的王室"[50]。特别值得一提的是他通过创作诗歌《致一位哭泣的淑女》（"Lines to a Lady Weeping"）对英国上层社会进行了讽刺、反对。"一位哭泣的淑女"指的是威尔士的夏洛蒂公主（Princess Charlotte of Wales），其父乔治·奥古斯塔斯·弗雷德里克（George Augustus Frederick）当时是英国的摄政王[51]，后于 1820 年作了英国国王，史称乔治四世（George IV, 1762-1830）。此人性格极端顽固，对任何改革均持反对态度，十分反动。夏洛蒂公主十多岁便开始积极参加政治活动，与父亲不同的是，她政治观点较为进步，对于辉格党持支持态度。1812 年春，年仅 16 岁的夏洛蒂公主同摄政王和其他要员辩论，在激烈的争辩中悲愤难当，竟忍不住潸然泪下。拜伦听说这件事后就创作了这首诗歌，讽刺非常辛辣：

　　　　　　Weep, daughter of a royal line,

　　　　　　　　A Sire's disgrace, a realm's decay;

　　　　　　Ah! happy if each tear of thine

48　〔苏〕苏联科学院高尔基世界文学研究所编《英国文学史》第二卷第一分册，缪灵珠、秦水、蔡文显、廖世健、陈珍广译，北京：人民文学出版社 1984 年版，第 284-285 页。

49　〔苏〕苏联科学院高尔基世界文学研究所编《英国文学史》第二卷第一分册，缪灵珠、秦水、蔡文显、廖世健、陈珍广译，北京：人民文学出版社 1984 年版，第 289 页。

50　梁实秋著《英国文学史》（三），北京：新星出版社 2011 年版，第 1013 页。

51　摄政王：正式头衔为"大不列颠及爱尔兰联合王国摄政"（Regent of the United Kingdom of Great Britain and Ireland）。

Could wash a father's fault away!

Weep-for thy tears are Virtue's tears

    Auspicious to these suffering isles;

And be each drop in future years

    Repaid thee by thy people's smiles![52]

为父王的耻辱，王国的衰颓，

    你尽情哭泣吧，皇家的公主!

但愿你的每一滴泪水

    能洗掉父亲一桩错处。

你的眼泪是"美德"的眼泪，

    将为这多难的岛国造福;

人民将会在未来的年岁

    以笑颜回报你每一滴泪珠[53]。

    显然，这首诗歌的矛头是直指英国最高统治者的，所以引起伦敦当局盛怒。与此类似，拜伦在诗作《审判的幻景》（"The Vision of Judgement"）[54]中也讽刺了英国国王，攻击了英国王室，第 18 节:

"No," quoth the Cherub; "George the Third is dead."

"And who is George the Third?" the Apostle;

"What George? what Third?" "The King of England," said

The Angel. "Well, he won't find kings to jostle

Him on his way; but does he wear his head?

Because the last we saw here had a tussle,

And ne'er would have got into the heaven's good graces,

Had he not flung his head in all our faces."[55]

---

52 〔英〕拜伦著《拜伦诗选》（英汉对照），杨德豫译，北京：外语教学与研究出版社 2011 年版，第 54 页。

53 〔英〕拜伦著《拜伦诗选》（英汉对照），杨德豫译，北京：外语教学与研究出版社 2011 年版，第 55 页。

54 "The Vision of Judgement"：或译"《审判的幻象》"、"《审判的幻境》"、"《审判的幻影》"。

55 *The Norton Anthology of English Literature*, the Sixth Edition, Volume 2, London: W.W.Norton and Company, 1993, p.549.

天使说："不。是乔治三世晏驾。"

圣徒问："乔治三世何许人也？"

天使答："他就是英王陛下。"

"噢，那一路上不会有许多国王拥挤，

但是他颈上的头颅是否已搬家？

上次来的那位就跟我们发生口角，

本来他并无资格来天国受宠爱，

若不是他当着我们扔掉脑袋。"[56]

这只是《审判的幻景》中的一节，且再看一节，第 25 节：

As he drew near, he gazed upon the gate

Ne'er to be entered more by him or sin.

With such a glance of supernatural hate,

As made Saint Peter wish himself within;

He pottered with his keys at a great rate,

And sweated through his apostolic skin:

Of course his perspiration was but ichor,

Or some such other spiritual liquor [57].

天使回答道："彼得，不要赌气，

来的这位国王有头，而且四肢俱全，

他从来不知道脑袋有何用处，

就像木偶一样——幕后有人牵线，

不用说，他将受到审判，不会破例，

但这种事情不归你我掌管，

说来说去，还是留心我们的职务——

办事完全遵照上面的吩咐。"[58]

《审判的幻景》长达 106 节，这里仅引用了 2 节，不过，已经大体可以见

56 〔英〕拜伦著《拜伦诗选》，骆继光、温晓红译，石家庄：花山文艺出版社 1992 年版，第 122 页。

57 *The Norton Anthology of English Literature*, the Sixth Edition, Volume 2, London: W.W.Norton and Company, 1993, pp.550-551.

58 〔英〕拜伦著《拜伦诗选》，骆继光、温晓红译，石家庄：花山文艺出版社 1992 年版，第 123 页。

出拜伦对英国国王乔治三世（George III）乔治·威廉·弗雷德里克（George William Frederick, 1738-1820）的讽刺、挖苦了。在这首诗其它地方，类似的讽刺、挖苦比比皆是，比如，"一个灵肉俱朽的老者，／他的心灵和眼睛一样毫无光泽"[59]，"他飞近了，注视着这个大门，／无法走进去，因为他是罪恶的化身；／他的目光充满了非凡的仇恨，／使圣徒彼得也情愿到门后藏身"[60]，诸如此类，不胜枚举。根据苏联文艺批评家安娜·阿尔卡季耶芙娜·叶利斯特拉托娃（Анна Аркадьевна Елистратова）[61]在《乔治·戈登·拜伦》中的研究，俄国文艺批评家维萨里昂·格里戈里耶维奇·别林斯基（Vissarion Grigoryevich Belinsky, 1811-1848）把拜伦的诗歌看成是"对英国现实的坚决否定"[62]。

1831年，拜伦的遗作《致伯沙撒》（"To Belshazzar"）发表，政治观点十分鲜明：

> Belshazzar! from the banquet turn,
>
> > Nor in thy sensual fulness fall;
>
> Behold! while yet before thee burn
>
> > The graven words, the glowing wall.
>
> Many a despot men miscall
>
> > Crown'd and and anointed from on high;
>
> But thou, the weakest, worst of all——
>
> > Is it not written, thou must die[63]?

> 伯沙撒！放弃你的华宴吧，
>
> > 别在情欲炽热的时候灭亡；
>
> 看！就当那映辉的墙，铭刻的字

---

59 〔英〕拜伦著《拜伦诗选》，骆继光、温晓红译，石家庄：花山文艺出版社1992年版，第123页。

60 〔英〕拜伦著《拜伦诗选》，骆继光、温晓红译，石家庄：花山文艺出版社1992年版，第124页。

61 Елистратова：或译"叶里斯特拉托娃"。

62 原文见：〔俄〕维·洛·别林斯基，《"文学"一词的一般意义》，《别林斯基文集》三卷集俄文版第2卷，第109页。转引自：〔苏〕苏联科学院高尔基世界文学研究所编《英国文学史》第二卷第一分册，缪灵珠、秦水、蔡文显、廖世健、陈珍广译，北京：人民文学出版社1984年版，第743页。

63 〔英〕拜伦著《拜伦诗选》（英汉对照），杨德豫译，北京：外语教学与研究出版社2011年版，第112页。

还在你的面前燃烧，闪亮，

有许多暴君的加冕和涂油，

人民误以为是上天的旨意；

然而你，最弱，最坏的一个——

那里岂不写着，你必得死去[64]？

叶利斯特拉托娃点评说：

出现在伯沙撒王宫墙上宣告暴君灭亡的可怕的文字，在这里象征着在人民解放运动的压力下反动基础的不牢固。在国会的演说和《〈反对破坏机器法案〉制订者颂》里，拜伦公开以人民的愤怒来威胁国家的统治阶级。在《拿破仑》的组诗中最出名的《译自发文的颂诗》一诗里，他重新把伯沙撒王宫墙上用火焰般的文字写成的《圣经》上的浪漫主义形象译成他那时候的政治语言[65]。

恩格斯在《伦敦来信》中说："读拜伦和雪莱的作品的几乎全是下层等级的人。"[66]恩格斯在《英国工人阶级状况》中又说："雪莱，天才的预言家雪莱和满腔热情的、辛辣地讽刺现社会的拜伦，他们的读者大多数也是工人；资产者所读的只是经过阉割并使之适合于今天的伪善道德的版本即所谓'家庭版'。"[67]包文棣在拜伦《唐璜》（*Don Juan*）[68]朱维基汉译本前言中写道："拜伦的作品在当时是不受英国反动统治阶级的欢迎的。但是在工人中间却恰恰相反。"[69]拜伦在《我愿做无忧无虑的小孩》（"I would I were a Careless Child"）中自述说：

Fortune! take back these cultured lands,

Take back this name of splendid sound!

64　〔英〕拜伦著《拜伦诗选》，查良铮译，上海：上海译文出版社 1982 年版，第 48 页。

65　〔苏〕叶利斯特拉托娃著《拜伦》，周其勋译，上海：上海译文出版社 1985 年版，第 95 页。

66　《马克思恩格斯全集》第一卷，北京：人民出版社 1956 年版，第 561-562 页。

67　《马克思恩格斯全集》第二卷，北京：人民文学出版社 1957 年版，第 528 页。

68　Don Juan：在中国，早在清末就有了马君武、苏曼殊、胡适等几个旧体诗译本，以《希腊歌》、《哀希腊》为题，曾经传语一时。或译"《唐·璜》"、"《堂祥》"，分别见：梁实秋著《英国文学史》（三），北京：新星出版社 2011 年版，第 1019 页；《鲁迅全集》第一卷，北京：人民文学出版社 1981 年版，第 77 页。

69　辛未艾《拜伦和他的〈唐璜〉》，拜伦著《唐璜》上，朱维基译，上海：上海译文出版社 1978 年版，第 I 页。

> I hate the touch of servile hands,
>
> I hate the slaves that cringe around.[70]

> 命运呵！请收回丰熟的田畴，
>
> 收回这响亮的尊荣称号！
>
> 我厌恶被人卑屈地迎候，
>
> 厌恶被奴仆躬身环绕[71]。

这里的"丰熟的田畴"指的是他从祖伯父那里继承来的两千多亩土地，"响亮的尊荣称号"指的是他从祖伯父那里继承来的第六代拜伦男爵头衔，"被人卑屈地迎候"与"被奴仆躬身环绕"则是他贵族生活的两个片段，他对这一切都是厌恶的，由此可见他对自身阶级的否定、反叛。

拜伦与英国社会决裂的想法由来已久，他早在 1809 年 6 月 22 日于法尔茅斯给他母亲写的信中就流露了这种情绪：

> 我将到奥地利或俄国，也许是土耳其服兵役。如果我喜欢他们的生活方式，整个世界都在我的面前。我毫不遗憾地离开英国，除了想再见到您及您目前的邸宅之外，我没有丝毫再见到英国的一草一木的愿望[72]。

他在 1812 年 2 月 16 日于圣詹姆斯街 8 号写给弗兰西斯·霍奇森的信中说：

> 在 1813 年的春季，我将永远离开英格兰。一去不复返。我所做的一切事情都在为为此做准备，我的倾向与身体状况也不妨碍我这样做，我的习惯与体质都没有通过这儿的习俗与气候而得到改善[73]。

1814 年，拜伦已经预感到要同英国社会决裂。他在 1814 年 2 月 16 日给 S.罗杰斯的信中说，他不得因为寻求妥协而向自己的敌人作出任何的让步：

> 我对于能忍耐的东西就忍耐，对于不能忍耐的东西将抵抗。他们所能作的最坏的事情就是把我从社会中排除出去。我从来没有奉

---

70 〔英〕拜伦著《拜伦诗选》（英汉对照），杨德豫译，北京：外语教学与研究出版社 2011 年版，第 12 页。

71 〔英〕拜伦著《拜伦诗选》，杨德豫译，北京：外语教学与研究出版社 2011 年版，第 13 页。

72 〔英〕拜伦著《飘忽的灵魂：拜伦书信选》，易晓明译，北京：经济日报出版社 2001 年版，第 48 页。

73 〔英〕拜伦著《飘忽的灵魂：拜伦书信选》，易晓明译，北京：经济日报出版社 2001 年版，第 102 页。

承这个社会，它也从来没有使我喜欢过……可是"除了它以外还有
世界"[74]。

拜伦离开英国的言论竟然一语成谶。他绯闻不断，名声狼藉，在社会上落下了道德败坏的形象，加之卓尔不群的政治态度和威武不屈的反叛精神，他不可避免地触怒上流社会，最终招致诽谤、排挤。上流社会以他婚姻失败、绯闻不断为突破口，对他发起了全面、猛烈的攻击。他们充分调动公共舆论对他进行责难、中伤，让他无法继续在国内生存。1816 年 4 月 25 日，他万般无奈，只好离开英国来到瑞士，开始自我放逐、流亡海外的生活，内心充满了激愤。他离开英国标志着他同英国政府分道扬镳，也意味着他同英国上流贵族社会决裂了。

美国评论家、加利福尼亚大学教授彼得·索斯列夫（Peter L. Horslev, JR.）在著作《拜伦式英雄——类型鹤原型》（*The Byronic Hero: Types and Prototypes*）里将拜伦式英雄归纳成了多愁善感者、忧郁的自我主义者、出身高贵的亡命之徒、撒旦式的反叛者等许多种类，其基本色是"反对战争，反抗一切形式的专制，极度憎恶伪善、虚假，只有一样东西是他们坚决拥护的，那就是对个人权利的尊重"[75]。这个基本色中有一点是反抗专制，这就是为什么他无法同英国上层社会调和的一大原因了。拜伦现象是 19 世纪西方精神文化的重要内容之一。他体现了那个时代不朽时代的精神，代表了它的才智、深思、狂暴和力量；他那普罗米修斯式的孤独的反抗意志，在上个世纪欧洲人的精神生活中非同凡响，以致改变着"社会结构、价值判断标准及文化面貌"。但是，拜伦是矛盾的，他的气质敏感而暴烈，感情深沉而细腻。他也是个放荡形骸的公子、虚荣傲岸的爵爷和孤高悒郁的自我主义者。他崇尚伟大的精神，相望壮丽的事业，却被黑暗的时代所窒息。他的心是伤感的，他的叹息充满了整个生涯。所

---

74 〔苏〕苏联科学院高尔基世界文学研究所编《英国文学史》第二卷第一分册，缪灵珠、秦水、蔡文显、廖世健、陈珍广译，北京：人民文学出版社 1984 年版，第312 页。拜伦信中的"除了它以外还有世界"，化出于威廉·莎士比亚悲剧《科利奥兰纳斯》（The Tragedy of Coriolanus）第三幕第三场中科利奥兰纳斯（Coriolanus）独白的最后两行："我鄙视你和你的城市！／我到别处去了——除了罗马以外还有世界！"这两行原文是："For you, the city. Thus I turn my back:/There is a world else."详见：*William Shakespeare: Complete Works*, edited by Jonathan Bate and Eric Rasmussen, Beijing: Foreign Language Teaching and Research Press, 2008, p.1586.

75 Peter L.Horslev, Jr., *The Byronic Hero: Types and Prototypes*, Minneapolis: University of Minnesota Press, 1962, p.199.

有这些，都把他塑造成了一个反叛者——贵族资产阶级及其观念模式的反叛者。他的反叛包含着巨大的社会进步性，代表了备受阻遏的历史潮流的激进。

（四）在异国他邦的热烈革命情怀

拜伦是大有革命情怀的。他与拿破仑·波拿巴（Napoléon Bonaparte）同时代，比较完整地见证了拿破仑荣辱与共的一生，鹤见祐辅在《明月中天：拜伦传》中写道：

> 他五岁那年，拿破仑由于土伦一战而声名大震，他十一岁那年（公元 1799 年），拿破仑做了革命的法国的第一执政。1804 年他十六岁时，拿破仑登了帝位。同时，英国的小皮特第二次组阁，英法战争开始。拿破仑在滑铁卢战败被流放到圣海伦娜岛的 1815 年，拜伦二十七岁，正是他在伦敦声名最高的时候[76]。

鉴于此，宋德发、崔西茹说："无论是作为一个普通的欧洲人，还是作为一位对政治比较敏感的诗人，拜伦都无法回避对拿破仑的评说。"[77]这是有道理的，更何况拜伦对拿破仑有特殊感情。

早年，拜伦十分崇拜拿破仑。1801 年，他赴哈罗中学求学，在哈罗期间，室内陈列了拿破仑的塑像。1809 年 6 月，他赴欧洲大陆漫游。根据丹麦著名文艺评论家格奥尔格·莫利斯·柯亨·勃兰戴斯（Georg Morris Cohen Brandes, 1842-1927）[78]分析说，这个时候的拜伦"不会对本国同胞的历史功业，例如'红白玫瑰战争'这类往事发思古之幽情；占据着他脑海的是当代政治；在往昔的岁月中，除去为争取自由而进行的那些伟大的斗争以外，没有任何东西能使他感兴趣"[79]。拜伦来到西班牙的时候，西班牙人民失去自由的遭遇引起他的驻足、关注，他在《恰尔德·哈洛尔德游记》（Childe Harold's Pilgrimage）[80]中写道："西

---

76 〔日〕鹤见祐辅《明月中天：拜伦传》，陈秋帆译，长沙：湖南文艺出版社 1981 年版，第 7 页。

77 宋德发、崔西茹《拜伦笔下的拿破仑形象》，《洛阳理工学院学报》（社会科学版）2011 年第 3 期，第 23 页。

78 Georg Morris Cohen Brandes：或译"格奥尔格·莫利斯·柯亨·勃兰兑斯"与"格奥尔格·莫利斯·科亨·勃兰兑斯"。

79 〔丹麦〕勃兰兑斯《十九世纪文学主流》第四分册，徐式谷等译，北京：人民文学出版社 1984 年版，第 333 页。

80 Childe Harold's Pilgrimage：或译"《恰尔德·哈罗德游记》"，详见：〔英〕乔治·桑普森著《简明剑桥英国文学史》（十九世纪部分），刘玉麟译，上海：上海外语教育出版社 1987 年版，第 11 页。

班牙的人民呵，命运多么不幸／从未获得自由的人为着自由斗争。"[81]1815 年
2 月 26 日，拿破仑逃出厄尔巴岛（Elba）[82]，拜伦说："世人不惊叹、折服于他
的性格和功业是不可能的。"[83]这句评论足见他对拿破仑的肯定、钦佩。他在伦
敦之际，室内悬挂着镶嵌着金框的拿破仑像。他认为，当代三大领袖依次是花
花公子布鲁美尔（Beau Brummell）、拿破仑·波拿巴、乔治·戈登·拜伦，拿破
仑位列第二。1816 年，他从多汶渡海，游历低地国家，专程前往滑铁卢战场凭
吊拿破仑。1822 年，他继承岳母朱迪斯·诺埃尔（Judith Noel）勋爵之位后遵岳
母遗嘱改称"乔治·戈登·诺埃尔"（George Gordon Noel），有时候也称"诺
埃尔·拜伦勋爵"（Lord Noel Byron），自签名"诺埃尔·拜伦"（"Noel Byron"），
首字母缩略称"诺·拜"（N.B.）。据推断，他的姓名首字母缩略"诺·拜"
（N.B.）的读音就是模仿他心目中的英雄拿破仑·波拿巴的姓名首字母缩略
"拿·波"（N.B.）而来的。鲁迅清楚地看到了拜伦同拿破仑的关系，他在"可
证诸史实的，中国最早，最完整的介绍拜伦的论文"[84]《摩罗诗力说》中写道：
"裴伦既喜拿坡仑之毁世界，亦爱华盛顿之争自由，既心仪海贼之横行，亦孤
援希腊之独立，压制反抗，兼以一人矣。虽然，自由在是，人道亦在是。"[85]

拜伦对法国大革命是充分肯定的，苏联科学院高尔基世界文学研究所编
《英国文学史》记载：

> 拜伦与自己政治上和思想上的敌人，贵族反动派的喽罗们相反，
> 那些人反对法国革命以及与革命相联系的启蒙运动；而拜伦则认为
> 法国资产阶级革命是具有重大进步意义的事件，它改变了人类的历
> 史进程。从他的观点来看，这次革命是他所期望的其他同样重大的
> 变革可能发生与必然发生的保证。在这方面，他的思想已经包含了
> 深刻的历史主义因素。拜伦在自己的优秀作品里，往往上升到预言
> 将发生彻底改变人类社会生活的未来的革命变革的程度[86]。

81 〔英〕拜伦《恰尔德·哈洛尔德游记》，杨熙龄译，上海：新文艺出版社 1956 年
版，第 50 页。
82 Elba：这是意大利文，拉丁文作"Ilva"，汉译或作"哀尔巴岛"。
83 原句是："It is impossible not to be dazzled and overwhelmed by his character and
career."详见：梁实秋著《英国文学史》（三），北京：新星出版社 2011 年版，第
1006 页。
84 陈鸣树《鲁迅与拜伦》，《文史哲》1957 年第 9 期，第 46 页。
85 《鲁迅全集》第一卷，北京：人民文学出版社 1981 年版，第 79 页。
86 〔苏〕苏联科学院高尔基世界文学研究所编《英国文学史》第二卷第一分册，缪

关于拜伦的革命情怀,《英国文学史》指出,拜伦的诗歌具有"'普罗米修斯式'的内容,即正直的、革命人道主义的内容"[87]。叶利斯特拉托娃说,拜伦是"英国工人阶级最初一些自发性的和不成熟的活动的兴奋的目击者、庇护者和歌手","具有感性热情和对现代社会的辛辣讽刺"[88]。陈鸣树在《鲁迅与拜伦》中说他是"身为贵胄,不惜孤援助希腊,以性命相援的伟大革命人道主义者"[89]。鲁迅在《摩罗诗力说》中论述道:

> 故怀抱不平,突突上发,则倨傲纵逸,不恤人言,破坏复仇,无所顾忌,而义侠之性,亦即伏此烈火之中,重独立而爱自繇,苟奴隶立其前,必衷悲而疾视,衷悲所以哀其不幸,疾视所以怒其不争,此诗人所为援希腊之独立,而终死于其军中者也。盖装伦者,自繇主义之人耳,尝有言曰,若为自由故,不必战于宗邦,则当为战于他国[90]。

鲁迅在这里分析的是拜伦的天性,其大意是拜伦生来侠肝义胆,脾刚气烈,热心乎自由,醉心乎独立,在宗邦可战,在他国能斗,九州四海,无非革命之地。鲁迅在《摩罗诗力说》中进一步论述道:

> 摩罗之言,假自天竺,此云天魔,欧人谓之撒但,人本以目裴伦(G·Byron)。今则举一切诗人中,凡立意在反抗,指归在动作,而为世所不甚愉悦者悉入之,为传其言行思惟,流别影响,始宗主裴伦,终以摩迦(匈加利)文士。凡是群人,外状至异,各禀自国之特色,发为光华;而要其大归,则趣于一:大都不为顺世和乐之音,动吭一呼,闻者兴起,争天拒俗,而精神复深感后世人心,绵延至于无已。虽未生以前,解脱而后,或以其声为不足听;若其生活两间,居天然之掌握,辗转而未得脱者,则使之闻之,固声之最雄桀伟美者矣[91]。

　　灵珠、秦水、蔡文显、廖世健、陈珍广译,北京:人民文学出版社 1984 年版,第245-246 页。

87 〔苏〕苏联科学院高尔基世界文学研究所编《英国文学史》第二卷第一分册,缪灵珠、秦水、蔡文显、廖世健、陈珍广译,北京:人民文学出版社 1984 年版,第244 页。

88 〔苏〕叶里斯特拉托娃《乔治·戈登·拜伦》,《译文》1954 年 6 月号。

89 陈鸣树《鲁迅与拜伦》,《文史哲》1957 年第 9 期,第 46 页。

90 《鲁迅全集》第一卷,北京:人民文学出版社 1981 年版,第 79-80 页。

91 《鲁迅全集》第一卷,北京:人民文学出版社 1981 年版,第 66 页。

　　鲁迅先生以"天魔"、"撒但"目拜伦，兰姆夫人以"疯狂、邪恶和危险的人"视拜伦，莫非这一中一西的两人心有灵犀耶，这不禁令人会心一笑。看来，拜伦是一个言必行、行必果的人，是一个敢于争天抗俗、破旧立新的人，是一个超凡脱俗、雄桀伟美的人，这就是一个想干事、敢干事、能干事的革命者了。拜伦具有热烈的革命情怀，能以热烈的革命精神投身到热烈的革命中，这主要体现在他对意大利、希腊革命的理念和行动上。

　　1816 年 10 月，拜伦来到意大利，在这里一直住到了 1823 年。苏联科学院高尔基世界文学研究所编《英国文学史》载：

　　　　拜伦是在烧炭党人所领导、旨在推翻维也纳会议后强加给意大利人民的专制制度的人民解放运动蓬勃高涨时来意大利的。拜伦不仅很快地与意大利革命运动的杰出活动家接近，而且自己也参加了这一运动，并成为烧炭党地方组织的领导人之一[92]。

　　拜伦有个好朋友桂西奥里伯爵夫人（Countess Guiciolli），其父亲和兄弟都是意大利充满激情的爱国人士。在她的影响下，拜伦积极参加意大利烧炭党（"Carbonari"）的革命工作，不仅为烧炭党提供经济援助、筹集军火装备，而且还把自己的房屋贡献出来作为其革命的总部，作为将来武装起义的军火库。拜伦置身轰轰烈烈的意大利解放运动，是深受感染的：

　　　　意大利人民的解放运动的发展和未来胜利的前景，这时成了拜伦取之不竭的鼓舞他斗志的源泉。他在 1821 年 2 月 28 日的日记里，热情洋溢地写到他准备为意大利未来的解放作任何牺牲："多伟大的目标，这是真正的政治诗篇。只要想一想自由的意大利就够了！！！因为自从奥古斯都以来就没有过这样的事……"他在 1820 年 8 月 17 日给梅里的信中又写道："意大利正临近伟大的事件。"[93]

　　1821 年，烧炭党起义（the Carbonari uprising）失败，他感到十分沉痛。"他冒着生命危险，利用自己拥有相当的外交不受侵犯权这一英国贵族身份，来减轻自己那些参加密谋的意大利的朋友的不幸遭遇。""还因干巴父子之

92　〔苏〕苏联科学院高尔基世界文学研究所编《英国文学史》第二卷第一分册，缪灵珠、秦水、蔡文显、廖世健、陈珍广译，北京：人民文学出版社 1984 年版，第 328 页。

93　〔苏〕苏联科学院高尔基世界文学研究所编《英国文学史》第二卷第一分册，缪灵珠、秦水、蔡文显、廖世健、陈珍广译，北京：人民文学出版社 1984 年版，第 331 页。

被驱逐和他们一同离开了拉万纳。"[94]

拜伦对希腊的革命事业也是大有情愫的。他早在 1810 年游历到希腊期间，就翻译了希腊作家、政治思想家、革命烈士里加斯·维利斯提里斯（Rigas Velestinl is, 1757-1798）[95]的《希腊战歌》（"Translation of the Famous Greek War Song"）：

> Sons of Greeks! let us go
>
> In arms against the foe,
>
> Till their hatred blood shall flow
>
> In a river past our feet[96].

> 起来，希腊的儿男！
>
> 挥戈向敌人迎战，
>
> 让他们腥臭的血川
>
> 像河水在脚下奔窜[97]！

诗中斗志高昂，豪气冲天，拜伦借此抒发了为希腊独立抗争、战斗之胸臆。王佐良说："对于希腊，西欧的文人学者多有感情，但常从景仰希腊古文明出发；拜伦也爱希腊的古文明，但他始终着眼当今希腊人民在土耳其统治下的苦难，号召他们起来斗争。"[98]所言俱实。他结合《唐璜》中的《哀希腊》（"The Isles of Greece"）[99]进一步分析说：

> 这里的情绪以及某些细节（例如提到 Thermopylæ, Salamis 的

---

94 〔苏〕苏联科学院高尔基世界文学研究所编《英国文学史》第二卷第一分册，缪灵珠、秦水、蔡文显、廖世健、陈珍广译，北京：人民文学出版社 1984 年版，第 329 页。

95 Rigas Velestinlis：或名"Rigas Feraios"，译作"里加斯·费拉伊奥斯"。出生名"Antonios Rigas Velestinlis"，译作"安东尼奥·里加斯·维利斯提里斯"。"Velestinlis"或译"维利斯廷里斯"。

96 〔英〕拜伦著《拜伦诗选》（英汉对照），杨德豫译，北京：外语教学与研究出版社 2011 年版，第 30 页。

97 〔英〕拜伦著《拜伦诗选》（英汉对照），杨德豫译，北京：外语教学与研究出版社 2011 年版，第 31 页。

98 王佐良、李赋宁、周珏良、刘承沛主编《英国文学名篇选注》，北京：商务印书馆 1983 年版，第 812 页。

99 "The Isles of Greece"：或译"《希腊诸岛》"，详见：〔英〕安德鲁·桑德斯著《牛津简明英国文学史》（下），谷启楠、韩加明、高万隆译，北京：人民文学出版社 2000 年版，第 557 页。

战役）都与《哀希腊》一致，更加证明拜伦对于希腊争自由的斗争关注已久，后来终于离开意大利去参加希腊独立军，不仅出力出钱，而且尽心调停希腊内部派别之争，促成他们一致对外，这些都不是突然的冲动，而是有长远思想基础的革命义举[100]。

确如王佐良所言，拜伦在意大利烧炭党起义失利后又把眼光投向了希腊。那时，希腊正进行着反抗奥斯曼帝国（the Ottoman Empire）统治、争取希腊独立的革命，虽然汹涌澎拜，战火纷纷，但是组织机构松散，人民尚未很好地团结起来。一方面，他就像对待意大利烧炭党一样给予希腊人民经济上的支持，在他人生的最后三个月内捐赠了许多私人资财。另一方面，他还亲自参与义军的组织工作。1823 年 7 月，他率领自己招募的军队前往希腊，受到热烈欢迎。他统帅 500 名士卒，把最危险的工作留给了自己。他在恶劣天气条件下一连辛苦地工作几个月，不幸病倒于迈索隆吉（Missolonghi）[101]，高烧，危急，1824 年 4 月 19 日，与世长辞，年仅 36 岁，希腊人将之尊为民族英雄。关于拜伦对希腊之革命事业，鲁迅在《摩罗诗力说》中评论道：

> 将死，其从者持楮墨，将录其遗言。裴伦曰否，时已过矣。不之语，已而微呼人名，终乃曰，吾言已毕。从者曰，吾不解公言。裴伦曰，吁，不解乎？呜呼晚矣！状若甚苦。有间，复曰，吾既以吾物暨吾康健，悉付希腊矣。今更付之吾生。他更何有？遂死，时千八百二十四年四月十八日夕六时也。今为反念前时，则裴伦抱大望而来，将以天纵之才，致希腊复归于往时之荣誉，自意振臂一呼，人必将靡然向之。盖以异域之人，犹凭义愤为希腊致力，而彼邦人，纵堕落腐败者日久，然旧泽尚存，人心未死，岂意遂无情悰于故国乎？特至今兹，则前此所图，悉如梦迹，知自由苗裔之奴，乃果不可猝救有如此也。次日，希腊独立政府为举国民丧，市肆悉罢，炮台鸣炮三十七，如裴伦寿也[102]。

在鲁迅看来，拜伦因为英国人民是捧不起的阿斗、扶不上墙的烂泥，所以才转而跟希腊人民一道，起初，"以吾物暨吾康健，悉付希腊"，末尾，"更付之吾生"，干脆把生命也奉献给希腊的独立事业了，最终卒于军营，希腊独

---

100 王佐良、李赋宁、周珏良、刘承沛主编《英国文学名篇选注》，北京：商务印书馆 1983 年版，第 813 页。

101 Missolonghi：或译"米棱朗占"与"朱索朗基"。

102《鲁迅全集》第一卷，北京：人民文学出版社 1981 年版，第 81 页。

立政府为之举行国葬，店铺关门，礼炮鸣响，荣誉极盛。鲁迅之言属实，足见拜伦之革命情怀是十分真诚、炽烈的，就算付出生命的代价也在所不惜。

拜伦在流亡国外期间虽然一度悲观失望，但是总的来说，其战斗精神是没有消减的。他在《三十六岁生日》（"On This Day I Complete My Thirty-sixth Year"）一诗前半部分中写道：

> The fire that on my bosom preys
> 　　Is lone as some volcanic isle;
> No torch is kindled at its blaze—
> 　　A funeral pile.[103]

> 烈焰在我的心胸烧灼，
> 　　犹如火山岛，孤寂，荒废；
> 在这儿点燃的并不是炬火——
> 　　而是火葬堆[104]！

他在这首诗后半部分中继续写道：

> Awake! (Not Greece—she is awake!)
> 　　Awake, my spirit! Think through whom
> Thy life-blood tracks its parent lake,
> 　　And then strike home![105]

> 醒来吧，我的心！希腊已醒来！
> 　　醒来吧，我的心！去深思细察
> 你生命之血的来龙去脉，
> 　　把敌人狠打[106]！

这首诗歌创作于希腊的迈索隆吉，悲壮激越，历来公认为拜伦的名篇。1924 年 4 月 19 日，他在完成这首诗歌的创作后还不到三个月就不治身亡，《三十六岁生日》成为他的绝笔诗。临终时，他神智恍惚，口中高呼："冲啊！

---

103 〔英〕拜伦著《拜伦诗选》（英汉对照），杨德豫译，北京：外语教学与研究出版社 2011 年版，第 136 页。
104 〔英〕拜伦著《拜伦诗选》（英汉对照），杨德豫译，北京：外语教学与研究出版社 2011 年版，第 137 页。
105 〔英〕拜伦著《拜伦诗选》（英汉对照），杨德豫译，北京：外语教学与研究出版社 2011 年版，第 138 页。
106 〔英〕拜伦著《拜伦诗选》（英汉对照），杨德豫译，北京：外语教学与研究出版社 2011 年版，第 139 页。

冲啊！跟我冲啊！"（"Forward! forward! follow me!"）[107] 上引四个诗句可以看作他对自己一生情感的高度概括。

诗人、历史小说家弗朗西斯·格拉兹（Francesco Guerrazzi）曾在意大利比萨见到过拜伦，他在回忆录中写道：

> At that time the rumour spread in Pisa that an extraordinary man had arrived there, of whom people told a hundred different tales, all contradictory and many absurd. They said that he was of royal blood, of very great wealth, of sanguine temperament, of fierce habits, masterly in knightly exerciscs, possessing an evil genius, but a more than human intellect. He was said to wander through the world like Job's Satan seeking a similar adventurer, or calumniator of God. It was George Byron…I had not seen Niagara Falls, nor the avalanches of the Alps, I did not know what a volcano was, but I had watched furious empests, lightning had struck near me, and still nothing from amongst the sights which I had known produced anything like the bewilderment created in me by reading the works of this great soul.

> 那时，有个非常奇特的人物来到比萨的传闻传遍全城，众说纷纭，全部相互矛盾，大多荒诞不稽。根据这些传闻，此人拥有王室血统，腰缠万贯，血气方刚，脾气暴躁，身染恶习，精于骑士之术，虽然天生歪才，但是才智过人。据说，他像《约伯记》里的撒旦一样游荡于世界，寻找同他气味相投的、投机的或者诋毁上帝的人。此人便是乔治·拜伦……我虽然未曾看过尼亚加拉大瀑布，亦不曾见过阿尔卑斯山雪崩，更不曾知道火山是何等模样，但是我目睹过肆虐的暴风雨，闪电就在我附近劈过，这些我所知道的景象没有让我产生任何像阅读这一伟大人物的作品这样的困惑[108]。

从这一段记载可以看出，拜伦是一个集众多缺点与诸多优点于一身的怪才，这个怪才予人的感觉彷佛瀑布迸落、雪崩飞滚、火山喷发、闪电裂空、惊雷震耳、狂风骤起、暴雨倾泻，其势险象环生、惊心动魄，浑身散发着似乎要

---

107 *A Short History of English Literature*, Newly Revised and Enlarged Edition, compiled by Liu Bingshan Zhengzhou: Henan People's Press, 2007, p.226.

108 Peter Cochran, "Byron's European Reception", *The Cambridge Companion to Byron*, edited by Drummond Bone, Cambridge University Press, 2004, pp. 249-256.

吞噬一切的巨大的能量，非内心滚烫、灵魂炽热，焉得如是。然而，这一团猛烈燃烧的火焰，虽然来势凶猛，但是却难得长久，所以年仅36岁便撒手人寰，英才早逝，就像一颗闪亮的明星，尽管发出了耀眼甚至刺眼的光芒，可惜很快便划破夜空、陨落于地平线下了，这的确是一件令人扼腕的事情。

约翰·沃尔夫冈·冯·歌德（Johann Wolfgang von Goethe, 1749-1832）评价说，拜伦"刚毅雄大"[109]。鲁迅评价说，拜伦"转战反抗"，"其力如巨涛，直薄旧社会之柱石"[110]。"刚毅雄大"也好，"力如巨涛"也罢，皆激情使然。弗拉基米尔·伊里奇·列宁（Vladimir Ilyich Lenin）在《俄国资本主义的发展》中指出，激情是"使人比动物高尚的唯一力量"[111]。只要把拜伦的生平简单回顾一下便可以十分清楚地看到，他的生命是短暂的，但是无论是家庭还是社会，国内还是海外，爱情还是革命，他的内心都是不平静的，他的生活都是充满了激情与斗志的，他是一个个性热情、行为奔放的人，这样的人创作诗歌，当然是热情的诗歌创作者了。

至于为何拜伦是个热烈的人，可能很大一部分来源于遗传。丹麦文艺批评家格奥尔格·莫利斯·柯亨·勃兰戴斯解释说："拜伦的巨大诗才以及同仇敌忾的战斗激情，是由于他的遗传，是由于他的祖先'喜欢冒险'，'放荡不羁'。"[112]这是说得有一些道理的。拜伦"诗的本身就是热情"的诗歌美学观是同他与众不同的性格紧密相连的，而他这种性格又在很大程度上是遗传的。拜伦的祖父是海军中将"恶劣天气杰克"（"Foul-weather Jack"）[113]。海军中将约翰·拜伦是"邪恶勋爵"（"the Wicked Lord"）、第五任男爵拜伦的弟弟。拜伦的外祖父吉特乔治·戈登（George Gordon of Gight）是苏格兰詹姆斯一世的后裔，于1779年自杀身亡。拜伦的父亲约翰·拜伦是纨绔子弟，有"癫子杰克"之称，一生中有两次婚姻，两次婚姻的出发点都是贪图女方钱财。首先，约翰·拜伦引诱已婚卡尔马森侯爵夫人私奔，生下私生女奥古斯塔，卡尔马森

---

109 《鲁迅全集》第一卷，北京：人民文学出版社1981年版，第82页。

110 《鲁迅全集》第一卷，北京：人民文学出版社1981年版，第99页。

111 列宁《俄国资本主义的发展》，北京：解放社出版1950年版，第84页。

112 辛未艾《拜伦和他的〈唐璜〉》，拜伦著《唐璜》上，朱维基译，上海：上海译文出版社1978年版，第V页。

113 "Foul-weather Jack"："恶劣天气杰克"之译，详见：梁实秋著《英国文学史》（三），北京：新星出版社2011年版，第1002页。或译"暴风杰克"，详见：聂珍钊主编《外国文学史》（第二版）上册，北京：高等教育出版社2018年版，第224页。

侯爵夫人离异嫁给了他后，他却以"残忍和恶毒"的态度来折腾她，可能这在一定程度上导致了她过早死亡。她在第一次婚姻期间已经拖欠了很多债务，他续娶凯瑟琳·戈登后，凯瑟琳·戈登只得变卖土地、头衔为他偿还欠债。她虽然家财丰厚，但是他挥霍无度，在两年时间内，不仅把大约价值 23500 英镑庞大的地产挥霍得一干二净，而且四处借钱，债台高筑。为了躲避债主索债，他抛妻弃子，浪迹海外，游荡于欧洲大陆，贫困潦倒，1791 年，客死法国瓦朗谢讷（Valenciennes）。拜伦的母亲凯瑟琳·戈登脾气怪异，阴晴不定，缺少判断力、自制力，任性固执。从拜伦的祖父、父亲、母亲这一血脉来看，说拜伦的热烈性格源于遗传，大概也是有一些道理的。

　　以上是所谓的遗传论，或可备一说。至于为何拜伦的诗歌创作充满热情，苏联科学院高尔基世界文学研究所编《英国文学史》有社会意义上的剖析：

　　　　拜伦的创作之所以充满热情，极端不可调和性和艺术的力量，
　　应归功于当时进步的解放潮流。但是，与此同时，这些潮流的内在
　　矛盾，它们的弱点以及与反动势力斗争的暂时失败，却是拜伦诗歌
　　中危机的情绪的根源[114]。

　　这是从社会、政治、历史的层面上作的剖析，是很有发人深省的。无论怎么说，"像其他的伟大诗人一样，拜伦永远不失其本色。他突出之点是既生气勃勃又变化多端"[115]，这个"生气勃勃"、"变化多端"，就是说他是个热血、奋发的诗人，他是个热情的诗歌创作者了。

二、热情的创作

　　无论在国内还是国外，不管是前期还是后期，拜伦一般或者全部的诗歌创作都是在强烈情感的激发下而完成的。他在强烈情感的激发下进行诗歌创作的例子是多的，一般英国文学史、英国文学作品选读本中都要介绍的是，他1807 年出版诗集《消散的时光》（*Hours of Idleness*）[116]，苏联科学院高尔基世

---

114 〔苏〕苏联科学院高尔基世界文学研究所编《英国文学史》第二卷第一分册，缪灵珠、秦水、蔡文显、廖世健、陈珍广译，北京：人民文学出版社 1984 年版，第245 页。

115 〔英〕乔治·桑普森著《简明剑桥英国文学史》（十九世纪部分），刘玉麟译，上海：上海外语教育出版社 1987 年版，第 16-17 页。

116 Hours of Idleness: 或译"《闲散的时光》"、"《懒散时刻》"、"《消闲的时光》"、"《懒散的时刻》"、"《闲暇的时刻》"，分别见：梁实秋著《英国文学史》（三），北京：新星出版社 2011 年版，第 1003 页；聂珍钊主编《外国文

界文学研究所编《英国文学史》认为，这本诗集中蕴含着"激奋的热情"，"是浪漫主义的幻象"[117]。《爱丁堡评论》1808年第1期发表一篇匿名书评[118]，以挖苦的态度，把这本诗集列入"对神和人都同样敌对"[119]的文学系列，对这本诗集进行激烈评论，严词抨击，语气粗暴，从根本上否定了这本诗集的价值，无情否定了他作为诗人的才能，甚至直接奉劝他不要再搞诗歌创作了。这篇书评虽然并非完全无中生有、无理取闹，但是却让拜伦受到沉重打击，他热血上涌、陡然而生愤怒，"气得人都发抖了。晚饭时，他一气喝了三瓶葡萄酒，仍不能平静下来"[120]。"拜伦是一个受到进攻就立刻反击、毫不饶人的青年"[121]，于是着手酝酿题诗还击。1809年，他撰发表了一首极富战斗性的、长达1070行的诗歌《英格兰诗人和苏格兰评论家》(*English Bards and Scotch Reviewers*)，对一年前因《消散的时光》所遭受的否定性评论奋起反击，发出"少壮雄狮的怒吼"("the roar of a young lion")[122]。他在这首诗歌中不仅迁怒于《爱丁堡评论》，对这家杂志予以攻击，而且这家杂志支持过的和支持过这家杂志的所有重要的作家，他也——予以攻击(In this he pilloried all the leading writers who supported, and were supported by, that journal [123].)。包括瓦尔特·司各特(Walter Scott, 1771-1832)、威廉·华兹华斯(William Wordsworth, 1770-1850)、塞缪尔·

学史》（第二版）上册，北京：高等教育出版社2018年版，第225页；侯维瑞主编《英国文学通史》，上海：上海外语教育出版社1999年版，第368页；郑克鲁、蒋承勇主编《外国文学史》（第三版）上，北京：高等教育出版社2015年版，第183页；〔英〕乔治·桑普森著《简明剑桥英国文学史》（十九世纪部分），刘玉麟译，上海：上海外语教育出版社1987年版，第11页。

117 〔苏〕苏联科学院高尔基世界文学研究所编《英国文学史》第二卷第一分册，缪灵珠、秦水、蔡文显、廖世健、陈珍广译，北京：人民文学出版社1984年版，第254页。

118 匿名书评：至于书评作者，当时匿名，世莫之知，现在已清楚，是亨利·彼得·布鲁汉姆勋爵（Lord Henry Peter Brougham）。

119 〔苏〕苏联科学院高尔基世界文学研究所编《英国文学史》第二卷第一分册，缪灵珠、秦水、蔡文显、廖世健、陈珍广译，北京：人民文学出版社1984年版，第255页。

120 董翔晓、鲁效阳、谢天振、包幼华《英国文学名家》，哈尔滨：黑龙江人民出版社1984年版，第131页。

121 〔英〕乔治·桑普森著《简明剑桥英国文学史》（十九世纪部分），刘玉麟译，上海：上海外语教育出版社1987年版，第11页。

122 *A Short History of English Literature*, Newly Revised and Enlarged Edition, compiled by Liu Bingshan, Zhengzhou: Henan People's Press, 2007, p.223.

123 Annette T.Rubinstein, *The Great Tradition in English Literature*, Volume II, New York and London: Modern Reader Paperbacks, 1969, p.496.

泰勒·柯勒律治（Samuel Taylor Coleridge, 1772-1834）、罗伯特·骚塞（Robert Southey, 1774-1843）、托马斯·莫尔（Thomas Moore）[124]等许多当时的文学名人，他都逐一进行辛辣的讽刺，大有"楚国亡猿，祸延林木；城门失火，殃及池鱼"[125]的味道。他批评司各特《最后一个行吟诗人之歌》、《玛密恩》等作品把封建的纷争、内讧诗意化，接受中世纪的神秘主义[126]。他对湖畔派诗人的轻蔑、批评更加明显，"骚塞的《萨拉巴》内容空虚并充满荒唐的幻想，他的作品太多太滥。华兹华斯的诗索然寡味，正好证实了他自己的理论：诗歌和散文没有什么不同；柯勒律治幼稚得像个孩子；穆尔的诗语涉淫秽"[127]。这首长诗引起了英国上流社会的强烈反响，它"是拜伦第一部成熟的作品"[128]，"是像他这样的年轻诗人曾经创作的最好的讽刺诗了"[129]，这"不仅是拜伦本人发展的一个阶段，而且是英国文学思想政治斗争史上的重大事件"[130]。话又说回来，正如桑普森在《简明剑桥英国文学史》中评论他说："尽管拜伦的许多诗歌扩大了浪漫主义的视野，他从来没有完全摆脱古典诗歌的用词风格。"[131]冯国忠也在《拜伦和英国古典主义传统》中评论他说："他的讽刺诗无论在艺术上还是在内容上都与蒲伯和斯威夫特的讽刺诗有相近之处。"[132]这些都是有一定道理的。他这首《英格兰诗人和苏格兰评论家》在技巧上模仿亚历山大·蒲柏（Alexander Pope, 1688-1744），在理想上十分接近新古典主义作家，其价值是相当高的，也正是这首诗歌使他赢得了社会的认同。没有激烈的情感冲突和情感投入，这么一部火药味极浓的长诗是不可能创作出来的。

---

124 Thomas Moore：或译"托马斯·穆亚"、"托马斯·穆尔"与"托马斯·摩尔"。

125 曹聪孙编著《中国俗语典》，成都：四川教育出版社 1991 年版，第 40 页。

126 倪正芳《论拜伦的诗学观》，《兰州学刊》2007 年第 6 期，第 163 页。

127〔丹麦〕勃兰兑斯《十九世纪文学主流》（第四册），徐式谷、江枫、张自谋译，北京：人民文学出版社 1997 年版，第 331 页。

128〔苏〕苏联科学院高尔基世界文学研究所编《英国文学史》第二卷第一分册，缪灵珠、秦水、蔡文显、廖世健、陈珍广译，北京：人民文学出版社 1984 年版，第 255 页。

129〔英〕乔治·桑普森著《简明剑桥英国文学史》（十九世纪部分），刘玉麟译，上海：上海外语教育出版社 1987 年版，第 11 页。

130〔苏〕苏联科学院高尔基世界文学研究所编《英国文学史》第二卷第一分册，缪灵珠、秦水、蔡文显、廖世健、陈珍广译，北京：人民文学出版社 1984 年版，第 256 页。

131〔英〕乔治·桑普森著《简明剑桥英国文学史》（十九世纪部分），刘玉麟译，上海：上海外语教育出版社 1987 年版，第 13 页。

132 冯国忠《拜伦和英国古典主义传统》，《国外文学》1982 年第 3 期，第 5 页。

《英格兰诗人和苏格兰评论家》是拜伦十分重要的作品，"是拜伦不甘屈辱、奋起抗争的写照，在这样的无畏精神和澎拜精神的驱使下，一部又一部的佳作相继问世"[133]。

拜伦在葡萄牙、西班牙、阿尔巴尼亚、希腊、土耳其等海外国家游历大大开阔了视野，大大启发了情思，于是写出了长篇叙事诗《恰尔德·哈洛尔德游记》的一、二章（the first two cantos）。就在 1812 年 2 月 27 日发表著名的上议院演说后几天，他发表了这一长篇叙事诗的一、二章，从而一举成名："我一夜醒来，发现自己已经成名。"（"I awoke one morning and found myself famous."[134]）《恰尔德·哈洛尔德游记》中充满了热烈的情感，不仅"这些主人公之中个个都有热烈的恋爱"[135]，而且"雄壮有力的有声有色的描写，散见于全诗各处"[136]。这是拜伦写出的金刚怒目式的作品，热情溢于诗篇。苏联科学院高尔基世界文学研究所编《英国文学史》也说："1812 年的读者，理当把《恰尔德·哈洛尔德游记》不仅看作辉煌的、充满感情的个人旅游日记，而且看作是对他们自己所看到并参加的大规模重要的历史事件作热情的批判概括的一种尝试。"[137]

1811 年，在英国爆发了"卢德运动"，并迅速扩散。在运动高涨时期，政府准备制定死刑法予以镇压。1812 年 2 月 27 日，拜伦在议会挺身而出，发表激越的演说，强烈反对政府采取暴力政策。尽管他大声疾呼、奋力抗争，但是由于单枪匹马、寡不敌众，对毁坏机器的人实行死刑的《编织机法案》（"The Frame Bill"）还是通过了。法案通过后，他十分气愤，随后写下辛辣的讽刺诗《"编织机法案"编制者颂》（"An Ode to the Framers of the Frame Bill"）[138]，"比起他在

---

133 杨莉《论拜伦的文学影响——以普希金、库切和巴赫金为例》，《英美文学研究论丛》2010 年第 2 期，第 73 页。

134 *A History of English Literature*, Volume III, by Chen Jia, Beijing: The Commercial Press, 1986, p.60.

135 〔苏〕阿尼克斯特著《英国文学史纲》，戴镏龄、吴志谦、桂诗春、蔡文显、周其勋、汪梧封译，北京：人民文学出版社 1959 年版，第 303 页。

136 梁实秋著《英国文学史》（三），北京：新星出版社 2011 年版，第 1011 页。

137 〔苏〕苏联科学院高尔基世界文学研究所编《英国文学史》第二卷第一分册，缪灵珠、秦水、蔡文显、廖世健、陈珍广译，北京：人民文学出版社 1984 年版，第 264 页。

138 "An Ode to the Framers of the Frame Bill"：或译"《制压破坏机器法案制订者颂》"，详见：〔苏〕阿尼克斯特著《英国文学史纲》，戴镏龄、吴志谦、桂诗春、蔡文显、周其勋、汪梧封译，北京：人民文学出版社 1959 年版，第 305 页。

议会里的演说，当然更加激烈"[139]。1812 年 3 月 2 日的《晨报》（*Morning Chronicle*）发表了这首诗，这首诗歌由 4 节组成，兹仅将第 2 节抄录于次：

> The rascals, perhaps, may betake them to robbing,
>
> The dogs to be sure have got nothing to eat——
>
> So if we can hang them for breaking a bobbin,
>
> 'T will save all the Government's money and meat:
>
> Men are more easily made than machinery——
>
> Stockings fetch better prices than lives——
>
> Gibbets on Sherwood will heighten the scenery,
>
> Showing how Commerce, how Liberty thrives[140]!

> 那一帮无赖，也许会抢劫，
>
> 像一群野狗，没啥东西吃——
>
> 谁弄坏纱轴，便立地绞决，
>
> 好节省政府的钱财和肉食。
>
> 造人挺容易，机器可难得——
>
> 人命不值钱，袜子可贵重——
>
> 舍伍德的绞架使山河生色，
>
> 显示着商业和自由的兴隆[141]！

　　机器贵于人命，人命贱于袜子，这对英国政府的讽刺、嘲弄是多么的辛辣、无情。这是一首出色的诗作："不仅因为它是拜伦早期政治讽刺诗的范例之一。它几乎是整个英国文学史中第一部如此激烈地（尽管是以幼稚的、非历史的形式）作出资本主义生产方式和资产阶级剥削不人道这一结论的作品。"[142]1816 年，他又写成《卢德派之歌》（"Song for the Luddites"），不仅显示了出

139　〔苏〕苏联科学院高尔基世界文学研究所编《英国文学史》第二卷第一分册，缪灵珠、秦水、蔡文显、廖世健、陈珍广译，北京：人民文学出版社 1984 年版，第 286 页。

140　〔英〕拜伦著《拜伦诗选》（英汉对照），杨德豫译，北京：外语教学与研究出版社 2011 年版，第 50 页。

141　〔英〕拜伦著《拜伦诗选》（英汉对照），杨德豫译，北京：外语教学与研究出版社 2011 年版，第 51 页。

142　〔苏〕苏联科学院高尔基世界文学研究所编《英国文学史》第二卷第一分册，缪灵珠、秦水、蔡文显、廖世健、陈珍广译，北京：人民文学出版社 1984 年版，第 285 页。

色演说家的才能，而且还表现出了无产阶级意识和深厚的人道主义精神。

拜伦在漂泊他乡异国的这段时期，感情是复杂、丰沛的，正是在这种感情的驱使下，他完成了《给奥古斯塔的诗章》（"Stanzas to Augusta"）、《书致奥古斯塔》与《普罗米修斯》（"Prometheus"）等诗歌的创作。《给奥古斯塔的诗章》和《书致奥古斯塔》是答谢理解、支持他的异母姐姐奥斯塔的，诗句中充满着浓浓的亲情。《普罗米修斯》则是巨人派十足的作品，流露除了他十足的巨人派气质，表达了他反抗到底的决心。他是在炙热感情的驱使下完成的这首诗歌，诗歌中流露出来的十足的巨人派气质是和他的这种创作情绪密切相关的，这一点不容忽视。

拜伦的流亡生涯加重了他孤独与空虚，以至于思想濒临危机，但是，他并没有减弱为自由引吭高歌的斗志，而是满怀激情地进行诗歌创作。在瑞士，他同珀西·比希·雪莱（Percy Bysshe Shelley, 1792-1822）一道游览了锡雍城堡（the castle of Chillon），瑞士革命者庞尼瓦（Bonnivard, 1496-1570）曾在这里关押了几年。在瑞士期间，他并未停止创作。1816年，他写下《十四行：咏锡雍》（Sonnet on Chillon）与长诗叙事诗《锡雍的囚徒》（"The Prisoner of Chillon"）。1817年，他写下戏剧诗《曼弗瑞德》（"Manfred"）[143]。移居意大利期间，他创作了一些号召政治斗争、鼓舞自由朋友、警告反动派的革命作品，"这是拜伦的诗才最灿烂的一个时期"[144]。1817年，他写下长篇叙事诗《恰尔德·哈洛尔德游记》三、四章（the last two cantoes）。1819年，他写下《但丁的预言》（"The Prophecy of Dante"）。1820年，他创作《马里诺·法利哀洛》（"Marino Faliero, Doge of Venice; an Historical Tragedy"）。1821年，他创作《该隐》（"Cain"）、《审判的幻景》。1818-1823年，他创作长诗《唐璜》。这些作品都是在强烈情绪激发下创作而成的。

骚塞曾经写过一首诗歌《审判的幻景》（"A Vision of Judgement"），在诗歌的序言中，他对拜伦进行了猛烈的攻击。拜伦的《审判的幻景》就是对他的回击，这成了他的讽刺杰作。在诗歌中，已故国王乔治三世（George III）来到天堂门口请求进入，但是圣·彼得完全不想放他进去。由于天使全是保守党人或者保守党人，所以她们来到之后坚持要把老国王放进去。

---

143 "Manfred"：或译"《曼弗列特》"、"《曼弗雷德》"与"《曼夫雷德》"。
144 〔苏〕阿尼克斯特著《英国文学史纲》，戴镏龄、吴志谦、桂诗春、蔡文显、周其勋、汪梧封译，北京：人民文学出版社1959年版，第307页。

上述拜伦的《英格兰诗人和苏格兰评论家》、《"编织机法案"编制者颂》、《卢德派之歌》、《普罗米修斯》、《十四行：咏锡雍》、《锡雍的囚徒》、《曼弗瑞德》、《恰尔德·哈洛尔德游记》、《马里诺·法利哀洛》、《唐璜》、《审判的幻景》等诗歌完全是在感情激发下创作而成的，如果拜伦没有相应的感情投入，这些作品要成功写成是不可能的。拜伦的诗歌创作具有"战斗的、热情的、政论的性质"[145]，"热情"成为拜伦诗歌创作的一个特色。

三、热情的诗篇

以华兹华斯为代表的"湖畔诗人"（The Lake Poets）属于英国 19 世纪前期浪漫主义诗人，或称消极浪漫主义诗人。华兹华斯在《抒情歌谣集》（*The Lyrical Ballads*）再版中的序言中写道："一切好诗都是强烈情感的自然流露。"[146]（Poerttry is the overflow of powerful fellings.）这是英国浪漫主义诗人的大胆宣言。在华兹华斯与柯尔律治的诗才暗淡之后，不过十年，英国文坛上崛起了新一代诗人，这一代有三个各具特长的诗人，拜伦、雪莱与济慈，这就是英国后期浪漫主义诗人，或称积极浪漫主义诗人，其中，拜伦是英国后期浪漫主义杰出的代表人物和"浪漫主义一代宗师"[147]。安德鲁·桑德斯在《牛津简明英国文学史》中说，"拜伦的诗，就像他在自己信件和幸存的日记断片中表明的那样，出自一种与开心超然相融合的乐此不疲的勃勃精力"[148]。拜伦在1821 年 6 月 5 日于拉文纳致托马斯·穆尔的一封信中写道：

> 一位非常漂亮的小伙子——一位波士顿的库利奇先生——只是太充满了诗的灵感和"热情"。他在这里待的几个小时里我对他非常客气，和他谈了许多关于欧文的事，他的文体我很喜欢。……我永远也不能使人明白诗歌是激情的表达……[149]。

---

145 〔苏〕苏联科学院高尔基世界文学研究所编《英国文学史》第二卷第一分册，缪灵珠、秦水、蔡文显、廖世健、陈珍广译，北京：人民文学出版社 1984 年版，第251 页。

146 〔英〕刘若端编《十九世纪英国诗人论诗》，曹葆华、刘若端、缪灵珠、周珏良译，北京：人民文学出版社 1984 年版，第 6 页。

147 郑克鲁、蒋承勇主编《外国文学史》（第三版）上，北京：高等教育出版社 2015 年版，187 页。

148 〔英〕安德鲁·桑德斯著《牛津简明英国文学史》（下），谷启楠、韩加明、高万隆译，北京：人民文学出版社 2000 年版，第 557 页。

149 〔英〕乔治·戈登·拜伦著，郑法清、谢大光主编《拜伦书信选》，王昕若译，天津：百花文艺出版社 2012 年版，第 247 页。

这段拜伦书信的引文中有两点需要注意，一是他将"诗的灵感"与"热情"并举，说明这"诗的灵感"与"热情"两者是紧密相连的，他对库利奇很客气，说明他很认同对方身上的"充满了诗的灵感和'热情'"；二是抛出了"诗歌是激情的表达"的论点，而且对别人对这一论点的接受之事看得很重，说明这个论点在他心目中是很重要的。拜伦在1819年4月6日于威尼斯写给致约翰·默里的信中写道："我写作的动力来自心灵的充实，来自激情，来自冲动，来自许多的动机，但决不是为了她们的'甜蜜的声音'。"[150]他借助于《唐璜》说："诗无非就是激情。"[151]他借助于《贝波》说：

> 诗名虽然是一阵青烟，
>
> 他的芬芳却刺激思想；
>
> 那最初发为歌唱的不安的感情
>
> 还是要求表现出来，和过去一样；
>
> 有如海波最终冲到岸沿才破没，
>
> 热情也把它的波浪尽泄在纸上
>
> 而成为诗歌。本来诗歌就是情感，
>
> 至少是，在写诗成为风尚以前[152]。

拜伦的"诗的本身即是热情"是同华兹华斯的"一切好诗都是强烈感情的自然流露"一脉相承的，在本质上是一致的。浪漫主义诗人的共同点之一，就是强调主观感情的抒发，而相对于前期浪漫主义诗人，后期浪漫主义诗人则更为积极乃至激进，而后期浪漫主义诗人中拜伦表现得最为突出。浪漫主义的一个基本特征是强烈主观感情的抒发，拜伦又是浪漫主义的宗师，其诗歌当然是强烈主观感情抒发的产物。阿尼克斯特在《英国文学史纲》中写道："在拜伦的创作里，浪漫主义最优秀的特征获得了极其鲜明的艺术体现：人权的捍卫，对任何形式的暴政的热烈抗议，人们感情世界的深刻的吐露，他们的激情和冲动，……"[153]拜伦创作了包括抒情诗、驳论诗、讽刺诗、故事诗、诗剧、长篇叙事诗等在内的大量作品，这些作品虽然宗旨不同，体裁各异，风格多样，

---

150 〔英〕拜伦著《飘忽的灵魂：拜伦书信选》，易晓明译，北京：经济日报出版社2001年版，第185-186页。

151 转引自：倪正芳《论拜伦的诗学观》，《兰州学刊》2007年第6期，第160页。

152 转引自：倪正芳《论拜伦的诗学观》，《兰州学刊》2007年第6期，第160页。

153 〔苏〕阿尼克斯特著《英国文学史纲》，戴镏龄、吴志谦、桂诗春、蔡文显、周其勋、汪梧封译，北京：人民文学出版社1959年版，第295页。

但无不富有才情，显示出强有力的个性和潇洒独立的风采，充满了积极浪漫主义领头人的激情，是"诗的本身即是热情"的最好体现。对于拜伦的早期诗作，苏联科学院高尔基世界文学研究所编《英国文学史》评论说，"这位十八岁的诗人尽管缺乏丰富的生活经验，但他的抒情诗已经反映出他在对人们和社会制度方面的独立自主、热情奔放和不可调和的精神。"[154]特别是拜伦离开英国之后，其诗歌作品更能体现出"诗的本身即是热情"的美学观，鲁迅《摩罗诗力说》："已而终去英伦，千八百十六年十月，抵意大利。自此，裴伦之作乃益雄。"[155] "裴伦在异域所为文，有《哈洛尔特游草》之续，《堂祥》（Don Juan）之诗，及三传奇称最伟，无不张撒但而抗天帝，言人所不能言。"[156]倪正芳《论拜伦的诗学观》：

> 对拜伦的作品的阅读的经验也告诉我们，他的所有诗篇无不是激情的产物。从幼稚爱情冲动的结晶《闲暇的时光》，到被权威羞辱后的悲愤之作《英格兰诗人与苏格兰评论家》，从东方奇观震撼心灵孕育出的《恰尔德·哈洛尔德游记》，到深受虚伪道德之害身败名裂出走异国后的《唐璜》，情感的确是这些具有阶段性标志作品诞生的原动力，同时也正是情感给拜伦的作品打上了最显目可辨的个性化标记[157]。

倪正芳的总结是很到位的。拜伦诗歌之精髓就是"热情"或曰"激情"二字。

（一）热情的抒情诗

拜伦一生创作了大量的抒情诗，充分表现了他对生活的热爱，对爱情的追求以及对大自然的向往，这些诗歌中都凝注了他的激情。

拜伦的爱情诗精美绝伦，缠绵雅致，流露出多愁善感的倾向。《当初我们俩分别》（"When We Two Parted", 1813）是他抒情诗中的名篇，生动表达了对昔日恋人的思念之情。诗歌一开始，便揭示了两人分手时的动人场面，且看第一节：

---

154 〔苏〕苏联科学院高尔基世界文学研究所编《英国文学史》第二卷第一分册，缪灵珠、秦水、蔡文显、廖世健、陈珍广译，北京：人民文学出版社1984年版，第245页。
155 《鲁迅全集》第一卷，北京：人民文学出版社1981年版，第78页。
156 《鲁迅全集》第一卷，北京：人民文学出版社1981年版，第79页。
157 倪正芳《论拜伦的诗学观》，《兰州学刊》2007年第6期，第160页。

When we two parted

In silence and tears,

Half broken-hearted

To sever for years,

Pale grew thy cheek and cold,

Colder thy kiss;

Truly that hour foretold

Sorrow to this[158]!

当初我们俩分别，

只有沉默和眼泪，

心儿几乎要碎裂，

得分隔多少年岁！

你的脸发白发冷，

你的吻更是冰凉；

确实呵，那个时辰

预告了今日的悲伤[159]！

由于对方的背信弃义，双方编织的情网已经当然无存了。然而，他对这位负心女郎并未严加指责。相反，他凭借诗歌来寄托自己对她深深的思念和绵绵的情意："我会久久惋惜你，／深切得难以陈诉。"[160]他在这首诗歌中以惊人的坦率和忧伤的语调表达了自己对恋人的炽热情感。

拜伦的爱情诗多对人物进行细致的形象描写，或进行细腻的心理刻画，撩人心弦，情真意切，委婉柔美，充满激情，表现了拜伦式的狂放的热恋。《雅典的女郎》（"Maid of Athens"）创作于他首次游访希腊期间的 1810 年，刊发于 1812 年，4 节，每节 6 行，是写给雅典少女戴丽莎·玛克利（Teresa Macri）的。玛克利是英国驻雅典副领事遗孀的三个女儿之一，年仅 12 岁，拜伦见到她就十分爱恋，曾经在 1809 年入住她家。这是一首热情奔放的抒情诗，歌颂

---

158 *The Norton Anthology of English Literature*, the Sixth Edition, Volume 2, London: W.W.Norton and Company, 1993, p.485.

159 〔英〕拜伦著《拜伦诗选》（英汉对照），杨德豫译，北京：外语教学与研究出版社 2011 年版，第 19 页。

160 〔英〕拜伦著《拜伦诗选》（英汉对照），杨德豫译，北京：外语教学与研究出版社 2011 年版，第 19 页。

了心灵纯洁、美丽可爱的玛克利，向她表达了忠贞不渝的爱情。这首诗四节中每一节末尾一句是用希腊文写成的表达爱慕的直白："我爱你呵，你是我生命！"[161]如此形成叠唱，加重了感情的抒发。这首诗以极其细腻的笔触描绘了这位少女的容貌，"松散的发辫"[162]，"那乌黑眼睫"[163]，"颊上嫣红的光泽"[164]，"小鹿般迷人的眼睛"[165]，"痴情渴慕的红唇"[166]，"丝带紧束的腰身"[167]，看上去如花似玉，彷佛下凡到人间的天使，这分明是一切美好事物的象征。这首诗不仅体现了他对爱情的热烈追求，而且也反应了他对希腊这一文明古国的无比热爱以及准备用生命来保卫的坚强决心。

在拜伦的抒情诗中，最著名的是组诗《希伯来歌曲》（*Hebrew Melodies*, 1815）。他在这组诗歌中，热情地歌颂了为了争取祖国自由和独立而捐躯的犹太人，感情充沛。

拜伦的抒情诗歌短小精悍，言简意赅，充满了浓烈的浪漫主义主观情调，体现了他"诗的本身即是热情"的诗学观。

（二）热情的政治诗

郑克鲁、蒋承勇主编的《外国文学史》论断说："拜伦艺术的一个显著特征是强烈的主观抒情性和鲜明的政治倾向性。"[168]拜伦的每一首甚至每一行诗歌，都跳荡着澎湃的激情；几乎所有作品都有自己的影子，清晰可见其火热的内心和炽烈的性格——通过主观抒情表现出来。由于他是个积极入世的政治家诗人，所以其满腔激情往往升华为对正义与自由的呼唤。他的大部分诗作特

161 〔英〕拜伦著《拜伦诗选》（英汉对照），杨德豫译，北京：外语教学与研究出版社 2011 年版，第 27-29 页。

162 〔英〕拜伦著《拜伦诗选》（英汉对照），杨德豫译，北京：外语教学与研究出版社 2011 年版，第 27 页。

163 〔英〕拜伦著《拜伦诗选》（英汉对照），杨德豫译，北京：外语教学与研究出版社 2011 年版，第 27 页。

164 〔英〕拜伦著《拜伦诗选》（英汉对照），杨德豫译，北京：外语教学与研究出版社 2011 年版，第 27 页。

165 〔英〕拜伦著《拜伦诗选》（英汉对照），杨德豫译，北京：外语教学与研究出版社 2011 年版，第 27 页。

166 〔英〕拜伦著《拜伦诗选》（英汉对照），杨德豫译，北京：外语教学与研究出版社 2011 年版，第 27 页。

167 〔英〕拜伦著《拜伦诗选》（英汉对照），杨德豫译，北京：外语教学与研究出版社 2011 年版，第 27 页。

168 郑克鲁、蒋承勇主编《外国文学史》（第三版）上，北京：高等教育出版社 2015 年版，187 页。

别是政治诗，具有鲜明的政治色彩或倾向性。拜伦在 1814 年 4 月 9 日写给缪尔的一封信中，把自己创作的一首反政府的讽刺短诗形象地叫作"手榴弹"[169]，可见，烈度是很强大的。无论是在国内还是国外，拜伦都体现出了高度的责任感，其创作的视线始终没有离开英国的政治舞台和社会局势，也密切注视欧洲大陆的政治舞台与社会形势，他的不少诗歌生动地记载了 19 世纪初英国和法国等欧洲其它国家的重要政治事件，严厉谴责统治集团的腐败与专制，高度赞扬了工人阶级为争取自由、权利而进行的斗争，抒发了高昂的政治热情。

拜伦 1819 年创作的《但丁的预言》是一首政治诗，"是向意大利人提醒意大利过去的光荣历史，号召意大利争取解放和统一的诗体宣言"[170]。这首"长诗是以但丁的三韵句法，以这位预见到自己被奴役的祖国的苦难，号召自己的人民抵抗敌人的意大利伟大诗人的愤怒而炽热的独白形式写成的，它描写了但丁这位诗人、公民、爱国者和战士的英勇形象"[171]。在这首诗中，拜伦"极力描写但丁的活动和创作的真正的民族历史特点。他借但丁之口，写出了赞美意大利语言的热情洋溢的颂歌，有意识地在'预言'里加入了类似《神曲》风格的形象化的象征"[172]。

拜伦 1820 年创作的《本国既没有自由可争取》（"When a Man Hath No Freedom to Fight for at Home"）是其政治诗歌中的名篇，作品中的主角"他"具有坚强的决心，准备同黑暗势力斗争到底，于是，一个不折不挠、无所畏惧的斗士形象便跃然纸上了：

> When a man hath no freedom to fight for at home,
>
>   Let him combat for that of his neighbors;
>
> Let him think of the glories of Greece and of Rome,

169 〔苏〕苏联科学院高尔基世界文学研究所编《英国文学史》第二卷第一分册，缪灵珠、秦水、蔡文显、廖世健、陈珍广译，北京：人民文学出版社 1984 年版，第 293 页。

170 〔苏〕苏联科学院高尔基世界文学研究所编《英国文学史》第二卷第一分册，缪灵珠、秦水、蔡文显、廖世健、陈珍广译，北京：人民文学出版社 1984 年版，第 329-330 页。

171 〔苏〕苏联科学院高尔基世界文学研究所编《英国文学史》第二卷第一分册，缪灵珠、秦水、蔡文显、廖世健、陈珍广译，北京：人民文学出版社 1984 年版，第 330 页。

172 〔苏〕苏联科学院高尔基世界文学研究所编《英国文学史》第二卷第一分册，缪灵珠、秦水、蔡文显、廖世健、陈珍广译，北京：人民文学出版社 1984 年版，第 330 页。

And get knock'd on the head for his labours.

To do good to mankind is the chivalrous plan,
　　And is always as nobly requited;
Then battle for freedom wherever you can,
　　And if not shot or hang'd, you'll get knighted[173].

　　本国既没有自由可争取
　　　　为邻国的自由战斗！
　　去关心希腊罗马的荣誉
　　　　为这番事业断头！

　　为人类造福是豪侠业绩，
　　　　报答常同样隆重；
　　为自由而战吧，在哪儿都可以！
　　　　饮弹，绞死，或受封[174]！

这首诗主题鲜明，语调激昂，节奏错落，力量铿锵，虽然只有短短 8 行，但是却不仅具有非常强烈的艺术感染力，而且蕴含非常强烈的政治号召力，因此，它在当时传遍欧洲大陆，在千百万争取民族独立的人心灵中产生了强烈的共鸣。

《"编织机法案"编制者颂》是拜伦用来抨击英国政府镇压"卢德运动"的政治诗。在英国政府通过旨在镇压"卢德运动"的"编织机法案"之后，他感到气愤，写下了这首诗歌，向统治集团提出了严厉的责问："造人挺容易，机器可难得——／人命不值钱，袜子可贵重——"[175]"人命竟不值一双长袜？／打烂机器的就该打断骨头？"[176]在诗歌末尾，他呼吁人民向统治者挑战："人家要救助，他却给绞索，／那就先把他骨头打断！"[177]可以说，这完

---

173 *The Norton Anthology of English Literature*, the Sixth Edition, Volume 2, London: W.W.Norton and Company, 1993, p.489.

174 〔英〕拜伦著《拜伦诗选》（英汉对照），杨德豫译，北京：外语教学与研究出版社 2011 年版，第 129 页。

175 〔英〕拜伦著《拜伦诗选》（英汉对照），杨德豫译，北京：外语教学与研究出版社 2011 年版，第 51 页。

176 〔英〕拜伦著《拜伦诗选》（英汉对照），杨德豫译，北京：外语教学与研究出版社 2011 年版，第 53 页。

177 〔英〕拜伦著《拜伦诗选》（英汉对照），杨德豫译，北京：外语教学与研究出版社 2011 年版，第 53 页。

全是一首充满了政治热情的诗歌。

"卢德运动"几年后，他又写成《卢德派之歌》，不仅显示了出色演说家的才能，而且还表现了透露出了无产阶级意识和深厚的人道主义精神。

拜伦创作了一系列反映法国革命的诗歌，公开阐明自己的政治观点，其中尤以一组有关拿破仑的政治诗歌最为重要。在他看来，拿破仑是个独裁者，而欧洲封建贵族和黑暗势力在摧残人性、破坏民主方面比拿破仑走得更远。

拜伦的抒情诗具有鲜明的政治色彩或倾向性。在他笔下，具有沉重历史厚重感的时代豪情常常占据主导地位，高山、大海无不雄奇、豪壮、粗犷，是自由的象征，是美与力的凝聚，是英雄性格与激情的体现。他高昂与倔强，富有激情与斗志。他充满生命的斗志，永不言弃，永远精神焕发，永远准备为理想献身。拜伦主要的作品《恰尔德·哈洛尔德游记》、《梦》、《黑暗》、《唐璜》等创造了"拜伦式英雄"（a Byronic hero）的形象。在 1812 年发表《恰尔德·哈洛尔德游记》一、二章以后的岁月中，他创作了《东方故事诗》（"Oriental Tales"）六种：《异教徒》（*Giaour*, 1813）[178]、《阿比多斯的新娘》（*The Bride of Abydos*, 1813）、《海盗》（*The Corsair*, 1814）[179]、《莱拉》（*Lara*, 1813）、《巴里西娜》（*Parisina*, 1816）、《围攻科林斯》（*The Siege of Corinth*, 1816）。他在这六种叙事诗中成功塑造了一类艺术形象"拜伦式英雄"，寄托了拜伦在自由方面的理想。他们奋起反抗独裁、不公，但又仅仅只是为了追求个人自由和达到个人目的而奋斗的孤独的斗士。他们高傲、倔强、激烈，既不满现实，要求奋起反抗，具有叛逆的性格；又显得忧郁、孤独、悲观，脱离群众，我行我素，始终找不到正确的出路。如《恰尔德·哈洛尔德游记》中的贵公子哈洛尔德，就是这类形象。这类人物的思想具有矛盾性：一方面，他们热爱生活，追求幸福，有火热的激情，强烈的爱情，非凡的性格；敢于蔑视现在制度，与社会恶势力势不两立，立志复仇。因此，他们是罪恶社会的反抗者与复仇者。另一方面，他们又傲世独立，行踪诡秘，好走极端，他们的思想基础是个人主义、自由主义，在斗争中单枪匹马，远离群众，没有明确的目标，因而最终以失败告终。《恰尔德·哈洛尔德游记》第二章第七十六节号召希腊人说，"谁要获得

---

178 Giaour: 或译"《邪教徒》"、"《不信者》"，分别见：王佐良、李赋宁、周珏良、刘承沛主编《英国文学名篇选注》，北京：商务印书馆 1983 年版，第 811 页；《鲁迅全集》第一卷，北京：人民文学出版社 1981 年版，第 79 页。

179 *The Corsair*: 或译"《海贼》"，详见：《鲁迅全集》第一卷，北京：人民文学出版社 1981 年版，第 75 页。

解放，就必须自己动手，必须举起自己的右手，才能战胜"，"否则，不管希腊的命运表现出任何变化，不管它是在土耳其统治下，或者依附于欧洲的国家，它依旧是被奴役的"[180]。

《青铜世纪》（*The Age of Bronze*）[181]是拜伦在意大利期间创作的最重要的讽刺诗，"它特别淋漓尽致地表现了他激烈的讽刺批判与奔放的热情抒情的结合"[182]他在 1823 年 1 月 10 日给利·亨特的信中谈到了这首诗歌："它是为能阅读的广大读者而写的（the reading part of the million），全部论及政治等等，是对当代的总评论。它是我用早期的《英国诗人与苏格兰评论家》的风格写的，不过稍稍激昂一些……"[183]既然《青铜世纪》是采用《英国诗人与苏格兰评论家》的风格创作而称的，那么它就是强烈感情催生的作品，而且按照拜伦自己的透露的，它的情感烈度是高于《英国诗人与苏格兰评论家》的。

拜伦在《唐璜》第三篇（"Canto 3"）第十四节（Stanza 14）中写道：

> Let not his mode of raising cash seem strange,
>
> Although he fleeced the flags of every nation,
>
> For into a prime minister but change
>
> His title, and 'tis nothing but taxation
>
> But he, more modest, took an humbler range
>
> Of lfe, and in an honester vocation
>
> Pursed o'er the high seas his watery journey,
>
> And merely practiced as a sea-attorney[184].

请别见怪他这种找钱办法吧，

虽说每种国旗都难免被掠夺，

---

180 〔苏〕苏联科学院高尔基世界文学研究所编《英国文学史》第二卷第一分册，缪灵珠、秦水、蔡文显、廖世健、陈珍广译，北京：人民文学出版社 1984 年版，第 272 页。

181 *The Age of Bronze*：或译"《青铜时代》"。

182 〔苏〕苏联科学院高尔基世界文学研究所编《英国文学史》第二卷第一分册，缪灵珠、秦水、蔡文显、廖世健、陈珍广译，北京：人民文学出版社 1984 年版，第 350 页。

183 〔苏〕苏联科学院高尔基世界文学研究所编《英国文学史》第二卷第一分册，缪灵珠、秦水、蔡文显、廖世健、陈珍广译，北京：人民文学出版社 1984 年版，第 350 页。

184 *The Norton Anthology of English Literature*, the Sixth Edition, Volume 2, London: W.W.Norton and Company, 1993, p.615.

　　　　他不过是在抽税，只要换换称号，

　　　　他和宰相所做的差不了许多；

　　　　不过他比宰相谦虚，宁处身于

　　　　较低阶层，职业也更光明磊落：

　　　　在大海之上巡游，受尽了风险，

　　　　他不过是当着海上的检察官[185]。

　　这里的"他"（he）指的是希腊海盗蓝伯殴（Lambro）[186]。拜伦在《青铜世纪》第 15 节中说，征服者的凯旋门不是钢铁而是黄金建成的，像洛特柴尔德、拜林和拉费推这样的一小撮金融巨头"和强盗没有本质上的区别"[187]，所以他在上引《唐璜》第三篇第十四节中把他们比作海盗蓝勃洛，这是他对上层统治阶级"火一样的讽刺"[188]。难怪默尔（P. E. More）在剑桥本拜伦全集序言中写道，"在某一意义上说，《唐·璜》是一部讽刺诗，许多批评家都以为是历来最伟大的讽刺诗"[189]。拜伦的政治诗批评社会，针砭时弊，体现出了强烈的政治敏感与难能可贵的反抗精神。

（三）热情的长篇叙事诗

　　拜伦的长篇叙事诗包罗万象，规模宏大，从不同的侧面深刻反映了包括英国在内的欧洲诸国的社会风貌与时代精神，其故事引人入胜，其议论精辟入理，抒情与讽刺交织，幽默与批判辉映，字里行间充满着浓烈的感情，是文学批评界公认的英国浪漫主义时期的光辉诗篇。《恰尔德·哈洛尔德游记》是拜伦的成名作，是他早期最为出色的长篇叙事诗，是英国浪漫主义文学作品的杰出典范，是一部金刚怒目式的作品。

　　首先，《恰尔德·哈洛尔德游记》对景物进行描写，景物描写中包含着情感。作品由四章组成，其中，第一章于 1809 年在西班牙完成，第二章于 1810 年在希腊完成，第一、二章于他回英国后出版，第三章完成于瑞士，1817 年

---

185 〔英〕拜伦著《唐璜》上，查良铮译，北京：人民文学出版社 2008 年版，第 225 页。

186 Lambro：或译"蓝勃洛"，详见：杜秉正《革命浪漫主义诗人拜伦的诗》，《北京大学学报》（人文科学版）1956 第 3 期，第 102 页。

187 杜秉正《革命浪漫主义诗人拜伦的诗》，《北京大学学报》（人文科学版）1956 第 3 期，第 102 页。

188 陈鸣树《鲁迅与拜伦》，《文史哲》1957 年第 9 期，第 46 页。

189 梁实秋著《英国文学史》（三），北京：新星出版社 2011 年版，第 1019 页。

发表，第四章脱稿于意大利，1818 年正式出版。作品虽然完成、问世于不同的时间、地点，但是均为作者 1809-1811 年游历了葡萄牙、西班牙、马耳他、希腊、土耳其等一些南欧与西亚国家以后创作的，其素材是来源于这一系列的游历的。作品中有不少景物描写，比如第一章描写了葡萄牙的秀丽景色，第二章描写了希腊雅典的文化遗址和文化古迹、阿尔巴尼亚的文化习俗与生活风尚，第三章描写了比利时的自然风光，第四章描写了在意大利的见闻。这些景物描写是作者抒情的载体，其中蕴含着拜伦炽热的情感，第三章第 92 节就很能说明问题：

> 天变了！变化竟如此之大！夜晚，
>
> 风暴和黑暗，你们具有神奇的力量，
>
> 这力量多美，犹如女人黑亮的眼睛
>
> 放射出的光彩！在更遥远的地方，
>
> 在震动的岩石中，过了一峰又一峰，
>
> 活泼的雷霆在跳跃[190]！

在上引诗句借景抒情，在对暴风雨的描绘中隐含着丰富的个人情感因素，含蓄蕴藉，情感炽热，风暴、黑暗、光彩、岩石、山峰、雷霆，这些景物不是柔弱的自然景观，而是躁动不安、蕴涵力量的，其中寄予了拜伦欲将革命进行到底的决心与意志，象征意义是非常明显与深刻的。

其次，《恰尔德·哈洛尔德游记》用了很大的笔墨来反映希腊等地中海国家被奴役民族渴求自由、追求解放的愿望，表现了对拿破仑侵略、英国干涉民族独立运动等各种暴政的愤怒，对反抗压迫争取独立与自由的各国人民的赞美和鼓动，以及对周围环境的厌恶和失望，同样饱含着感情。作品塑造了一个孤独、忧郁、悲观的"拜伦式英雄"哈洛尔德（Harold），与此相反，诗中还有一个贯穿始终的抒情主人公形象"我"。哈洛尔德是崭新的人物形象，既狂热追求生活的享受，又极端憎恶文明的堕落，是一个矛盾的综合体。"我"这个形象积极入世，热情洋溢，是目光犀利的观察家、思想深邃的批评家，也是热爱生活、追求自由、敢于揭露而又善于斗争的民主战士。刘炳善在《英国文学简史》（*A Short History of English Literature*）中分析哈洛尔德的孤独、忧郁时说："但是，掩藏在他这种忧郁下面的是一个悲哀、热心、苦楚的年轻人，一

---

190 转引自：侯维瑞主编《英国文学通史》，上海：上海外语教育出版社 1999 年版，第 378 页。

个对自由抱着深切理解、强烈热爱的人。"[191]由于强烈的抒情性和史诗性,《恰尔德·哈洛尔德游记》这部作品也因之有"抒情史诗"之称,是一部充满了热情的作品。

《唐璜》是拜伦的另一首长篇叙事诗,气势恢宏,缤纷多彩,为文学批评界所公认为拜伦的巅峰之作。对于这部作品,雪莱评论说,"英国语言中从没有过这样的作品"[192],"是这个时代完全新鲜、完全相关的事物"[193],约翰·沃尔夫冈·冯·歌德(Johann Wolfgang von Goethe, 1749-1832)[194]评论说"绝顶天才之作,写他所憎恶的人则严峻而残酷,写他所喜爱的人则温和而依恋"[195],爱憎非常分明。《唐璜》中的主人公唐璜(Don Juan)是一个生活在18世纪末期的西班牙贵族青年,英俊潇洒,风流倜傥,勇敢正直,热情奔放,其在海外的冒险经历构成了这首长诗的基本内容。他具有浪漫主义特征,是一个浑身洋溢着活力、一生充满着热情的人。他的充满热情,可以从他对待爱情、对待革命两个方面看出来。第一,唐璜是一个对爱情充满热情的人。他虽然自幼年开始就受到母亲的管教约束,但是内心的桀骜不驯、早熟多情却没有遭到扼杀。他母亲的朋友唐娜·茱莉亚(Donna Julia)妻少夫老,琴瑟难调,遂勾引16岁的唐璜,两人结成苟合关系。奸情曝光后,茱莉亚的夫君大举兴师问罪,唐璜只好流亡海外。他踏上旅途不久,航船在茫茫大海遇险沉没,他漂流到了希腊群岛的海滩上,被海盗头目蓝伯殴17岁的女儿海蒂(Haidée)搭救。他同她萍水相逢而一见钟情,她也对他芳心大动,双双坠入情网。正当他们处于热恋之际,海蒂的父亲返回岛屿,父亲反对女儿的婚事,强行拆开了这对恋人,把唐璜连同一批奴隶一起送到土耳其市场销售,蒙面伊斯坦布尔贵妇、土耳其王后格雅贝兹(Gulyabez)将他买走。

---

191 原文是:"But beneath this melancholia is a bad, earnest, suffering young man of ardent feelings, with a keen understanding and a strong love of freedom." 详见:*A Short History of English Literature*, Newly Revised and Enlarged Edition, compiled by Liu Bingshan, Zhengzhou: Henan People's Press, 2007, p.226.

192 〔苏〕阿尼克斯特著《英国文学史纲》,戴镏龄、吴志谦、桂诗春、蔡文显、周其勋、汪梧封译,北京:人民文学出版社1959年版,第316页。

193 *The Norton Anthology of English Literature*, the Sixth Edition, Volume 2, London: W.W.Norton and Company, 1993, p.11.

194 Goethe:或译"瞿提",详见:《鲁迅全集》第一卷,北京:人民文学出版社1981年版,第82页。

195 〔苏〕阿尼克斯特著《英国文学史纲》,戴镏龄、吴志谦、桂诗春、蔡文显、周其勋、汪梧封译,北京:人民文学出版社1959年版,第317页。

格雅贝兹热情似火，芳心大动，竟然爱上唐璜。她把他男扮女装，带入后宫，收为嫔妃。唐璜心中装着海蒂，拒与缱绻。她本已恼火，又闻他在宫中与一宫女有染，乃大恙，发令将他溺毙，他只好逃离王宫。他逃离王宫后，加入到土耳其攻打俄国军队，以英勇善战、屡建奇功而博得俄国女皇凯瑟琳二世（Catherine II）垂青，成为女皇宠臣。不久，他受女皇之托来到英国处理外交事务，经常出入、周旋于英国上流社会，同时谋划新的冒险。第二，唐璜也是一个对革命充满热情的人。他在海外的希腊海岛、土耳其、俄国、英国历险冒险过程中，除了桃花运不断、艳色事不绝之外，还对战斗、革命抱有激情。他逃离土耳其王宫后，便加入到土耳其军队，前往攻打俄国，而且英勇善战，屡建奇功。由于拜伦英年早逝，《唐璜》未能完成撰写，所以从作品中无法窥知唐璜的结局。不过，根据拜伦曾经对出版商说过，其结局是可想而知的："我的意图是想使唐璜完成欧洲的旅行，经历各种围攻、战役和冒险，最后……以他参加法国革命为长诗的结尾。"[196]唐璜的一生都是在不断冒险、不断战斗的，就连结局也是投身法国革命，《唐璜》这部长篇叙事诗也是充满革命热情的。

拜伦还创作了一首长篇叙事诗《异教徒》（*The Giaour*），这是一首饱含感情的作品，值得关注。这首诗歌创作于 1813 年，在短短一年时间内就出版了 8 版，其间内容不断充实、丰富，由原来的 685 行扩展至 1334 行，翻了一番多，出版后 18 个月内销行了 12 版。这首诗记叙女奴李拉（Leila）对其土耳其主人哈桑（Hassan）不忠，受到捆绑起来丢进大海的惩罚，其情人札乌尔（Giaour）寻仇，打破了哈桑的脑袋，最后，札乌尔向一位僧人表达忏悔。这首诗歌塑造了高贵的拜伦式英雄，包含了诡异的东方色彩和狂热的爱情。

（四）热情的诗剧

拜伦的流亡生涯加重了他孤独与空虚，以至于思想濒临危机，但是，他并没有减弱为自由引吭高歌的斗志，《锡雍的囚徒》这首诗歌就在是在这种情形下创作而成的。它是极悲壮的叙事长诗，讴歌为而自由而献身的历史英雄精神：

> Strong in his frame, and of a mood
> Which' gainst the world in war had stood,

---

196 "Introduction: The Romantic Period", *The Norton Anthology of English Literature*, the Fifth Edition, Volume 2, London: W.W.Norton and Company, 1986, p.595.

And perish'd in the foremost rank

With joy:—but not in chains to pine.

他身材魁梧，刚毅烈性，

不畏抗拒世间的战争。

他乐于奔赴前列而就义，

不愿身陷地牢，恹恹待毙[197]。

《曼弗瑞德》是另一部在类似情况下创作的歌剧，拜伦将之自称为哲理剧。在这部歌剧中，悲观与反叛意识的表现都达到了顶点。它在很大程度上是拜伦主义及其诗歌立意哲学概括的一个方面，体现出了对现实的强烈不满，而这个强烈不满又导致了彻底的怀疑与否定。

拜伦的诗歌，每一行都跳跃着彭拜的激情，几乎所有诗歌作品中都有他自己的影子，其火热的内心、炽烈的性格是通过主观抒情表现出来的。他在《唐璜》中塑造了唐璜，这是英国文学史上第一个花花公子的形象，拜伦本人就是个到处拈花惹草、撩情拨意的花花公子，唐璜身上是处处有拜伦的影子的。即使是他从希腊语翻译成英语的诗歌《希腊战歌》，里面也有他的影子，他对意大利烧炭党的支持和对希腊独立战争的帮助都是很好的说明。拜伦是个积极入世的政治家诗人，其满腔热情往往升华为对自由与正义的呼唤。拜伦的诗歌，无论是抒情诗、政治诗，还是叙事诗、戏剧诗，都是负有沉重历史感的时代豪情占据主导地位。在其笔下，高山和大海无不雄奇、豪壮、粗犷，是自由的象征，是力与美的凝聚，是英雄性格与激情的体现。拜伦的诗歌，有评论谓之"雷奔电激、波翻云涌"[198]，若无激情、热情，焉得如此之谓。

四、热情的影响

拜伦是英国人，但又似乎没有国籍，从某种意义上而言，他是国际的人。

（一）拜伦在国际的实力

彼得·科克伦（Peter Cochran）在《拜伦在欧洲的接受》（"Byron's European Reception"）一文中认为，拜伦是欧洲浪漫主义英国作家的典型代表。阿尼

---

197 〔英〕拜伦著《拜伦诗选》，骆继光、温晓红译，石家庄：华山文艺出版社 1992 年版，第 115 页。

198 〔英〕拜伦著《拜伦诗选》（英汉对照），杨德豫译，北京：外语教学与研究出版社 2011 年版，第 I 页。

克斯特也在《英国文学史纲》一书中认为，"伟大的诗人拜伦是英国浪漫主义最卓越的代表"[199]。克里斯蒂安·迪特里希·格拉布（Christian Dietrich Grabbe）说，英国文学中真正重要的人物只有拜伦勋爵和莎士比亚两个，拜伦是名副其实的主体性诗歌的代表，莎士比亚则是客观性诗歌爆发时期的代表。格拉布所说的主体性诗歌，就是主观色彩浓厚的诗歌，是渗透着浓郁感情的作品。

在拜伦的那个年代，他得到广泛的承认，是世界上最伟大的诗人。英国诗人、评论家马修·阿诺德（Matthew Arnold）[200]在其诗歌中写道：

> 死亡让拜伦的双眼紧闭，
>
> 我们低头屏住了呼吸。
>
> 他留给我们的教诲很少，
>
> 而我们的灵魂却感受到他雷声般的声息[201]。

德国抒情诗人、散文家海因里希·海涅（Heinrich Heine）在听到拜伦去世的消息后写道：

> So that great heart has stopped beating! His was a mighty and singular heart——no tiny little ovary of emotions. Yes, he was a great man——from his pain he created new worlds, Prometheus-like he defied miserable man and his still more miserable gods……'He was a man, take him for al in al [sic], we shall not look upon his like again'——
>
> 如此伟大的心脏已经停止跳动了！他的心脏强大而又独特——一点也不感情用事。是的，他是一个伟大的人——他从痛苦中创造了新的世界，他像普罗米修斯一样，蔑视悲惨的人类以及更为悲惨的神祇……"他是人，鉴于他是他者中的他者[原文如此]，我们不能再轻视像他那样的人了。"

俄国诗人孔德拉季·费奥多洛维奇·雷列耶夫（Кондра́тий Фёдорович Рыле́ев）在因拜伦之死而写的诗歌中称赞拜伦具有"光明磊落的勇敢精神"

---

199 〔苏〕阿尼克斯特著《英国文学史纲》，戴镏龄、吴志谦、桂诗春、蔡文显、周其勋、汪梧封译，北京：人民文学出版社 1959 年版，第 294 页。

200 Arnold：或译"爱诺尔特"，详见：《鲁迅全集》第一卷，北京：人民文学出版社 1981 年版，第 72 页。

201 Matthew Arnold, *The Poems of Matthew Arnold*, 1840-1867, London: Oxford University Press, 1909, p.16.

202。恩格斯曾高度赞扬拜在批判现实政治制度方面所起的积极作用。鲁迅也说他是个"立意在反抗，指归在动作"、"最雄桀伟美"的进步诗人。一百多年以来，"拜伦主义"、"拜伦式英雄"等术语已不仅是文学批评家的专利，而且广泛应用于政治、哲学和社会等各个领域。

侯维瑞主编《英国文学通史》：

> 乔治·戈登·拜伦（George Gordon Byron, 1788-1824）是英国浪漫主义文学运动的卓越代表，也是欧洲十九世纪最伟大的诗人之一。他那些灿烂的诗篇在他生前就已经震撼了千万读者的心灵。今天，他的作品依然在世界各地广为流传，久盛不衰。拜伦的名字已不只是为普通文学爱好者所知，他的影响亦大大超出了文学的范畴[203]。

杨德豫译《拜伦诗选》前言中有较好的总结：

> 拜伦是伟大的诗人，又是伟大的革命家。他那些雷奔电激、波翻云涌的诗篇，在他生前便震撼了整个欧洲大陆，他死后一百多年来仍在全世界传诵不衰。歌德说拜伦是"19世纪最伟大的天才"；普希金称拜伦为"思想界的君王"；鲁迅坦然承认：他自己早期对被压迫民族和人民"哀其不幸，怒其不争"的思想，和"不克厥敌，战则不止"的精神，都是从拜伦那里学来的[204]。

郑振铎评价说："所以我们之赞颂拜伦，不仅仅赞颂他超卓的天才而已，他的反抗的热情和行为，其足以使我们感动，实较他的诗歌为尤甚。他实在是一个近代极伟大的反抗者！"[205]王佐良评价说，"拜伦在整个欧洲产生了巨大影响。从意大利到俄罗斯，一时爱好自由、反抗专制的青年诗人无不景仰这位身殉希腊独立事业的义士"[206]《本国既没有自由可争取》虽然只有短短8行，但是却不仅具有非常强烈的艺术感染力，而且蕴含非常强烈的政治号召力，因

---

202 〔苏〕苏联科学院高尔基世界文学研究所编《英国文学史》第二卷第一分册，缪灵珠、秦水、蔡文显、廖世健、陈珍广译，北京：人民文学出版社1984年版，第141页。

203 侯维瑞主编《英国文学通史》，上海：上海外语教育出版社1999年版，第367页。

204 〔英〕拜伦著《拜伦诗选》（英汉对照），杨德豫译，北京：外语教学与研究出版社2011年版，第I页。

205 〔日〕鹤见佑辅《拜伦传》，陈秋帆译，长沙：湖南人民出版社1981年版，第2页。

206 王佐良、李赋宁、周珏良、刘承沛主编《英国文学名篇选注》，北京：商务印书馆1983年版，第812页。

此，它在当时传遍欧洲大陆，在千百万争取民族独立的人心灵中产生了强烈的共鸣。

大卫·撒切尔（David Thatcher）说，拜伦永远有一种强大的吸引力。现在，全世界各地有 36 个运行有序的拜伦协会（Byron Societies），每年举行一次国际会议。拜伦留下的遗产，岂止是吸引力，他的影响力也是很大的。阿尼克斯特说："拜伦的诗歌给与整个世界文学以巨大的影响。"[207]阿尼克斯特进一步论述道：

> 对拜伦的诗歌表示醉心和敬仰的诗人不胜枚举，例如在法国有马拉丁，维尼，雨果，缪塞等；在德国有海涅；在俄国有莱蒙托夫，普希金；在波兰有密茨凯维支和斯洛伐次基；在捷克有马哈等等。可是愈有独特见解的诗人，对拜伦的领会也愈是与众不同。欧洲各民族中的伟大诗人并非拜伦的门徒，而是创造性改进拜伦传统的，独出心裁的艺术家，他们常常与他进行争辩。拜伦以如此丰富的思想、形象、艺术形式和诗体充实了诗歌，所以他的贡献对欧洲诗歌的整个发展起了良好的影响。他的创作是促进各国文学上浪漫主义普遍胜利的一种推动力[208]。

（二）拜伦在西方的影响

虽然拜伦一生中招来不少非议甚至诽谤，但是与此同时，他的诗歌和言行却激起了整个欧洲青年志士的崇拜和效仿。王佐良主编《英国诗选》介绍说："拜伦主义成为一种澎拜于全大陆的情感力量。一个诗人而有如此广大的外国青年引为同志，竞相效法，在世界文学史上实不多见。"[209]更为重要的是，他对欧洲的文学艺术产生了显著的影响，他在欧洲大陆许多国家的诗人声誉都比在英国、美国更高。理查德·卡德韦尔（Richard Cardwell）编辑、出版了一部名为《拜伦在欧洲的接受》（*Reception of Byron in Europe*）的学术著作，专门介绍拜伦在欧洲的传播情况，其中包含了拜伦在欧洲产生影响的内容。德拉蒙德·伯恩（Drummond Bone）编辑、出版了一部名为《剑桥拜伦指南》（*The*

---

207 〔苏〕阿尼克斯特著《英国文学史纲》，戴镏龄、吴志谦、桂诗春、蔡文显、周其勋、汪梧封译，北京：人民文学出版社 1959 年版，第 324 页。

208 〔苏〕阿尼克斯特著《英国文学史纲》，戴镏龄、吴志谦、桂诗春、蔡文显、周其勋、汪梧封译，北京：人民文学出版社 1959 年版，第 324-325 页。

209 王佐良主编、金立群注释《英国诗选》（注释本），上海：上海译文出版社 1993 年版，第 400 页。

Cambridge Companion to Byron）的学术著作，其中也涉及了拜伦在欧洲产生影响的情况[210]。鲁迅在《摩罗诗力说》中追溯了拜伦在欧洲的影响："余波流衍，入俄则起国民诗人普式庚，至波阑则作报复诗人密克威支，入匈加利则觉爱国诗人裴象飞；其他宗徒，不胜具道。"[211]这里提到的普式庚、密克威支、裴象飞分别是当今通译之亚历山大·谢尔盖耶维奇·普希金（Александр Сергеевич Пушкин）[212]、亚当·密茨凯维支（Adam Mickiewicz）、裴多菲·山陀尔（Petöfi Sándor），在鲁迅看来，雪莱、普希金、莱蒙托夫、克拉辛斯基[213]、密茨凯维支、裴多菲、斯洛伐支奇、果戈里都是受到拜伦影响的，至于其他受到拜伦影响的作家，则不胜枚举了。

拜伦的作品激发了弗朗茨·李斯特（Franz Liszt）、赫克托·柏辽兹（Hector Berlioz）、彼得·伊里奇·柴可夫斯基（Pyotr Ilyich Tchaikovsky）、朱塞佩·威尔第（Giuseppe Verdi）、斯丹达尔（Stendhal）[214]、弗里德里希·威廉·尼采（Friedrich Wilhelm Nietzsche）、阿尔弗莱·德·缪塞（Alfred de Musset）、弗朗茨·格里尔帕策（Franz Grillparzer）、克里斯蒂安·迪特里希·格拉布、海因里希·海涅、亚历山大·谢尔盖耶维奇·普希金、米哈伊尔·尤里耶维奇·莱蒙托夫（Михаил Юрьевич Лермонтов）[215]、米哈伊尔·巴赫金（Михаил МихаЙлович Ъахтинг）、约翰·马克斯韦尔·库切（John Maxwell Coetzee）、亚当·密茨凯维奇（Adam Mickiewicz）、康斯坦丁·尼古拉耶维奇·巴秋什科夫、玛琳娜·伊万诺夫娜·茨维塔耶娃等人的文学活动，推动了他们文学走品

---

210 详见: *The Cambridge Companion to Byron*, edited by Drummond Bone, Cambridge University Press, 2004.

211《鲁迅全集》第一卷，北京：人民文学出版社1981年版，第99页。

212 Pushkin: 或译"普式庚"，详见:《鲁迅全集》第一卷，北京：人民文学出版社1981年版，第87页。

213 克拉辛斯基：译自"Krasiński"，或译"克拉句斯奇"，详见:《鲁迅全集》第一卷，北京：人民文学出版社1981年版，第92页。"Krasiński"全名为"Zygmunt Krasiński"，今译作"齐格蒙特·克拉辛斯基"。

214 Stendhal: 本名"马里-亨利·贝尔"（"Marie-Henri Beyle"）。1814年，他以笔名"蓬贝"（"Bombet"）发表《海顿、莫扎特和梅塔斯塔兹传》（Vies de Haydn, de Mozart et de Métastase）。 1817年，他以笔名"麻·阿·阿"（"M.A.A"）发表《意大利绘画史》（Histoire de la Peinture en Italie）。1817年，他以笔名"斯丹达尔"出版散文集《罗马、那不勒斯和佛罗伦萨》（*Rome, Naples et Florence*）。"Stendhal"是从德国一个小城的名字变化而来的，或译"司汤达"。

215 Lermontov: 或译"来尔孟多夫"，详见:《鲁迅全集》第一卷，北京：人民文学出版社1981年版，第89页。

的创作或者文学理论的构建。法国现实主义文学奠基人斯丹达尔认同拜伦，他 1827 年发表的小说《阿尔芒丝》（*Armance*）充满了拜伦的影子，1830 年出版的小说《红与黑》（*Le Rouge et le Noir*）[216]又何尝没有拜伦的影子。《红与黑》注重的是真正的激情，成为"走不出的激情炼狱"，"既不致力展示生理的焦渴和感官的颓萎，也不致力渲染卿卿我我的缠绵，他着力的是爱情追求过程中的心灵'格斗'，通过行为的奇异以显示在爱情追求中心灵的展撼和亢奋"[217]，《红与黑》中的男主角外表青春漂亮、内心雄心勃勃，他是多么的像拜伦啊。斯丹达尔尤其欣赏拜伦的《唐璜》，《唐璜》对他的影响也可以从《红与黑》中看得出来。《红与黑》是以几幕喜剧场景开端的：市长德·雷纳尔（Monsieur de Rénal）的夫人路易斯（Louise de Rénal）无法面对自己爱上"年约十八九岁，长相文弱清秀"，"两只又大又黑的眼睛在宁静时射出火一般的光辉，又象是熟思、探寻的样子"[218]的家庭教师于连·索雷尔（Julien Sorel）的事实；于连在情绪激动之际抽身离开躲到树林中陷入沉思；于连在浪漫的夏季之夜通过紧紧抓住路易斯的手魔抚摸来宣泄情感；于连靠在路易斯足边痛哭来勾引对方。《红与黑》第一部分的末章中，雷纳尔搜查于连藏身的房间，路易斯藏起于连的帽子，于连赤身跳进花园，这些都是将《唐璜》与《费加罗的婚礼》（*Le Nozze di Figaro*）加以简略混合之产物，起码在这一章，斯丹达尔十分乐意标榜自己的作家身份，这同他欣赏的拜伦一贯的作风是一致的。德国著名哲学家、语言学家、文化评论家、诗人、作曲家、思想家尼采喜欢拜伦，第一次作题为"论拜伦的戏剧性诗歌"的演讲时，年仅 17 岁。他偏爱拜伦的无韵体诗剧《曼弗瑞德》，詹姆斯·索德霍尔姆（James Soderholm）认为，尼采对拜伦的兴趣可以通过检测其对《曼弗瑞德》的偏爱得到最好的理解，他说得很有道理，尼采《超人》（*Ubermansch*）的哲学理念得益于拜伦本人与这部无韵体诗剧中的主人公曼弗瑞德。拜伦在诗歌中塑造的很多形象都成了其他作家加以效仿的对象。缪塞在诗歌习作《纳蒙娜》（*Namouna*）中创造了一个邪恶的

---

216 *Le Rouge et le Noir*：此系法语，英译作"*The Red and the Black*"或"*The Red and Black*"。

217 王彤《走不出的激情炼狱——〈红与黑〉再读》，《沧州师范专科学校学报》2000 年第 1 期，第 25 页。

218 Chapter Four "Father and Son", "a small young man of eighteen or nineteen, weak in appearance", "large black eyes, which in calmer moments revealed a reflective and passinate nature". 详见：Henri Beyle Seendhal, *The Red and Black*, Beijing: Foreign Language Teaching and Research Press, 1992, p.15.

花花公子形象哈山（Hassan），这是缪塞向拜伦学习的产物。奥地利剧作家格里尔帕策和德国作家格拉布都公开承认，他们的文学创作曾经受益于拜伦，格拉布唯一一部作品《唐璜和浮士德》便显示了拜伦的直接影响，整体打上了拜伦精神的烙印。德国作家海涅十分肯定拜伦，他跟拜伦一样是一个没有国家的人，这一观点已经在他的《现在去哪里?》（*Jetzt Wohin?*）中采用最具嘲讽意味的方式表达作了表达。海涅同拜伦具有相似性，伊莉斯·冯·霍恩豪森（Elise von Hohenhausen）把他比作"德国的拜伦"（the German Byron），其他人把他称为"我们的小拜伦"（our little Byron）。"俄罗斯诗歌的太阳"[219]、"民族诗人、小说家和戏剧家"[220]普希金第一次接触拜伦是通过世界图书馆的部分日内瓦诗篇译作，此后马上开始以一种具有强大的拜伦式影响力的方式进行文学创作，其《高加索囚徒》（*The Prisoner of the Caucasus*）与《巴赫支沙莱的喷泉》（*The Fountain of Bakhchisaray*）便显示了在类似的东方作品中完全因袭了早期拜伦式的风格。虽然普希金在后来对拜伦有所批评和否定，但是仍然无法抛开拜伦。拜伦 1817 年创作、1818 年发表的《贝珀》（*Beppo*）[221]还是对普希金后来的两首讽刺叙事长诗《康特·努林》（*Count Nulin*）与《科洛姆纳的小房》（*The Little House at Kolomna*）产生了重要影响，其中，《科洛姆纳的小房》是对《贝珀》直接模仿而成的八行体、纯拜伦式的诗歌。普希金长篇诗体小说《叶甫盖尼·奥涅金》（*Yevgeny Onegin*）塑造了俄国文学史上第一个"多余人"形象、小说主人公叶甫盖尼·奥涅金（Yevgeny Onegin），"从他的身上，我们可以看到拜伦本人及其笔下主人公形象的缩影"[222]，"在拜伦诗体的光照下，普希金终于找到了用抒情史诗和诗体小说相结合的方式描写普通人的平凡传记的表达方式"[223]。普希金的"南方叙事诗"和拜伦的"东方叙事诗""在宏观的整体框架上，特别是思想脉络在精髓上的酷似"，说明这些诗歌确实是在拜伦的影响之下创作而成的[224]。拜伦对普希金的影响还不止于此，

---

219 郑克鲁、蒋承勇主编《外国文学史》（第三版）上，北京：高等教育出版社 2015 年版，216 页。

220 任光宣主编《俄罗斯文学简史》，北京：北京大学出版社 2006 年版，第 57 页。

221 Beppo：或译"《贝波》"、"《白波》"、"《别波》"。

222 杨莉《论拜伦的文学影响——以普希金、库切和巴赫金为例》，《英美文学研究论丛》2010 年第 2 期，第 64 页。

223 张伟《论"拜伦式"的"南方叙事诗"》，《国外文学》1997 第 3 期，第 96 页。

224 张伟《论"拜伦式"的"南方叙事诗"》，《国外文学》1997 第 3 期，第 96-97页。

且看普希金诗歌《致大海》（*To the Sea*）第 10-12 节：

> 他已经在苦海里长眠。
>
> 紧随着他，另一个天才
>
> 拿风暴之声驰过我们面前，
>
> 啊，我们心灵的另一个主宰。
>
> 他去了，使自由在悲泣中；
>
> 他把自己的桂冠留给世上。
>
> 喧腾吧，为险恶的天时而汹涌，
>
> 噢，大海！他曾经为你歌唱。
>
> 他是由你的精气塑成的，
>
> 海啊，他是你的形象的反映；
>
> 他像你似的深沉、有力、阴郁，
>
> 他也倔强得和你一样[225]。

这里的"另一个主宰"当作何解？查良铮在这首译诗的尾注（3）中解释道："指英国诗人拜伦。"[226]实际上，普希金是把拜伦同大海并举，拜伦和大海已融为一体了。可以看出，拜伦和大海互相融入，互相彰显[227]，"在普希金笔下，大海是拜伦斗争精神的见证人，是拜伦自由精神的象征"[228]。拜伦对普希金的影响是触及灵魂的，普希金成为了"俄国的拜伦"[229]。俄国"19 世纪前期杰出的批判现实主义作家"[230]莱蒙托夫经常把自己同拜伦相比较，认为他们有着共同的精神、追求、喜好，希望能有拜伦一样的命运："我年轻；但心中激扬着呼声，我是多么想要赶上拜伦：我们有同样的心灵和苦痛，啊，但愿也会有相同的命运!……如像他，我寻求忘怀和自由，如像他，从小我的心便燃烧，

---

225 〔俄〕普希金著《普希金抒情诗选》（下），查良铮译，江苏人民出版社 1987 年版，第 33 页。

226 〔俄〕普希金著《普希金抒情诗选》（下），查良铮译，江苏人民出版社 1987 年版，第 34 页。

227 孙晓博《俄罗斯诗歌海洋书写的"拜伦经验"》，《中国社会科学报》2022 年 8 月 1 日，第 007 版。

228 杨莉《论拜伦的文学影响——以普希金、库切和巴赫金为例》，《英美文学研究论丛》2010 年第 2 期，第 68 页。

229 杨莉《论拜伦的文学影响——以普希金、库切和巴赫金为例》，《英美文学研究论丛》2010 年第 2 期，第 64 页。

230 任光宣主编《俄罗斯文学简史》，北京：北京大学出版社 2006 年版，第 106 页。

我爱那山间夕照和风卷飞涛,爱那人间与天国呼号的风暴"[231]。他模仿拜伦高歌海洋的自由自在、无边无际,表达对自由的渴望和追寻,"我从心坎里挚爱大海,热爱海浪的无尽行程,从何处来?到何处去?我对这自由身怀崇敬!"[232]他在拜伦《唐璜》亚得里亚海的描写、《恰尔德·哈洛尔德游记》对意大利的描写中得到灵感,创作了《威尼斯》、《朱利奥》,模仿了拜伦作品对威尼斯、亚得里亚海的描写。文学理论家、批评家巴赫金从易卜生、拜伦、海涅等人非小说体裁的"小说化"上具体的表现形式、小说作为形成中的体裁的三个基本特点,一是与在小说中实现的多种语言意识有关的小说风格上的三维性,二是小说中文学形象的时间坐标的根本性变化,三是小说中塑造文学形象的新领域,在小说的未完成性中与当下时代(当代生活)接触的领域[233],"巴赫金在论证小说的特点时,尤其是在论证后两个特点时,运用对比的方法(将小说与史诗进行比较),其中,不难看出拜伦的诗歌,尤其是《唐璜》对其所产生的影响"[234]。南非小说家、文学评论家、翻译家库切的小说《耻》(Disgrace)受到了拜伦的影响,小说的主人公是卢里,"《拜伦在意大利》就是'卢里在开普敦城',恐怕也就是'库切在南非'的隐喻。"[235]"从卢里对待耻的态度极其宁死不屈的个性,我们可以看到拜伦笔下的曼弗雷德的影子"[236]。波兰最伟大的诗人密茨凯维奇曾在 1822 年说,他只读拜伦的作品,他要把其他人写的书籍统统扔掉。密茨凯维奇翻译过拜伦的《异教徒》,他在翻译过程中对有的内容作了一些中和、调整与改动,使之符合自己的口味。1834 年,他出版译作《异教徒》。1832-1834 年,他花三年时间完成创作《塔杜施先生》(Pan Tadeusz),这是一部波兰伟大的民族史诗。1834 年,在出版译作《异教徒》的同时,还出版了《塔杜施先生》。可以清晰地看到,《唐璜》在《塔杜施先生》中对立陶宛乡村社会

---

231 孙晓博《俄罗斯诗歌海洋书写的"拜伦经验"》,《中国社会科学报》2022 年 8 月 1 日,第 007 版。

232 孙晓博《俄罗斯诗歌海洋书写的"拜伦经验"》,《中国社会科学报》2022 年 8 月 1 日,第 007 版。

233 巴赫金著,张杰编选《巴赫金集》,上海:上海远东出版社 1998 年版,第 258-259 页。

234 杨莉《论拜伦的文学影响——以普希金、库切和巴赫金为例》,《英美文学研究论丛》2010 年第 2 期,第 74 页。

235 蔡圣勤《两个隐喻:关于拜伦的歌剧和狗的出场——库切小说〈耻〉之再细读》,《湖南社会科学》2009 年 1 期,第 142 页。

236 杨莉《论拜伦的文学影响——以普希金、库切和巴赫金为例》,《英美文学研究论丛》2010 年第 2 期,第 72 页。

的详细描写产生了影响。孙晓博在《俄罗斯诗歌海洋书写的"拜伦经验"》一文中认为,拜伦《恰尔德·哈洛尔德游记》、《唐璜》与《海盗》等作品都洋溢着"自由"之创作底色,海洋的广阔、无限、自由同拜伦的自由思想、自由观念、自由气质极为匹配,成为其作品表达自由、歌颂自由、追求自由的关键意象,"拜伦对海洋自由精神的反复书写,使海洋作为'自由'价值的载体在俄文诗歌中确立下来"[237]。俄国早期浪漫主义文学代表作家巴秋什科夫在《勇士赫拉尔德之歌》里纵情讴歌驰骋海洋的自由,便是受惠于拜伦这一诗歌遗产的结果。"受拜伦的影响,俄罗斯诗歌中的自由主题多通过海洋书写完成表达。"[238]俄罗斯著名女诗人茨维塔耶娃在其诗歌中大力赞美海洋,"拜伦践行着大海的精神,大海彰显着拜伦的性格,拜伦融于大海,人海见证拜伦的永恒、无限"[239]。叶莲娜·瓦季莫芙娜·托尔斯古佐娃(Елена Вадимовна Толстогузова)研究发现,拜伦作品中的"动态海洋"明显革新了俄罗斯哀歌的基本语境及素材范围,使俄罗斯诗篇取材不再拘泥于"肃穆的田园"、"宁静的湖泊"、"流淌的小溪"与"平静的海洋",而多倾向于"狂暴的海洋"、"汹涌的海洋"、"喧嚣的海洋"、"暴怒的海洋"与"奔腾的海洋",俄罗斯诗歌的力量、空间与速度得到强化,内容与主题更为丰富、多元[240]。

(三)拜伦在中国的影响

拜伦在中国也产生了很大的影响,这方面的论述有不少。王佐良在《英国诗史》中写道:"拜伦的影响最广,雪莱的探索最深,济慈在增进敏感上用力最勤。"[241]王佐良还在《英国诗歌选注》中写道:"《哀希腊》是必选之作,特别是由于它同中国思想界、翻译的密切联系。它曾起了帮助唤醒中国民族主义精神的作用。"[242]拜伦形象在世界各地传播,同本土文化、宗教、民族性格

---

237 孙晓博《俄罗斯诗歌海洋书写的"拜伦经验"》,《中国社会科学报》2022年8月1日,第007版。

238 孙晓博《俄罗斯诗歌海洋书写的"拜伦经验"》,《中国社会科学报》2022年8月1日,第007版。

239 孙晓博《俄罗斯诗歌海洋书写的"拜伦经验"》,《中国社会科学报》2022年8月1日,第007版。

240 孙晓博《俄罗斯诗歌海洋书写的"拜伦经验"》,《中国社会科学报》2022年8月1日,第007版。

241 王佐良著《英国诗史》,南京:译林出版社1997年版,第271页。

242 王佐良主编,金立群注释《英国诗选》(注释本),上海:上海译文出版社1993年版,第401页。

相结合，从而形成不同版本的拜伦形象，不仅有"美国拜伦"、"法国拜伦"、"日本拜伦"，而且还有"中国拜伦"，周扬断言，鲁迅"是一位拜伦主义者"[243]，这就是中国拜伦了。

鲁迅于 1925 年在《杂忆》一文中写道："有人说，G. Gordon 的诗多为青年所爱读，我觉得这话很有几分真。就自己而论，也还记得怎样读了他的诗而心神俱旺；尤其是看到他那花布裹头，去助希腊独立时候的肖像。"[244]曾繁亭、张照生在《"个人"与"革命"的变奏：西方浪漫主义中国百年传播省思》一文中有概述：

> 在西方浪漫派作家中，拜伦因其激越的自由反叛而成为"五四"一代津津乐道的文化"明星"。在其逝世 100 年后的 1924 年，《小说月报》第 4 期刊发了 30 多篇纪念他的文章（执笔者几乎囊括了当时学界的重要人物），其中有译作，比如徐志摩译的《Song from Corsair》、顾彭年译的《我见你哭泣》等；有国外关于拜伦研究著述的译文，如勃兰兑斯的《勃兰兑斯的拜伦论》、R. H. Bowles 的《拜伦在诗坛上的位置》等；更有本土学人撰写的评介文章，如郑振铎在《诗人拜伦的百年祭》中称，拜伦是一个为自由而战、反对专制且坦白豪爽的诗人，他的全部人格都显现在其作品中；王统照在《拜伦的思想及其诗歌的评论》中扼要地将拜伦的一生分为五个时期展开论述，尤其提到其自由是文艺、道德与政治三个方面的自由。曾写过《夏多布里昂的浪漫主义》一文的华林 1928 年在《贡献》上撰文《拜伦的浪漫主义——读〈曼佛莱特〉(Manfred)》，盛赞拜伦是"王中之王"，且称拜伦的诗篇使其泣涕滂沱、拔剑狂呼[245]。

李军辉在《"拜伦在中国"与"中国的拜伦"——清末民初"拜伦"译介的再考察》一文也有较为详细的回顾：

> 在诸多外来诗歌的译介中，英国 19 世纪伟大的浪漫主义诗人拜伦，在清末民初的中国深受青睐，仅其诗作《哀希腊》便先后出现了梁启超（1902）、马君武（1905）、苏曼殊（1907）等多种译本，可

---

243 周扬《精神界战士——论鲁迅初期的思想和文学观　为纪念他诞生六十周年而作》，《解放日报》1941 年 8 月 12－14 日。

244《鲁迅全集》第一卷，北京：人民文学出版社 1981 年版，第 220 页。

245 曾繁亭、张照生《"个人"与"革命"的变奏：西方浪漫主义中国百年传播省思》，《河南大学学报》（社会科学版）2019 年第 6 期，第 92-93 页。

见其影响深远。再经由鲁迅《摩罗诗力说》（1907）对拜伦及其"摩罗精神"的引介，以及新文化运动的舆论阵营《小说月报》在五四时期开辟的"诗人拜伦的百年祭"专号和四大副刊之一《晨报副刊·文学旬刊》的大力颂扬，"豪侠拜伦"在中国备受推崇，深入人心。在其影响下，"中国的拜伦"纷纷涌现，其中，具有摩罗抗争精神的鲁迅堪称典型的代表。拜伦在中国，影响早已超越了文学领域而汇入了"民族—国家"的政治范畴；中国化的拜伦已经成为民族精神文化资源和集体记忆的一部分，并成为抵抗外侮，进行民族伟大复兴的文化象征符号[246]。

从以上回顾中可以看出，在 19 世纪的明末清初，拜伦通过译介传入中国而大受欢迎，他是以"英国 19 世纪伟大的浪漫主义诗人拜伦"的身份传入中国的。他在中国大受青睐不是偶然的，而是有必然性的。跟英国第一代所谓"消极浪漫主义诗人"华兹华斯、柯勒律治、骚塞相反，他是英国第二代所谓"积极浪漫主义诗人"的领袖，无论对爱情还是革命，他都是有热心肠的。明末清初，中国民族问题应该是突出的，清人入主中原，在一些具有狭隘民族观念的汉族眼中，这是异族统治，心中多有不服。而拜伦身上所具有的革命性特征正好迎合了这一些人的心理，自然受到欢迎。近代以来，中国内忧外患，江河日下，民族危机大为显现，拜伦身上体现出的强烈的革命性、高昂的斗争精神同民族救亡运动正好契合，因而"拜伦在中国，影响早已超越了文学领域而汇入了'民族-国家'的政治范畴；中国化的拜伦已经成为民族精神文化资源和集体记忆的一部分，并成为抵抗外侮，进行民族伟大复兴的文化象征符号"。1902 年，梁启超在《新小说》第 2 期首次把拜伦引介到中国，既刊发了拜伦简要生平，又附印了拜伦铜版插图，其辞曰："英国近世第一诗家也，其所长专在写情，所作曲本极多。至今曲界之最盛者，尤为摆伦派云。每读其著作，如亲接其热情，感化力最大矣。摆伦又不特文家也，实为一大豪侠者。当希腊独立军之起，慨然投身以助之。卒于军，年仅三十七。"[247]拜伦遂以"豪侠"形象首次来到中国，深深感染了中国读者。马君武竭力推崇拜伦的"侠

---

246 李军辉《"拜伦在中国"与"中国的拜伦"——清末民初"拜伦"译介的再考察》，《河南大学学报》（社会科学版）2019 年第 5 期，第 108 页。

247 梁启超《新小说》1902 年第 2 期。转引自：李军辉《"拜伦在中国"与"中国的拜伦"——清末民初"拜伦"译介的再考察》，《河南大学学报》（社会科学版）2019 年第 5 期，第 108 页。

义"精神，他称赞拜伦"闻希腊独立军起，慨然仗剑从之，谋所以助希腊者无所不至，竭力为希腊募巨债以充军实"，"摆伦者，英伦之大文豪也，而实大军人也、大侠士也、哲学家也、慷慨家也……使人恋爱，使人崇拜，使人追慕，使人太息"[248]。苏曼殊素以"中国的拜伦"自居，"歌拜伦《哀希腊》之篇，歌已哭，哭复歌，梵声与流水相应，盖哀中国之不竞，而以拜伦身世自况"[249]。他十分欣赏拜伦，称赞拜伦"是一个热烈的、真诚的为自由而献身的人"[250]。他希望通过拜伦援助希腊人民反抗侵略者的事实激发中国人民的爱国主义思想、反抗精神，于1913年7月21日在《民立报》发表了《释曼殊代十方法侣宣言》[251]，以拜伦事迹起兴，"昔者，希腊独立战争时，英吉利诗人拜伦投身戎行以助之，为诗以励之，复从而吊之"[252]。宣言对袁世凯指名道姓，口诛笔伐，雷霆万钧，大有拜伦之身影。

以上所举是拜伦革命精神在中国社会、革命领域产生的影响，这只是他在中国影响的一个方面。其实，拜伦在中国文艺领域也是带来了很大影响的。1908年，鲁迅以令飞署名在《河南》月刊第2号、第3号上刊发《摩罗诗力说》，这"是'五四'文学革命思想上的先导，是中国第一篇比较文学论文，也是系统地向中国人介绍以拜伦为宗主的恶魔派诗歌的第一篇论文"[253]，是了解鲁迅所提倡的文艺为政治斗争服务，古为今用、洋为中用，对旧传统、旧文化，对腐朽反动的旧思想进行深刻批判等重要观念的重要作品，也是认识鲁迅早年的历史观、世界观、政治观和文艺观的重要作品[254]。《摩罗诗力说》刊发后，流传很快，散播很广，其速度，其广度都是令人诧异的，"摩罗诗人"在中国成了拜伦的专属名称，鲁迅也赢得"东方的摩罗诗人"[255]之誉。鲁迅特别推崇拜伦的《曼弗雷德》、《天与地》和《该隐》，认为"三传奇称最伟，无不

248 马君武《十九世纪二大文豪》，《新民丛报》1903年3月第28号。

249 郑逸梅《南社丛谈》，上海：上海人民出版社1981年版，第297页。

250 苏曼殊《苏曼殊作品》，王宁主编《中国现代文学名家经典文库》，长春：时代文艺出版社2004年版，第50页。

251 《释曼殊代十方法侣宣言》：亦称"《讨袁宣言》"。

252 苏曼殊《苏曼殊作品》，王宁主编《中国现代文学名家经典文库》，长春：时代文艺出版社2004年版，第55页。

253 高旭东《鲁迅与英国文学》，西安：陕西人民教育出版社1996年版，第14页。

254 李军辉《"拜伦在中国"与"中国的拜伦"——清末民初"拜伦"译介的再考察》，《河南大学学报》（社会科学版）2019年第5期，第110页。

255 李兆忠《孤独的东方摩罗诗人：鲁迅留日生涯和"弃医从文"的背后》，《理论学刊》2008年第7期。

张撒旦而抗天帝，言人所不能言"[256]。这些作品所塑造的主人公"大都不为顺世和乐之音，动吭一呼，闻者兴起，争天抗俗，而精神复深感后世人心，绵延至于无已"[257]。拜伦作品中的一系列烙着拜伦精神印记的"拜伦式英雄"与"摩罗精神"深刻影响了鲁迅的文艺观与文学创作，塑造"孤独的英雄"形象成为鲁迅创作的一个重要主题，"《过客》中带着满身创伤孤独地'向野地里跄踉地闯进去'寻找光明的过客；《复仇》中'裸着全身，捏着利刀，独立于广漠的旷野之上'的斗士；《淡淡的血痕》中虽然'洞见一切已改和现有的废墟和荒坟，记得一切深广和久远的苦痛'，但仍要'起来使人类苏生，或者使人类灭尽'的叛逆者；《这样的战士》中'走进无物之阵'高高'举起了投枪'的战士；《秋夜》中'默默地铁似的直刺着奇怪而高的天空'的枣树"[258]，凡此种种，俱是例证。

拜伦对中国现代文坛的影响广泛，绝非仅限于鲁迅一人，其实，他也很大影响了苏曼殊、穆旦等人。苏曼殊翻译的《拜伦诗选》是中国最早的拜伦诗歌译本，拜伦对苏曼殊产生了很大的影响。石在中曾撰发文章《论拜伦对苏曼殊的影响》，对此作专题研究，其结论为：

> 在书信、日记及创作中苏曼殊多次提及拜伦，讲"拜伦是我师"，自称为"中国的拜伦"。他还曾与人筹划成立拜伦学会，并准备去英国吊拜伦墓……可以讲，苏曼殊涉猎甚广的中外作家中，没有谁能像拜伦那样对他产生如此强烈而持久的影响[259]。

根据石在中的研究，拜伦对苏曼殊的影响表现在三个方面，一曰"恋爱的主题"，二曰"自由的信仰"，三曰"激奋"的反抗精神。拜伦对穆旦的影响体现在三个方面，一是昂扬的战斗激情，二是强烈的讽刺风格，三是两人或多人的对话模式。穆旦早年诗歌创作中拜伦的因素非常明显，其《哀国难》就同拜伦的《哀希腊》有一定的渊源关系：

> 穆旦对拜伦的战斗精神是深有体会的，在《拜伦诗选》中，他认

---

256 鲁迅《摩罗诗力说》，《鲁迅全集》第一卷，北京：人民文学出版社 1981 年版，第 75 页。

257 鲁迅《摩罗诗力说》，《鲁迅全集》第一卷，北京：人民文学出版社 1981 年版，第 66 页。

258 李军辉《"拜伦在中国"与"中国的拜伦"——清末民初"拜伦"译介的再考察》，《河南大学学报》（社会科学版）2019 年第 5 期，第 110-111 页。

259 石在中《论拜伦对苏曼殊的影响》，《湖北教育学院学报》1998 第 3 期，第 27 页。

为拜伦的诗是对其所见社会黑暗的抗议,如《哀希腊》等。穆旦写于1935年的《哀国难》,明显化用了拜伦的诗句。在诗里,诗人感叹在日寇的铁蹄下,祖先们的血汗即将化成轻烟,铁鸟击碎了故去英雄们的笑脸!眼看四千年的光辉就要塌沉,就连坟墓里的人都会急起高呼,要良善的子孙保卫祖先留下的功绩,为后人做一个榜样!如果对比拜伦的《恰尔德·哈洛尔德游记》中的《希腊》这章或者是拜伦《唐璜》中的《哀希腊》第三章,那么,我们就不难看到,拜伦采用对比手法,通过希腊歌手吟唱出了古希腊的辉煌和当前希腊所遭受的苦难。希腊既是太阳神阿波罗的诞生之地,同时也是伟大诗人荷马的诞生之地,但现在已经陷入了土耳其侵略者的铁蹄下。《哀希腊》表达了拜伦对希腊民族衰落的悲哀,希望以此唤醒希腊子孙拯救民族和国家危亡的情感。这种情绪显然非常符合当时人们的情绪和感受。九一八事变后日军步步向华北进逼,昔日无比辉煌的中华民族如今同样面临着遭受被侮辱被奴役命运的威胁。穆旦在诗歌中呼唤良善的子孙起来奋而抗击日本侵略者,这与拜伦的愿望是极其相似的。他们都体现了一种不畏外敌、勇于抗击的战斗精神[260]。

以上引言分析了《哀国难》同《哀希腊》之间的渊源关系,可以看出,《哀国难》极大地借鉴了《哀希腊》中的战斗精神。在穆旦的诗歌中有很多对上层社会的贵族男女进行讽刺的诗歌,譬如,《绅士和淑女》中生动地描述绅士、淑女的几个典型动作是"走着高贵的脚步","洗洗修洁的皮肤","运动他们的双腿","摆动他们美丽的臀部","像柳叶一样的飞翔"等,接着又把这些动作同"你和我躲闪又慌张"加以对比,"尽管表面上描述的是'你和我'的负面形象,实际上却是对上层社会有钱人的强烈讽刺,诗歌寓反讽于客观的叙述之中,因此达到了很好的艺术效果"[261]。穆旦《绅士和淑女》中的这些讽刺是得益于拜伦的《审判的幻景》、《青铜世纪》、《唐璜》等优秀讽刺诗作品的。在两人或多人的对话模式方面,穆旦也受到了拜伦的影响。譬如,《小镇一日》、《从空虚到充实》、《森林之魅》等作品中穿插的对话,就是对《唐璜》

---

260 谭桓芬、王靖才《拜伦对穆旦创作的影响》,《湖北函授大学学报》2018 年第 11 期,第 188 页。

261 谭桓芬、王靖才《拜伦对穆旦创作的影响》,《湖北函授大学学报》2018 年第 11 期,第 188-189 页。

的模仿。

拜伦具有热情奔放的个性,浪漫主义气质浓郁;拜伦所有的诗歌都是在激情的催生下产生的;拜伦的诗歌热情奔放,带有浓郁的感情色彩,曾经震动整个欧洲文坛;拜伦为弱小民族自由解放献身热烈的革命精神,激励了南欧各国人民反对外族压迫的斗争。没有热情的诗歌创作者,便没有热情的诗歌创作;没有热情的诗歌创作,便没有热情的诗歌;没有热情的诗歌,便没有别人的热情。拜伦的个性是热情的,他的诗歌创作是热情的,他的诗歌是热情的,他的诗歌点燃了他人的热情。认识到这一切,有助于更好理解、领会他诗歌美学观"诗的本身就是热情"。

罗伯特·弗罗斯特诗歌中的自然解读

　　罗伯特·弗罗斯特（Robert Frost, 1874-1963）是美国文学史上重要的自然诗人（Nature Poet）。关于这一点，中外学术界已有很多论述，比如，弗朗西斯·奥托·马蒂森（Francis Otto Matthiessen）说他"是传统的自然诗人"[1]，丹尼尔·霍夫曼（Daniel Hoffman）宣称有很多人认同他是"真实描绘地方山水的画家"[2]，詹姆斯·麦克布赖德·达布斯（James McBride Dabbs）说他"主要象征诗的焦点是人与自然的关系"[3]，约瑟夫·沃伦·比奇（Joseph Warren Beach）说他是"所有美国诗人中最'感性地'热爱大地的一个"[4]，黄宗英说他是"一名著名的自然诗人"[5]，胡荫桐说他"喜爱宁静的乡村和新英格兰的小山"[6]，李淑言说他的"诗都与农事乡情、自然景物有关"[7]，庄彦说他"关心的是迷离的大自然和人"[8]。其实，在美国文学史上，热爱自然并在诗歌中

1　刘守兰编著《英美名诗解读》，上海：上海外语教育出版社 2003 年版，第 198 页。

2　*The Harvard Guide to Contemporary American Writing*, edited by Daniel Hoffman et al, Cambridge: Harvard University Press, 1979, p.459.

3　"Robert Frost as Nature Poet", *Robert Frost: The Poet and His Critics*, edited by Charles Sanders, Urbana: University of Illinois, 1976, p.209.

4　"Robert Frost as Nature Poet", *Robert Frost: The Poet and His Critics*, edited by Charles Sanders, Urbana: University of Illinois, 1976, p.211.

5　黄宗英《一条行人较少的路——罗伯特·弗罗斯特诗歌艺术管窥》，《北京大学学报》（外国语言文学专刊）1997 年，第 56 页。

6　Hu Yintong, *American Literature*, Beijing: Foreign Language Teaching and Research Press, 2001, p.290.

7　李明滨主编《二十世纪欧美文学简史》，北京：北京大学出版社 2000 年版，第 178 页。

8　庄彦选译《二十世纪美国诗选》，沈阳：春风文艺出版社 1990 年版，第 27 页。

不遗余力地描写自然的诗人只有为数不多的几个，弗罗斯特即是其中之一。自然在弗罗斯特诗歌中占据着非常重要的位置。为了更好地认识、理解弗罗斯特及其诗歌，有必要把他诗歌中的自然作一个简单的梳理。从内涵上看，弗罗斯特诗歌中的自然大体上可归纳为审美愉悦的自然、神秘可怕的自然、消解异化的自然、产生异化的自然、比喻象征的自然、对照社会的自然、创作灵感的自然、宗教色彩的自然八类，十分丰富。

一、审美愉悦的自然

在弗罗斯特的诗歌中，自然一般都具有审美愉悦性。《雪夜在林边停留》("Stopping by Woods on a Snowy Evening")：

> The only other sound's the sweep
>
> Of easy wind and downy flake[9].

> 林中万籁俱寂，了无回声，
>
> 只有柔风轻拂，雪花飘落[10]。

树林恬淡寂静，柔风轻轻吹拂，雪花漫漫飘落，有视觉意象"林"、"雪花"，有动觉意象"轻拂"、"飘落"，静中有动，动中有静，动静结合，相得益彰——这是一幅具有较高审美性的自然图卷。《雪问》("Afterflakes")：

> I turned and looked back upward.
>
> The whole sky was blue;
>
> And the thick flakes floating at a pause
>
> Were but frost knots on an airy gauze,
>
> With the sun shining through[11].

> 我向后扭头仰望天空。
>
> 整个天空一片湛蓝；
>
> 暂停飘洒的纷纷雪花
>
> 不过是凝在薄纱上的霜结，

9　*The Poetry of Robert Frost*, edited by Edward Connery Lathem, New York: Henry Holt and Company, 1979, p.224.

10　〔美〕弗罗斯特著《弗罗斯特作品集》第 1 册，曹明伦译，北京：人民文学出版社 2019 年版，第 289 页。

11　*The Poetry of Robert Frost*, edited by Edward Connery Lathem, New York: Henry Holt and Company, 1979, p.303.

阳光正透过薄纱闪耀[12]。

　　苍穹浩瀚湛蓝，雪花飘飘洒洒，霜结薄薄透明，太阳金光闪闪，这是一个由自然景物构建而成的具有空灵之美的意境，审美特征极为彰显。《白桦树》（"Birches"）描绘了一幅具有极高审美性的自然景观图：白白的雪花覆盖了桦树，小小的冰柱结满了树枝，覆盖着白雪和悬挂着冰柱的桦树弯下了腰枝。微风徐徐吹来，树枝上的冰柱发出了阵阵叮当之声。太阳冉冉升起，树上的冰雪折射出了五彩斑斓之色彩。白雪渐渐消融，冰柱纷纷下落，地上冰粒珠光闪闪。如此之景物，如此之自然，必能给人带来极大的审美愉悦。《雪尘》（"Dust of Snow"）：

> The way a crow
>
> Shook down on me
>
> The dust of snow
>
> From a hemlock tree
>
> Has given my heart
>
> A change of mood
>
> And saved some part
>
> Of a day I had rued[13]

> 一只乌鸦
>
> 从一棵铁杉树上
>
> 把雪尘抖落到
>
> 我身上的方式
>
> 已使我抑郁的心情
>
> 为之一振
>
> 并从我懊悔的一天中
>
> 挽回了一部分[14]。

　　这道画面有动有静、色彩分明：白雪覆盖的大地一望无垠，四处充满着静

12　〔美〕弗罗斯特著《弗罗斯特作品集》第 1 册，曹明伦译，北京：人民文学出版社 2019 年版，第 394 页。

13　*The Poetry of Robert Frost*, edited by Edward Connery Lathem, New York: Henry Holt and Company, 1979, p.221.

14　〔美〕弗罗斯特著《弗罗斯特作品集》第 1 册，曹明伦译，北京：人民文学出版社 2019 年版，第 285 页。

谑。一只乌鸦从一棵铁杉树上振翅而飞，抖落的雪尘纷然而下，鸟、雪和树充满着动感。乌鸦是黑的，大地是白的，铁杉是绿的，色彩明晰。诗中人原本神情抑郁、心绪不宁，但这道自然风景的出现帮他走出懊悔的阴影，重新找回了一些愉悦的心情。又如《雪夜在林边停留》中的树林，"它很美，足以暂时克服旅途的实际需要。它像美丽的女人或者艺术品一样具有诱惑力，使诗中人置坐骑的意愿和前面漫漫的路途于不顾，产生了留下来欣赏它们的想法"[15]。尽管该诗第一节已明确提示，树林属于前面村庄的某一农户，但其高度的审美愉悦性深深地打动了诗中人，以致"从暂时的角度看，与其说它归其他什么人所有，还不如说它是诗中人的财产"[16]。面对眼前茫茫的白雪，他"顿时心旷神怡、留恋忘返"，"知觉已经游离于现实，好像要溶于这充满各种遐想的而又空旷寂静的乡村景象"[17]。由于弗罗斯特诗歌中的自然具有高度的审美愉悦性，所以常耀信评论说："读他所有的诗歌——或者一些诗歌——能够成为非常高贵和放松的经历。"[18]

二、神秘可怕的自然

在弗罗斯特的诗歌中，自然又常具有某种神秘可怕性。达布斯指出，他的"自然以毁灭威胁着人类"，"自然的存在需要人类去抗争而不是毁灭，即使有可能毁灭，那也只会是人类自己的毁灭"[19]。常耀信说，他的自然世界"可能是使人恐怖和令人破胆的"[20]。胡荫桐说，他的自然风景"具有威胁性"[21]。黄宗英认为，在他的抒情诗中，"大自然不仅常常显得对人冷漠无情，而且总

---

15 "The Woods in 'Stopping by Woods on a Snowy Evening'", *English* (Book 3), compiled by Huang Yuanshen, Xu Qinggen, et al, Shanghai: Shanghai Translation Publishing House, 1996, pp.306-307.

16 "The Woods in 'Stopping by Woods on a Snowy Evening'", *English* (Book 3), compiled by Huang Yuanshen, Xu Qinggen, et al, Shanghai: Shanghai Translation Publishing House, 1996, p.306.

17 黄宗英《"不是没有修饰"——罗伯特·弗罗斯特诗歌语言艺术管窥》，《北京大学学报》1998 年外国语言文学专刊，第 36 页。

18 Chang Yaoxin, *A Survey of American Literature*, Tianjin: Nankai University Press, 1990, pp. 267-278.

19 J.McBride Dabbs, "Robert Frost and the Dark Woods", *Yale Review*, March 1934, p.516.

20 Chang Yaoxin, *A Survey of American Literature*, Tianjin: Nankai University Press, 1990, p.270.

21 Hu Yintong, *American Literature*, Beijing: Foreign Language Teaching and Research Press, 2001, p.291.

是危机四伏、富有敌意"[22]，"他的诗所表现出的那种田园式的美国生活往往伴随着一个事实上更为复杂的，评论家奈艾尼尔·特里林（Lionel Trilling, 1905-1975）称之为'恐怖世界'的美国"[23]。弗罗斯特诗歌中自然的神秘可怕性在其《曾临太平洋》（"Once by the Pacific"）、《大暴雨之时》（"In Time of Cloudburst"）、《意志》（"Design"）、《荒野》（"Desert Places"）和《一堆木柴》（"The Wood Pile"）等诗作中都有不同程度的表现。《曾临太平洋》第 5-6 行：

> The clouds were low and hairy in the skies,
>
> Like locks blown forward in the gleam of eyes[24].

> 天上乌云低垂令人毛骨悚然，
>
> 像黑色的乱发被风吹到眼前[25]。

《曾临太平洋》第 10-14 行：

> It looked as if a night of dark intent
>
> Was coming, and not only a night, an age.
>
> Someone had better be prepared for rage.
>
> There would be more than ocean-water broken
>
> Before God's last *Put out the light* was spoken[26].

> 似乎怀着恶意的夜正在来临，
>
> 那不仅是黑夜而且是个时代，
>
> 有人最好想到洪水就要到来。
>
> 这儿将有比海啸更大的灾难，
>
> 在上帝说出熄灭那道光之前[27]。

低垂的乌云，风吹的乱发，恶意的黑夜，汹涌的洪水，灾难的海啸，光明

---

22 黄宗英《"不是没有修饰"——罗伯特·弗罗斯特诗歌语言艺术管窥》，《北京大学学报》1998 年外国语言文学专刊，第 37 页。

23 黄宗英《一条行人较少的路——罗伯特·弗罗斯特诗歌艺术管窥》，《北京大学学报》1997 年外国语言文学专刊，第 55 页。

24 *The Poetry of Robert Frost*, edited by Edward Connery Lathem, New York: Henry Holt and Company, 1979, p.250.

25 〔美〕弗罗斯特著《弗罗斯特作品集》第 1 册，曹明伦译，北京：人民文学出版社 2019 年版，第 322 页。

26 *The Poetry of Robert Frost*, edited by Edward Connery Lathem, New York: Henry Holt and Company, 1979, p.250.

27 〔美〕弗罗斯特著《弗罗斯特作品集》第 1 册，曹明伦译，北京：人民文学出版社 2019 年版，第 322 页。

的熄灭，这一切都神秘、可怕甚至恐怖，一点也不逗人喜爱。《大暴雨之时》
第二节：

'Tis the world-old way of the rain

When it comes to a mountain farm

To exact for a present gain

A little of future harm[28].

这本是大暴雨天生的脾性，

当它向一座山区农场袭来，

它总要强行索取一份礼品，

总要对未来造成一点损害[29]。

大暴雨天一来临，便会给农场造成破坏，像暴雨这样的自然无疑是可怕而
令人厌恶的。《意志》第 1 节：

I found a dimpled spider, fat and white,

On a white heal-all, holding up a moth

Like a white piece of rigid satin cloth——

Assorted characters of death and blight

Mixed ready to begin the morning right,

Like the ingredients of a witches' broth——

A snow-drop spider, a flower like a froth,

And dead wings carried like a paper kite[30].

我发现只胖得起屠的白色蜘蛛

在白色万灵草上逮住一只飞蛾，

一只宛如僵硬的白丝缎的飞蛾——

与死亡和枯萎相称相配的特征

混合在一起正好准备迎接清晨，

就像一个女巫汤锅里加的配料——

28 *The Poetry of Robert Frost*, edited by Edward Connery Lathem, New York: Henry Holt and Company, 1979, p.285.

29 〔美〕弗罗斯特著《弗罗斯特作品集》第 1 册，曹明伦译，北京：人民文学出版社 2019 年版，第 371 页。

30 *The Poetry of Robert Frost*, edited by Edward Connery Lathem, New York: Henry Holt and Company, 1979, p.302.

蜘蛛像雪花莲，小花儿像浮沫，

飞蛾垂死的翅膀则像一纸风筝[31]。

在弗罗斯特的诗歌中，最能代表自然之神秘可怕性的恐怕要算树林了。神秘可怕的树林并非首先出现在他的笔下。其实，早在但丁·阿利吉耶里（Dante Alighieri, 1265-1321）的《神曲》（*La Divina Commedia*）和纳撒尼尔·霍桑（Nathaniel Hawthorne, 1804-1864）《红字》（*The Scarlet Letter*）的《红字》等作品中，已有这种用法了。《神曲·地狱》第一篇开篇伊始即出现森林意象：

当人生的中途，我迷失在一个黑暗的森林之中。要说明那个森林的荒野、严肃和广漠，是多么的困难呀！我一想到他，心里就起一阵害怕，不下于死的光临[32]。

这个森林荒凉、黑暗，到处是豹子、狮子和母狼等凶猛野兽，何其神秘，何其可怕。《红字》中海丝特·白兰（Hester Prynne）和阿瑟·丁梅斯代尔（Arthur Mimmesdale）幽会之场所是一个森林，这个森林阴森、抑郁、神秘、可怕，连阳光也透射不进来。弗罗斯特提到树、树林或森林的诗歌有很多，如《进入自我》（"Into My Own"）、《地利》（"The Vantage of Point"）、《梦中的痛苦》、《潘与我们在一起》（"Pan with Us"）、《造物主的笑声》、《不情愿》（"Reluctance"）、《红朱兰》（"The Pogonias"）、《现在请关上窗户吧》（"Now Close the Windows"）、《在阔叶林中》（"In Hardwood Groves"）、《摘苹果之后》（"After Apple-Picking"）、《未走之路》（"The Road Not Taken"）、《圣诞树》、《白桦树》、《采树脂的人》、《树声》（"The Sound of the Trees"）、《枫树》、《斧柄》、《雪夜在林边停留》、《收落叶》（"Gathering Leaves"）[33]、《关于一棵横在路上的树》（"On a Tree Fallen Across the Road"）、《我窗前的树》、《晴日在灌木林边小坐》、《荒野》、《山毛榉》、《桑树》（"Sycamore"）和《一株幼小的白桦》（"A Young Birch"）等。马尔科姆·考利（Malcolm Cowley）说：

在弗罗斯特的诗歌中，树林扮演着一种好奇的角色；它们似乎是我们自己内部没有图标的国家的象征，既充满了可能的美丽，也

---

31 〔美〕弗罗斯特著《弗罗斯特作品集》第 1 册，曹明伦译，北京：人民文学出版社 2019 年版，第 392-393 页。

32 〔意〕但丁著《神曲》，王维克译，北京：人民文学出版社 1997 年版，第 3 页。

33 "Gathering Leaves"：或译"《收树叶》"，详见：〔美〕埃默里·埃利奥特主编《哥伦比亚美国文学史》，朱通伯、李毅、肖安浦、敖凡、袁德成、曾令富译，成都：四川辞书出版社 1994 年版，第 788 页。

充满了恐惧。在黄昏的树林，你会听到小溪隐藏的音乐之声，"一种轻微的叮当的瀑布"；或许你还会看到林中生物，一只雄鹿或雌鹿，透过标志着牧场边界的石头墙篱望着你。除非是在睡梦之中，你不要跨过这道墙篱；然后，你看不到小溪或鹿子，而是可能遇见奇怪的魔鬼"从泥沼之中翻腾而起纵声大笑"[34]。

达布斯认为，树林意象在弗罗斯特的诗歌中"具有特殊的、个人的价值"，"除了少有的几个例外之外，树林对弗罗斯特来说象征着具有挑战性和迷惑力的自然本身"[35]。他认为，在弗罗斯特的很多诗歌中，自然代表着威胁，树林则是"'自身带有挑战性和迷惑力的自然的'象征"，"尽管在一首诗中表露了对树林的惧怕，在下一首诗中又表了对树林的喜爱，但其贯穿始终之最大特征还是迷惑力"[36]，黑暗的树林延伸到了厄运的边缘。约翰·奥吉尔维（John T.Ogilvie）指出，黑暗的树林是他自第一部诗集《少年的心愿》（*A Boy's Will*）[37]始反复运用的。在《雪夜在林边停留》中，弗罗斯特自己承认"这树林真美"[38]（The woods are lovely[39]），但随后话锋一转，说它也"隐秘而幽深"[40]（dark and deep[41]）。在冰冻的湖泊和黑暗的夜晚的衬托之下，树林更具神秘、

34 Malcolm Cowley, "Frost: A Dissenting Opinion", *New Republic*, CXI, September 18, 1944, p.346.

35 J.McBride Dabbs, "Robert Frost and the Dark Woods", *Yale Review*, XXIII, Spring 1934, p.514.

36 "Robert Frost as Nature Poet", *Robert Frost: The Poet and His Critics*, edited by Charles Sanders, Urbana: University of Illinois, 1976, p.209.

37 A Boy's Will: "《少年的心愿》"是通译，详见：〔美〕弗罗斯特著《弗罗斯特作品集》第 1 册，曹明伦译，北京：人民文学出版社 2019 年版，第 1 页；杨金才主撰《新编美国文学史》第三卷，上海：上海外语教育出版社 2002 年版，第 144 页。"《少年的意志》"亦是常译，详见：〔美〕埃默里·埃利奥特主编《哥伦比亚美国文学史》，朱通伯、李毅、肖安浦、敖凡、袁德成、曾令富译，成都：四川辞书出版社 1994 年版，第 781 页；〔美〕萨克文·伯科维奇主编《剑桥美国文学史》第五卷（诗歌与批评，1910 年-1950 年），马睿、陈怡彦、刘莉译，北京：中央编译出版社 2009 年版，第 29 页。

38 〔美〕弗罗斯特著《弗罗斯特作品集》第 1 册，曹明伦译，北京：人民文学出版社 2019 年版，第 289 页。

39 *The Poetry of Robert Frost*, edited by Edward Connery Lathem, New York: Henry Holt and Company, 1979, p.224.

40 〔美〕弗罗斯特著《弗罗斯特作品集》第 1 册，曹明伦译，北京：人民文学出版社 2019 年版，第 289 页。

41 *The Poetry of Robert Frost*, edited by Edward Connery Lathem, New York: Henry Holt and Company, 1979, p.224.

可怕的气氛：

> My little horse must think it queer
>
> To stop without a farmhouse near
>
> Between the woods and frozen lake
>
> The darkest evening of the year[42].

> 想必我的小马会暗自纳闷：
>
> 怎么不见农舍就停步不前？
>
> 在树林与冰冻的湖泊之间，
>
> 在一年中最最黑暗的夜晚[43]。

黄宗英分析该诗后认为，"无边的树林给人的印象也是个迷人而又危机四伏的意象"[44]。在《接受》（"Acceptance"）中，黑夜和树林均笼罩着神秘、可怕的气氛，归巢之众鸟除了听天由命之外别无其它选择：

> Now let the night be dark for all of me.
>
> Let the night be too dark for me to see
>
> Into the future. Let what will be, be[45].

> 现在就让夜的黑暗把我笼罩吧！
>
> 让夜黑得叫我看不见未来的景象。
>
> 让未来应该是什么样就是什么样[46]。

《役马》（"The Draft Horse"）一诗中的树林尤为可怕：

> With a lantern that wouldn't burn
>
> In too frail a buggy we drove
>
> Behind too heavy a horse
>
> Through a pitch-dark limitless grove.

42 *The Poetry of Robert Frost*, edited by Edward Connery Lathem, New York: Henry Holt and Company, 1979, p.224.

43 〔美〕弗罗斯特著《弗罗斯特作品集》第 1 册，曹明伦译，北京：人民文学出版社 2019 年版，第 289 页。

44 黄宗英《"不是没有修饰"——罗伯特·弗罗斯特诗歌语言艺术管窥》，《北京大学学报》（外国语言文学专刊）1998 年，第 37 页。

45 *The Poetry of Robert Frost*, edited by Edward Connery Lathem, New York: Henry Holt and Company, 1979, p.249.

46 〔美〕弗罗斯特著《弗罗斯特作品集》第 1 册，曹明伦译，北京：人民文学出版社 2019 年版，第 322 页。

And a man came out of the trees

And took our horse by the head

And reaching back to his ribs

Deliberately stabbed him dead.

The ponderous beast went down

With a crack of a broken shaft.

And the night drew through the trees

In one long invidious draft[47].

驾一辆极易散架的马车,

携一盏总是点不亮的提灯,

赶一匹不堪重负的役马,

我俩穿越黑暗无边的树林。

一个人突然从树林里钻出

不由分说就把马头抓住,

随之把刀伸向马的肋骨,

不慌不忙地叫马一命呜呼。

随着一根车辕折断的声响

那笨重的畜生倒在地上。

而透过那黑暗无边的树林

黑夜吸入一口含恶意的风[48]。

三、消解异化的自然

美国小说家、诗人、新批评派文艺批评家罗伯特·佩恩·沃伦(Robert Penn Warren, 1905-1989)认为,抵抗自然的诱惑力的斗争是弗罗斯特作品的永恒的主题,并由此得出了有趣的结论:"我们的诗歌应该是讴歌自然的,但实际上,它可能是关于把自己定义为抗拒自然的引力的人的。"[49]在西方文学史上,十

47　*The Poetry of Robert Frost*, edited by Edward Connery Lathem, New York: Henry Holt and Company, 1979, pp.443-444.

48　〔美〕弗罗斯特著《弗罗斯特作品集》第 2 册,曹明伦译,北京:人民文学出版社 2019 年版,第 46-47 页。

49　Warren, Robert Penn, "The Themes of Robert Frost", *The Writer and His Craft: The Hopwood Lectures, 1932-1952*, Ann Arbor: University Of Michigan Press,1954, p.223.

九世纪末、二十世纪初出现了现代主义，人的异化是文学创作的主题。资本主义的异化日益加剧了一般和特殊、概念和感觉、社会和个人之间的分裂，在这样社会中，伟大的作家把这些东西辩证地结合成一个复杂的整体[50]，"伟大的艺术与资本主义社会的异化和分裂作斗争，展示丰富多样的人类整体形象"[51]。弗罗斯特的诗歌以树林、山状、山峦、河流、田舍、农场等传统的诗歌素材来表现现代工业社会中人心灵上的压抑、不安、扭曲、异化，阐发对人与自然、人与社会、人与人之间的关系的思考，抒发了对宁静的精神状态的向往。自然对人内心诸种矛盾"起着调和的作用"[52]，它能"打碎自我的隔离，解放隐藏的、未发现的自我"[53]，它是消解异化的媒介。如亨利·大卫·梭罗（Henry David Thoreau, 1817-1862）《华尔腾，或林中生活》（*Walden, or Life in the Woods*）中的主人公、舍伍德·安德森（Sherwood Anderson, 1876-1941）《小镇畸人》（*Winesburg, Ohio*）中的伊丽莎白·威拉德（Elizabeth Willard）、路易丝·本特利（Louise Bentley）、杰西·本特利（Jesse Bentley）、柯蒂斯·哈特曼（Curtis Hartman）、伊诺克·罗宾逊（Enoch Robinson）、力菲医生（Doctor Reefy）、艾丽斯·兴德曼（Alice Hindman）和凯特·斯威夫特（Kate Swift）等，毫无例外地在同自然接触过程中意外成功寻求到了某种暂时的安宁与舒适，在一定程度上消解了异化。弗罗斯特生活在一个以牺牲人性、自然美、人与自然和谐为代价的、人受到极大异化的资本主义蓬勃发展时期，人性异化也是他诗歌热衷表现的主题。李淑言说："弗罗斯特的诗都与农事乡情、自然景物有关，但是他不是传统意义上的田园诗人，他的乡间生活糅合着焦虑与不安全感等这类现代意识。"[54]焦虑和不安全感是人被异化所产生的结果。常耀信说："尽管弗罗斯特主要描绘新英格兰的山水，但是那些乡村生活的场景却反映了现代社会经历的片断。"[55]"读者可能会发现机警与智慧、宁静与和谐、安详与

50 张首映著《西方二十世纪文论史》，北京：北京大学出版社 1999 年版，第 308 页。

51 〔英〕特里·伊格尔顿《马克思主义与文学批评》，文宝译，北京：人民文学出版社 1980 年版，第 32 页。

52 Nancy Bunge, "Women in Sherwood Anderson's Fiction", *Critical Essays on Sherwood Anderson*, p.224.

53 Epifanio San Juan, Jr., "Vision and Reality: A Reconsideration of Sherwood Anderson's 'Winesburg, Ohio'", *American Literature*, Volume 35, Number 1, March, 1963.

54 李明滨主编《二十世纪欧美文学简史》，北京：北京大学出版社 2000 年版，第 178 页。

55 Chang Yaoxin, *A Survey of American Literature*, Tianjin: Nankai University Press, 1990, p.270.

享受，这些是他'反抗混乱的短暂的支撑之物'。""自然似乎是人的解释者和调解者……。它是反抗混乱的一种完美的之物。"[56]胡荫桐说："这些主题首先可以简单定义为爱、友谊、家庭和社会关系，其次还可简单定义为在自身、自然和宇宙中找到信仰，以此获取能在苦难和混乱中坚持不懈的额外的力量。"[57]庄彦说："他喜欢通过自然和人的意境来揭示宇宙中的阴冷、幽暗中的隐秘，揭示人的孤独、绝望和迷离，揭示人与人的关系。"[58]批评家诺曼·N·霍兰德（Norman N. Holland）运用精神分析法将《补墙》分析为"婴儿期要打破标志着分裂的自我之墙，以回归到与他人亲密状态之中的臆想"[59]。批评家大卫·A·梭恩（David A. Sohn）和理查·H·苔尔（Richard H. Tyre）提出，可以将它当作"政治宣传，社会分析或诗人对人与人、人与劳动之间关系的揭示"[60]。蒙哥马利则在它当中发现了某种"屏障，它可以作为相互理解，相互尊重的支持"[61]。黄宗英结合《家庭墓地》（"Home Burial"）分析弗罗斯特说："他的人生观相当朴实：人的生活只有贴近自然才有真正的意义。"[62]在《割草》（"Mowing"）中，有一种对人与自然关系的短暂意识，这是某种顿悟。在《白桦树》（"Birches"）中，在男孩的摇晃之中有一个人与自然的关系的意象，这是一个仅仅在自然的积极影响之下才能获得的完满、和谐的时刻，是一种成就感。《家庭墓地》和《仆人们的仆人》（"A Servant to Servants"）等诗歌则显示了诗人对孤独、疏远、卑琐等现代精神病态的关注。美国诗人、批评家约翰·奥尔莱·艾伦·塔特（John Orley Allen Tate, 1899-1979）指出，弗罗斯特意识到的困难在于在迷茫混乱的世界中维持秩序的意愿[63]，他一生所关注的

---

56 Chang Yaoxin, *A Survey of American Literature*, Tianjin: Nankai University Press, 1990, p.268.

57 Hu Yintong, *American Literature*, Beijing: Foreign Language Teaching and Research Press, 2001, p.291.

58 庄彦选译《二十世纪美国诗选》，沈阳：春风文艺出版社1990年版，第27页。

59 Norman N. Holland, "The 'Unconsciousness' of Literature: Psychoanalytical Approach", *Contemporary Criticism*, London: Edward Arnold Publishers Ltd., 1970, p.139.

60 David A. Sohn and Richard H. Tyre, *Frost: the Poet and His Poetry*, New York: Bantam Pathfinder Editions, 1969, p.101.

61 Marion Montgomery, "Robert Frost and His Use of Barries: Man vs. Nature Toward God", *A Collection of Critical Essays*, edited by James M. Cox, New Jersey: Prentice-Hall, Inc., 1962, p.147.

62 黄宗英《"不是没有修饰"——罗伯特·弗罗斯特诗歌语言艺术管窥》，《北京大学学报》1998年外国语言文学专刊，第40页。

63 *The Twenties: Fiction, Poetry*, Drama, edited by Warren G.French, Deland: Everett/Edwards, 1975, p.361.

是通过诗歌构建出"反抗混乱的短暂的支撑之物"。他写道:"所有我要坚持的是材料的自由——偶尔用以可能从我所经历的所有广泛的混乱中唤起的身体和心灵的条件。"[64]人的职责是给世界引入秩序,在自然世界建立摆脱异化的秩序感。他的《白桦树》和《一堆木柴》两诗揭示了他对秩序的关注。他在《白桦树》中承认,他所追求的是以小男孩摇晃小树的方式从现实生活的无序状态中得到暂时的解脱,"那是在我厌倦了思考的时候,/这时生活太像一座没有路的森林"[65](It's when I'm weary of considerations,/And life is too much like a pathless wood[66]),"我真想离开这人世一小段时间,/然后再回到这里重新开始生活"[67](I'd like to get away from earth awhile/And then come back to it and begin over[68].)。《一堆木柴》中的柴堆也是秩序的隐喻。在一个天气阴沉、大雪纷纷的一天,诗中人散步到了离家很远、积雪很深的地方。在这冰冷、混沌、可怕、无可预测的宇宙之中,诗中人满心茫然、不知何之。接着,眼前出现了一堆木柴:

> It was a cord of maple, cut and split
>
> And piled-and measured, four by four by eight[69].

> 那是一考得槭木,砍好,劈好,
>
> 并堆好——标准的四乘四乘八[70]。

这堆木柴像华莱士·史蒂文斯(Wallace Stevens, 1879-1955)《坛子的故事》("Anecdote of the Jar")中出现在田纳西州荒野上的坛子一样,它置身于一个荒野的世界,但它却控制和抚慰着这个混乱、无序、无形、无意义的世界,并使之富有形状、意义和秩序。这种秩序感是人为而短暂的。弗罗斯特诗歌之现

64 Chang Yaoxin, *A Survey of American Literature*, Tianjin: Nankai University Press, 1990, p.269.

65 〔美〕弗罗斯特著《弗罗斯特作品集》第 1 册,曹明伦译,北京:人民文学出版社 2019 年版,第 155 页。

66 *The Poetry of Robert Frost*, edited by Edward Connery Lathem, New York: Henry Holt and Company, 1979, p.122.

67 〔美〕弗罗斯特著《弗罗斯特作品集》第 1 册,曹明伦译,北京:人民文学出版社 2019 年版,第 155 页。

68 *The Poetry of Robert Frost*, edited by Edward Connery Lathem, New York: Henry Holt and Company, 1979, p.122.

69 *The Poetry of Robert Frost*, edited by Edward Connery Lathem, New York: Henry Holt and Company, 1979, p.101.

70 〔美〕弗罗斯特著《弗罗斯特作品集》第 1 册,曹明伦译,北京:人民文学出版社 2019 年版,第 128 页。

代性就在于其中的异化主题。《补墙》（"Mending Wall"）、《黑色小屋》（"The Black Cottage"）、《世世代代》（"The Generations of Men"）、《各司其职》（"Departmental"）和《值得注意的小点》（"A Considerable Speck"）等都是揭示现代人被异化的诗作。《补墙》描写了现代人社会生活的紧张，《黑色小屋》和《世世代代》描写了现代人被异化的感受，《各司其职》描写了高度分工造成的现代人的冷漠和隔阂，《值得注意的小点》描写了现代人的麻木不仁。从内容看，他诗歌中出现的异化多种多样，其中主要的有："美国梦"对人的异化，这在《摘苹果之后》（"After Apple-Picking"）、《收落叶》等作品中有所反映；社会分工对人的异化，这在《各司其职》中有所反映；社会组织对人的异化，这在《意志》中有所反映；社会责任对人的异化，这在《雪夜在林边停留》中有所反映；自然对人的异化，这在《雪夜在林边停留》中有所反映。在他的这类诗歌中，往往是以苹果、落叶、蚂蚁、蜘蛛、树林等自然景物为切入点来展开异化问题的讨论的。乔治·尼奇（George W. Nitchie）在《弗罗斯特诗歌中人的价值：一个诗人的信条之研究》（*Human Values in the Poetry of Robert Frost: A Study of a Poet's Convictions*）一书中说："弗罗斯特的自然基本上是依照计划的逃避，是战略撤退的条件。自然是宜人的庇护所，其原因是，自然比人更简单地把选择简化成一种基本的二中择一的问题。"[71]弗罗斯特在诗歌中暗示，自然是消解异化的媒介。在《雪夜在林边停留》一诗中：

> "柔风"、"雪花"和"真美、迷蒙而幽深"这些词汇都暗示着轻柔和宁静。它就好像是一张床，不仅是返家途中获得的休憩，而且是摆脱生活本身种种责任而获得的休憩，是摆脱村庄中种种义务而获得的休憩，是摆脱诗中人必须要履行的那些"诺言"的承受者而获得的休憩。雪中的树林让人在夜晚、白天和停下来观景休息的人的生活中获得短暂而宁静的休憩：他可能期待着一张舒适的床，但树林却在旅途中为他提供了一种休憩[72]。

《雪夜在林边停留》中的"好多诺言"指诗中人肩负的种种社会义务和责任，这些义务和责任使他背上了沉重的思想和精神包袱，并对他产生了极大

---

71 George W.Nitchie, Human *Values in the Poetry of Robert Frost: A Study of a Poet's Convictions*, Durham, N.C.: Duke University Press, 1960, p.22.

72 "The Woods in 'Stopping by Woods on a Snowy Evening'", *English* (Book 3), compiled by Huang Yuanshen, Xu Qinggen, et al, Shanghai: Shanghai Translation Publishing House, 1996, p.307.

的异化。他对这种异化欲罢不能，只有借助于眼前恬淡寂静的树林、轻轻吹拂的柔风和漫漫飘落的雪花来获取一定程度的消解，从而求得某种短暂而又真实的思想和精神解脱。诗中的树林可能暗示着诗中人永远休憩的欲望，这是永远被"真美、迷蒙而幽深"的树林吸收而忘却自身的欲望，是某种稍纵即逝的"死亡的欲望"[73]，用达布斯的话来说，是"死亡持续不断的耳语"[74]。诗中人知道，种种社会义务和责任阻止了他投入自然的怀抱，逃进树林只是一个美丽的梦幻。但是，若他置坐骑之疑问与催促于不顾，他可能不会继续赶路，他可能会死在那里，成为自然的一个组成部分，最终彻底摆脱异化。

四、产生异化的自然

弗罗斯特受到了赫伯特、斯维登堡（Emanuel Swedenborg, 1688-1772）和拉尔夫·瓦尔多·爱默生（Ralph Waldo Emerson, 1803-1882）符合学说的影响，认为自然既是人类的对立物，又是通向真理的领域。他诗歌中的自然是矛盾的，一方面，它可作为消解异化的媒介，另一方面，它又可对人造成异化，这在《花丛》（"A Tuft of Flowers"）和《雪夜在林边停留》中有很好的体现。《花丛》前半部分说，草场上的草已被一个神秘的人割光，一只蝴蝶展翅疾飞而无处栖身，诗中人举目四望，心中迷茫而孤独。这一描述暗示了自然与人之间的关系是敌对的。诗的后半部分说，诗中人发现割草人留下了一丛鲜花，飞舞的蝴蝶有了栖身之所，诗中人展开联想，仿佛听到了镰刀对大地低语的声音。这一描述暗示了自然与人之间的关系也是友善的。在《雪夜在林边停留》中，树林一方面静谧、深邃，在漫天大雪中银装素裹，分外妖娆，似乎已经超越了现实，不再是物质的存在，它象征了一个完美、神秘、永恒的境界，令人憧憬迷恋。另一方面，它诱人放弃行动、逃避责任、背信弃义，它象征了一个阴险、黑暗、诡秘的境界，令人畏惧退缩。约翰·T·奥格列夫（John T. Oglivie）在《雪夜在林边停留》中发现了两个世界，一个是森林世界，一个是人类世界，两者相互平衡，相辅相成[75]。在弗罗斯特的

---

73 John Ciardi, "Robert Frost: The Way to the Poem", *Saturday Review*, XL, April, 1958, p.14.

74 "Robert Frost as Nature Poet", *Robert Frost: The Poet and His Critics*, edited by Charles Sanders, Urbana: University of Illinois, 1976, p.218.

75 John T.Oglivie, "From Woods to Stars: A Pattern of Imagery in Robert Frost's Poetry", *Contemporary Literary Criticism*, Detroit: Gale Research Company, 1985, Volume 26. pp.116-118.

诗歌中，人同自然之间始终存在着距离，这在《补墙》（"Mending Wall"）、《两个看两个》（"Two Look at Two"）、《苹果收获时节的母牛》（"Cow in Apple Time"）、《雪夜在林边停留》、《踏叶人》（"A Leaf Treader"）和《请进》（"Come In"）等诗作中都能得以体现。《两个看两个》中的主要意象是墙，墙的意象给人的暗示是，人同非人类其它事物之间的障碍是无法跨越的。《苹果收获时节的母牛》通过"一旦进入读者脑海便难以忘却"[76]的母牛意象讨论了隔阂的问题。《雪夜在林边停留》、《踏叶人》和《请进》同时表现了人同自然之间的隔离。在弗罗斯特的诗歌批评中，马里恩·蒙哥马利（Marion Montgomery）等人注意强调"人同自然之间的障碍"[77]。跟 19 世纪诗学对自然的高度严肃性所不一样的是，弗罗斯特的自然世界是不具人格、没有感情的，它无法表达出人与自然之间类似家属的亲密关系。自然不以人的需要和愿望而转移，它是独立存在的。人探索自然，在理想和真实之间飘忽游离，但人同自然之间的界限并未打破。他从未改变关于人同自然关系的观点，在从《少年的心愿》开始一直到后来的诗集中，诗中人都是在行动之前必须承认存在着自然障碍的人。一旦他明白自己的异化，他就将能够把混乱和矛盾作为制造秩序的原材料加以接受。蒙哥马利指出，希望秩序的弗罗斯特式的人物必须要自己构建秩序，即使是冒眼看自然随时都要毁灭的危险也在所不惜。他不像威廉·华兹华斯（William Wordsworth, 1770-1850）那样全身心地投入自然，而是既小心介入，又淡漠超然。从他《荒野》来看，自然是诡谲多变、变幻莫测的：

> And lonely as it is, that loneliness
>
> Will be more lonely ere it will be less——
>
> A blanker whiteness of benighted snow
>
> With no expression, nothing to express[78].

> 尽管孤独乃寂寞，但那种孤寂
>
> 在其减弱之前还将会变本加厉——
>
> 白茫茫的雪夜将变成一片空白，

76　Tom Cross et al, *American Writers*, Boston: Ginn and Company, 1959, p.503.

77　"Robert Frost as Nature Poet", *Robert Frost: The Poet and His Critics*, edited by Charles Sanders, Urbana: University of Illinois, 1976, p.217.

78　*The Poetry of Robert Frost*, edited by Edward Connery Lathem, New York: Henry Holt and Company, 1979, p.296.

没有任何内容可以表露或显示[79]。

　　诗中所流露出的冷漠情感预示着诗中人对人类自身信心的丧失和人类相互间沟通交流可能性的置疑[80]。在他的诗歌中，人已被自然疏离、异化，浪漫主义那种亲近自然以求超验之乐的温情已荡然无存。文学传统上的黑夜意象常象征着深不可测或变化莫测，这在弗罗斯特的自然诗中也是如此，《熟悉黑夜》（"Acquainted with the Night"）和《雪夜在林边停留》即是佳例。在《熟悉黑夜》中，首句和末句各有两个黑夜意象，首尾呼应，表现和强化了自然对人的异化。在《雪夜在林边停留》中，第二节第四行出现了"最最黑暗的夜晚"[81]（"darkest evening"[82]）意象，第四节第一行描绘树林时用了"幽"[83]字，"幽"译自"dark"[84]，"dark"最基本的含义是"黑暗"[85]——由此构成前后呼应，暗示和强调了自然对人的异化。

五、比喻象征的自然

　　在英国文学史上，浪漫主义认为"世界一切事物均以各自的生存方式象征着另一世界"[86]，诗歌一个比较常见的艺术手法是以物咏情、借物言志。在美国文学史上，也有这种用法，如在托尼·莫里森（Toni Morrison）《宠儿》（Beloved）中，森林不仅只是一种自然景物，而是一种象征，它象征着保罗（Paul D.）和瑟思（Sethe）之间的心理距离。弗罗斯特的诗歌继承了浪漫主义以物咏情、借物言志之传统。他诗歌中的自然不仅只是自然，他的自然反映了人与自然、人与人之间的关系。他曾说，自己"只有三四首纯自然

79　〔美〕弗罗斯特著《弗罗斯特作品集》第 1 册，曹明伦译，北京：人民文学出版社 2019 年版，第 385 页。

80　Kathryn Gibbs Harris, *Robert Frost: Studies of the Poetry*, Boston: G. K. Hall and Co., 1879, p.54.

81　〔美〕弗罗斯特著《弗罗斯特作品集》第 1 册，曹明伦译，北京：人民文学出版社 2019 年版，第 289 页。

82　*The Poetry of Robert Frost*, edited by Edward Connery Lathem, New York: Henry Holt and Company, 1979, p.224.

83　〔美〕弗罗斯特著《弗罗斯特作品集》第 1 册，曹明伦译，北京：人民文学出版社 2019 年版，第 289 页。

84　*The Poetry of Robert Frost*, edited by Edward Connery Lathem, New York: Henry Holt and Company, 1979, p.224.

85　英国培生教育出版有限公司编《朗文当代高级英语辞典》（英英·英汉双解），北京：外语教学与研究出版社 2004 年版，第 472 页。

86　J.Hillis Miller, *William Carlos Williams: Twentieth Century Views*, Englewood Cliffs: Prentice-Hall, Inc., 1966, p.3.

诗，其余的全是以自然为背景的、关于人的生动的文字描绘"[87]。他遵循十七世纪乔治·赫伯特（George Herbert, 1593-1633）、托马斯·布朗（Thomas Browne, 1605-1682），十九世纪华兹华斯、波西·比希·雪莱（Percy Bysshe Shelley, 1792-1822）、拉尔夫·华尔多·爱默生（Ralph Waldo Emerson, 1803-1882）、亨利·戴维·梭罗（Henry David Thoreau, 1817-1862）等人的传统，努力不懈地去观察和阐释隐含在自然世界中的事物和景致中的意义。据乔治·巴格比（George Bagby）在《弗罗斯特和自然著作》（*Frost and the Book of Nature*）中的研究，弗罗斯特使用隐喻的方法来阐释自然并作象征性的描绘，然后再把象征性的意义用伦理的、认识的、心理学的或心灵上的术语表现出来。约翰·F·林嫩（John F.Lynen）把他的自然定义为"各种情况构成的整个世界的意象，在这整个世界中，人发现了自我"[88]。林嫩认为，在他的诗歌中，"有一种强烈的象征感在起作用，要弄清为什么这些意象如此提示意义是困难的"，"解决这一难题的方法就是要弄清他对田园风味的运用"[89]。达布斯认为，他是"一个真正的象征派作家，因为用歌德的话来说，诗人选用特定的事物代表一般的事物，以此作为'生动、立即地揭示神秘莫测事物'的一个部分"[90]。在达布斯看来，他的"大多数象征诗的焦点都在于人类同自然的关系"[91]。胡荫桐说："弗罗斯特最著名的景物意象也提供了提喻性隐喻的概要：雪、流动的水、水潭、树林、道路、房舍、墙、星星、鸟、花、昆虫。"[92]弗罗斯特在1915年给安特迈耶的一封信中说："如果必须把我划入某一流派的话，那么，也许可以把我叫做提喻派，因为我喜欢在诗歌创作中以部分代替全体的修辞手法。"[93]飞白说："他的诗富于象征和哲理，同时又有浓厚的乡土色彩。""他绝不像十九世纪浪漫派诗人那样在

87 "Robert Frost as Nature Poet", *Robert Frost: The Poet and His Critics*, edited by Charles Sanders, Urbana: University of Illinois, 1976, p. 237.

88 "Robert Frost as Nature Poet", *Robert Frost: The Poet and His Critics*, edited by Charles Sanders, Urbana: University of Illinois, 1976, p. 229.

89 "Robert Frost as Nature Poet", *Robert Frost: The Poet and His Critics*, edited by Charles Sanders, Urbana: University of Illinois, 1976, p.227.

90 "Robert Frost as Nature Poet", *Robert Frost: The Poet and His Critics*, edited by Charles Sanders: Urbana: University of Illinois, 1976,pp.208-209.

91 "Robert Frost as Nature Poet", *Robert Frost: The Poet and His Critics*, edited by Charles Sanders, Urbana: University of Illinois, 1976, p.209.

92 Hu Yintong, *American Literature*, Beijing: Foreign Language Teaching and Research Press, 2001, p.290.

93 *Robert Frost: The Years of Triumph*, 1915-1938, edited by Lawrance Thompson, New York and Chicago: Holt, Rinehart and Winston, 1970, p.485.

农村自然中寻找和谐宁静，他的农村诗与别人的现代城市诗一样内涵复杂，情感微妙，只是他惯于在农村生活的平凡事物中寻找象征性意象罢了。"[94]
弗罗斯特说：

> 对于诗歌，我曾做过许多评论，但其中最主要的是：诗歌就是比喻，说一件事而指另一件事，或说另一件事而指这一件事，因而具有一种秘而不宣的快乐。诗歌简直就是由比喻组成的……每一首诗内部都是一个新的比喻，否则它就毫无意义。从某种意义上说，所有的诗歌总是那种相同的、古老的比喻[95]。

树木、丛林、玫瑰、朱兰、小溪、湖泊、原野、白雪、飞蛾、飞鸟、蜘蛛、蚂蚁、墙屋、星辰等是他诗歌中经常出现的自然意象，它们一般都是具有象征性的。如，在《雪夜在林边停留》中，树林象征着整个自然世界，村庄象征着人类社会，小马象征着动物世界。他以自然为象征来说理而不坠理障故而富于情趣的优秀诗作有很多，如《摘苹果之后》、《未走之路》、《雪夜在林边停留》、《收落叶》、《关于一棵横在路上的树》、《火与冰》（"Fire and Ice"）等。肖明翰对《摘苹果之后》一诗中的苹果、天穹两自然意象作过详细的研究：

> 诗中的"苹果"具有强烈的象征意义。它不单单指真正的苹果，也象征着劳动的果实，事业的成功，以及人们的梦想，特别是那促使人们不顾一切地去追逐金钱、名声、社会地位的所谓"美国梦"。……在第二行里又出现了"天穹"这个形象。应该指出，诗人在这里没有用 sky 这个单指天空的词，而是用的主要指天堂的 heaven 这个词。天堂自然象征着那种美妙但又虚无飘渺的梦想。这样，诗一开头就暗示着诗人在谈论的是人们想沿着"长梯"爬上"天堂"的梦想[96]。

在《牧场》（"The Pasture"）中，"第二节中那只挣扎着要自己站起来的牛犊似乎象征着诗人追求的新的创作风格"[97]。《未走之路》中的两条岔路亦具有

---

94 飞白主编《世界名诗鉴赏辞典》，桂林：漓江出版社 1989 年版，第 651 页。

95 Robert A.Greenberg and James G.Hepburn, *Robert Frost: An Introduction*, New York and Chicago: Holt, Rinehart and Winston, Inc., 1961, p.87.

96 肖明翰《弗罗斯特批判"美国梦"的杰出诗篇》，《四川师范大学学报》（社会科学版）1993 年增刊外国语文专辑第 4 辑，第 66-67 页。

97 黄宗英《一条行人较少的路——罗伯特·弗罗斯特诗歌艺术管窥》，《北京大学学报》1997 年外国语言文学专刊，第 57 页。

象征性，在一个秋天的清晨，诗中人面对金黄的树林中岔开的两条道路，何去何从，难于决断，这是同中国古代"杨子见逵路而哭之"[98]相似的困惑。在清新的写景和朴素的诗句后面，是对人生的思索和叹息："这里没有是非、正误的矛盾，有的只是我未能走另一条路的惋惜：当初只有一步的差异，许多年后，结果却已相差千里了。"[99]《火与冰》中的烈火、坚冰也具有象征意义：

> Some say the world will end in fire,
>
> Some say in ice.
>
> From what I've tasted of desire
>
> I hold with those who favor fire.
>
> But if it had to perish twice,
>
> I think I know enough of hate
>
> To say that for destruction ice
>
> Is also great
>
> And would suffice[100].
>
> 有人说这世界将毁于烈火，
>
> 有人说将毁于坚冰。
>
> 据我对欲望的亲身感受，
>
> 我支持那些说火的人。
>
> 但如果世界得毁灭两次，
>
> 我想我对仇恨也了解充分，
>
> 要说毁灭的能力，
>
> 冰也十分强大，
>
> 足以担负毁灭的重任[101]。

据李力分析，此处之烈火与坚冰具有"爱与恨"、"欲望与冷漠"、"入世与出世"、"进取与固守"[102]等多种象征意义。

---

98 《淮南子·说林》，《诸子集成》第七册，北京：中华书局 1954 年版，第 302 页。

99 飞白主编《世界名诗鉴赏辞典》，桂林：漓江出版社 1989 年版，第 652 页。

100 *The Poetry of Robert Frost*, edited by Edward Connery Lathem, New York: Henry Holt and Company, 1979, p.220.

101 〔美〕弗罗斯特著《弗罗斯特作品集》第 1 册，曹明伦译，北京：人民文学出版社 2019 年版，第 283-284 页。

102 飞白主编《世界名诗鉴赏辞典》，桂林：漓江出版社 1989 年版，第 653 页。

六、对照社会的自然

自然具有单纯、和平、美好和神奇等特性，它同社会的复杂、喧嚣、丑陋和俗气形成了强烈的对比。在英国浪漫主义诗歌传统中，诗人对于城市有两种截然不同的态度：一是认为城市是自然的一个组成部分，自然的美与恬静在城市中也可发现。一是认为城市同自然秩序绝对相悖，城市是丑陋和罪恶的象征。弗罗斯特继承了第二种诗歌传统，把自然看作同城市相对的存在，其诗歌中的自然已亦因之有同社会对立之性质。在他所生活的年代，以机器为依托的工业文明不断侵蚀和破坏以土地为依托的农业文明，社会和自然越来越形成强烈的对照。英国诗人、剧作家怀斯坦·休·奥登（Wystan Hugh Auden, 1907-1973）认为，在乡村和都市生活似乎要开始分离之前，自然诗是没有意义的。在弗罗斯特《牧场》一诗中，牧场郁郁葱葱、天真质朴，完全是一个充满诗情画意的绿色的自然世界，它同腐化堕落、矫揉造作和完全充满乌烟瘴气的黑色的人类社会之间的对照得到了讽刺性的暗示。他诗歌中的主人公也多是以自然为背景的，"几乎总是与世隔绝的农民、乡村之中的劳动者、或者从事农村活动的诗中人自己，他的活动总是围绕着乡村问题而展开，这就暗示出了一种对城市生活的对照"[103]。弗罗斯特一生中创作了大量以新英格兰乡村为背景的歌颂自然之美、田园之乐的诗歌，具有浓郁的乡土气息和诱人的田园情趣。这些诗歌展示了一个崭新的桃源式的世界，它在无言之中昭示了自然同过度工业文明的现代社会的对照，让人心旷神怡、留恋忘返，表明了对现代社会的背离和回避，从而批判和否定了资本主义社会。林嫩认为："诗人对乡村社会和更为复杂的生活方式之间的对比总是有清楚的意识的，因而田园诗也就成了对都市问题加以评论的方式。"[104]董衡巽说："弗洛斯特写的不仅是风景诗，他总是再深入一层，引导读者去窥探自然界与人生的种种奥秘。"[105]《雪夜在林边停留》：

> The woods are lovely, dark,and deep,
>
> But I have promises to keep,

---

103 "Robert Frost as Nature Poet", *Robert Frost: The Poet and His Critics*, edited by Charles Sanders, Urbana: University of Illinois, 1976, p.207.

104 "Robert Frost as Nature Poet", *Robert Frost: The Poet and His Critics*, edited by Charles Sanders, Urbana: University of Illinois, 1976, p.226.

105 董衡巽主编《美国文学简史》（修订本），北京：人民文学出版社 2003 年版，第 227 页。

And miles to go before I sleep,

And miles to go before I sleep [106].

> 这树林真美，迷蒙而幽深，
>
> 只可惜我还有誓言要履行，
>
> 安息前还要走漫长的路程，
>
> 安息前还要走漫长的路程[107]。

这里，象征自然的树林和象征社会的诺言像两股离心力，猛烈地作用于诗中人，使他在入世与出世之间矛盾犹豫，无所适从。常耀信分析该诗说："它代表着从繁重的人生之旅中解脱出来而得到的片刻的放松，一种几乎审美的享受和对自然美景的欣赏，这是对现代人混乱的生存状态的有益健康的、恢复健康体力的反抗。"[108]卢卡斯·农戈（Lucas Longo）说："他的同胞，由于身陷嘈杂和贪婪的巨笼中，都喜欢弗罗斯特，热爱他那安静的生活。实际上，弗罗斯特象征着一种安静、自如、独立的普通人——每个美国人都梦想成为这种人。"[109]

七、创作灵感的自然

德国 18 世纪著名诗人、作家、哲学家、历史学家和剧作家约翰·克里斯托弗·弗里德里希·冯·席勒（Johann Christoph Friedrich von Schiller, 1759-1805）认为，自然能为诗人提供灵感，《朴素的诗和伤感的诗》：

> 即使在现在，自然仍然是燃烧和温暖诗人灵魂的唯一火焰。唯有从自然，它才得到它全部的力量；也唯有向着自然，它才在人为地追求文化的人当中发出声音。任何其他表现诗的活动的形式，都是和诗的精神相距甚远的[110]。

美国 20 世纪著名诗人、批评家兼翻译家罗伯特·勃莱（Robert Bly, 1926-

---

106 *The Poetry of Robert Frost*, edited by Edward Connery Lathem, New York: Henry Holt and Company, 1979, pp.224-225.

107 〔美〕弗罗斯特著《弗罗斯特作品集》第 1 册，曹明伦译，北京：人民文学出版社 2019 年版，第 289 页。

108 Chang Yaoxin, *A Survey of American Literature*, Tianjin: Nankai University Press, 1990, p.268.

109 Lucas Longo, *Robert Frost, Twentieth Century American Poet Laureate* (Story House Corp., 1972), pp.25-26.

110 伍蠡甫主编《西方文论选》上卷，上海：上海译文出版社 1979 年版，第 489 页。

2021）[111]也有类似的观点，他"移居西部，孤身深入荒野旅行，以此来发现自己艺术创作的源泉"[112]。在世界文学史上，有很多人都从自然中得到创作灵感并创作出了伟大的作品，谢灵运、王维、李白、杜甫、孟浩然、苏轼、陶渊明、亚历山大·蒲伯（Alexander Pope, 1688-1744）、詹姆斯·汤姆逊（James Thomson, 1700-1748）、乔治·克莱布（George Crabbe, 1754-1832）、罗伯特·彭斯（Robert Burns, 1759-1796）、乔治·戈登·拜伦（George Gordon Byron, 1788-1824）、雪莱、约翰·济慈（John Keats, 1795-1821）、华兹华斯、狄金森、沃尔特·惠特曼（Walt Whitman, 1819-1892）等等，都是这样的人。弗罗斯特除了有两三年时间客居英国之外，一生都生活在新英格兰乡村，朝夕和自然相处。家乡多岩石的农场、绿叶萋萋的树林、古老的殖民地时期的建筑、扬基人耐人寻味的石头围墙、农民质朴无华的耕耘生活陶冶了他的情操，"培养了对绿草如茵的乡村和乡村生活的热爱"[113]，为他的文学创作提供了取之不尽的素材。他从这一切中"发现了他的灵感的源泉"[114]，自然成了他"取之不竭的灵感的源泉"[115]。林中高唱的樫鸟、高空盘旋的雄鹰、遍地丛生的紫茎山莓、散发幽香的新熟苹果、湿润葱郁的晚秋草地、覆盖隆冬白雪的山林，这一切原本是平凡的日常见闻，但对于他却成了思想驰骋的催化剂。

八、宗教色彩的自然

据《圣经·旧约全书·创世记》（"Genesis", *The Books of the Old Testament, Holy Bible*）载，世间万事万物包括人类本身在内都是上帝耶和华创造的，西方文化中文人的自然观一般同基督教都有千丝万缕的关系。如英国浪漫主义诗人华兹华斯，英国诗人迪伦·托马斯（Dylan Thomas, 1914-1953），美国超验主义思想家爱默生、美国诗人艾米莉·伊丽莎白·狄金森（Emily Elizabeth

111 Robert Bly：目前所见，有二译。一是"罗伯特·勃莱"，详见：杨挺《为有源头活水来——简论勃莱在为美国引进西班牙语诗歌方面的作用和贡献》，《国外文学》2000年第3期，第33页。二是"罗伯特·布莱"，详见：〔美〕萨克文·伯科维奇主编《剑桥美国文学史》第八卷（诗歌和文学批评，1940年-1995年），杨仁敬、詹树魁、蔡春露、甘文平主译，北京：中央编译出版社2008年版，第157页。

112 杨挺《为有源头活水来——简论勃莱在为美国引进西班牙语诗歌方面的作用和贡献》，《国外文学》2000年第3期，第37页。

113 *Robert Frost*, ed. United States International Service, p.11.

114 李宜燮、常耀信主编《美国文学选读》下册，天津：南开大学出版社1994年版，第47页。

115 飞白主编《世界名诗鉴赏辞典》，桂林：漓江出版社1989年版，第651页。

Dickinson, 1836-1886)、美国作家梭罗等，都是这样的作家。华兹华斯相信，灵普遍魂存在于自然之中，人的最佳状态出现于人同上帝能毫不费力地沟通交流之时。托马斯不是宗教诗人，但他在诗歌中常常赋予自然以宗教意义。爱默生更加直接地宣称，上帝和自然是一体的。狄金森尽管同自然小心翼翼地保持着距离，但她认为，自然是上帝和灵魂得以相会的地方。弗罗斯特的母亲具有虔诚的基督教信仰，他受母亲影响很大。他本人也是基督教徒，这对他的文学创作有着很大的影响。黄宗英说："弗罗斯特在大自然中找到许多意象和象征，并将自己的诗学理论建立在爱默生和梭罗的超验主义哲学思想上：大自然是一本书，我们可以读，我们可以分析。"[116]"像爱默生一样，弗罗斯特把大自然看成是一个可以感知的世界。在他看来，自然界的万物绝不仅是无数有形的物质形象，而且是种种有灵的精神力量。"[117]胡荫桐、刘树森等人在谈到他的自然意象时说："他的每一个意象都创造出了完全令人信服的场景，有时候带有圣经的弦外之音。"[118]他诗中的自然有时候带有宗教的色彩，《桑树》（"Sycamore"）：

> Zaccheus he
>
> Did climb the tree
>
> Our Lord to see[119].

> 撒该曾一度
>
> 爬上这棵树
>
> 看我主耶稣[120]。

据《圣经·新约全书·路加福音》记载，耶稣路过耶利哥城，身材矮小的收税官撒该怕人群挡住视线，于是爬上路边的一棵桑树看耶稣。《意志》一诗也有宗教深意，该诗首先在第一节描写了一幅由蜘蛛、飞蛾、万灵草等自然意

---

116 黄宗英《一条行人较少的路——罗伯特·弗罗斯特诗歌艺术管窥》，《北京大学学报》1997年外国语言文学专刊，第56页。

117 黄宗英《一条行人较少的路——罗伯特·弗罗斯特诗歌艺术管窥》，《北京大学学报》1997年外国语言文学专刊，第59-60页。

118 Hu Yintong, Liu Shusen, *A Course in American Literature*, Tianjin: Nankai University Press, 1995, p.320.

119 *The Poetry of Robert Frost*, edited by Edward Connery Lathem, New York: Henry Holt and Company, 1979, p.331.

120 〔美〕弗罗斯特著《弗罗斯特作品集》第1册，曹明伦译，北京：人民文学出版社2019年版，第431-432页。

象组成的令人恐怖的画面，接着在第二节提出问题并予以解答：

> What had that flower to do with being white,
>
> The wayside blue and innocent heal-all?
>
> What brought the kindred spider to that height,
>
> Then steered the white moth thither in the night?
>
> What but design of darkness to appall?
>
> If design govern in a thing so small[121].

> 是什么使那朵小花儿枯萎变白，
>
> 还有那路边那无辜的蓝色万灵草？
>
> 是什么把白蜘蛛引到万灵草上，
>
> 然后又在夜里把白蛾引到那儿？
>
> 除邪恶可怕的意志外会是什么？
>
> 没想到意志连这般小事也支配[122]。

曹明伦是《弗罗斯特集》翻译专家，他认为这一切都是上帝的安排，是上帝意志的体现。

弗罗斯特虽是个基督教徒，但他对上帝却持着一种大不恭的态度。马尔科姆·考利（Malcolm Cowley）说："在他的作品中，几乎没有暗示上帝之下的基督博爱或普遍的兄弟之情。"[123]弗罗斯特在《曾临太平洋》的最后写道：

> There would be more than ocean-water broken
>
> Before God's last *Put out the light* was spoken[124].

> 这儿将有比海啸更大的灾难，
>
> 在上帝说出熄灭那道光之前[125]。

曹明伦在《曾临太平洋》译诗中加脚注说："诗人在此模仿上帝说出'熄

---

121 *The Poetry of Robert Frost*, edited by Edward Connery Lathem, New York: Henry Holt and Company, 1979, p.302.

122 〔美〕弗罗斯特著《弗罗斯特作品集》第1册，曹明伦译，北京：人民文学出版社2019年版，第393页。

123 Malcolm Cowley, "Frost: A Dissenting Opinion", *New Republic*, CXI, September 18, 1944, p.345.

124 *The Poetry of Robert Frost*, edited by Edward Connery Lathem, New York: Henry Holt and Company, 1979, p.250.

125 〔美〕弗罗斯特著《弗罗斯特作品集》第1册，曹明伦译，北京：人民文学出版社2019年版，第322页。

灭那光明'，表现了一种对世界末日的恐惧。"[126]这固然不错，但恐怕亦非仅仅如此而已。弗罗斯特的诗句典出《圣经·旧约全书·创世记》第 1 章第 1-3 节：

> In the beginning God created the heavens and the earth.
>
> And the earth was without form, and void; and darkness was upon the face of the deep. And the Spirit of God moved upon the face of the waters.
>
> And God said, Let there be light: and there was light[127].

> 起初，上帝创造了天和地。
>
> 地没有形状，空虚混沌；黑暗笼罩于渊面。上帝的灵运行在水面上。
>
> 上帝说，要有光：就有了光。

威廉·莎士比亚（William Shakespeare, 1564-1616）《奥赛罗》（*The Tragedy of Othello, the Moor of Venice*, 1604）第 5 幕第 2 场化用了这个圣经记载：

> Yet she must die, else she'll betray more men.
>
> Put out the light, and then put out the light[128].

> 她必须得死，不然还要背叛更多的男人。
>
> 我先熄灭这光，再熄灭那光。

这是威尼斯公国勇将奥赛罗（Othello）在掐死妻子、元老女儿苔丝狄蒙娜（Desdemona）之前对着灯光的自言自语。弗罗斯特"熄灭那光明"是对上帝语录的、莎士比亚台词的化用、篡改，略微蕴涵着对上帝的讽刺。弗罗斯特虽是个爱默生式的诗人，但他超验主义的视野已经退减，他总是小心翼翼地同上帝保持着距离，他对作为生存策略的自然和玄学表现出了兴趣。华兹华斯在诗歌中展示的是前达尔文世界（pre-Darwinian world），弗罗斯特在诗歌中展示的则是后达尔文世界（post-Darwinian world）。弗罗斯特对自然中是否普遍存在着更深层次的宗教力量的问题，总是含糊其辞。林嫩认为，他的

---

126 〔美〕理查德·普瓦里耶、马克·查理森编《弗罗斯特集》（上），曹明伦译，沈阳：辽宁教育出版社 2002 年版，第 321 页。

127 "Genesis", *The Books of the Old Testament, The Holy Bible*, Nashville/New York: Thomas Nelson Inc., 1977, p.1.

128 *William Shakespeare: Complete Works*, edited by Jonathan Bate and Eric Rasmussen, Beijing: Foreign Language Teaching and Research Press, 2008, p.2147.

自然诗反映了对人与自然合为一体的浪漫主义信仰的拒绝，它承认了不断加强的科学的权威。蒙哥马利提出，对于他来说，自然和上帝都代表着一个非人类的世界。当人走向上帝之时，将人同自然分离开来的障碍依然存在，没有"上帝，向我靠近一些吧"[129]之感。当然，这并不意味着人应当在自然或上帝面前悲观地弯腰。安妮特·T·鲁宾斯坦（Annette T.Rubinstein）认为，尽管他在自然中偶尔也表现出了华兹华斯式的欣喜之情，但他更喜欢欣赏人和非人类性的自然之间的鸿沟，他拒绝接受自然的神性的观点。鲁宾斯坦甚至把他描绘成自卢克莱修以来第一个以"完全的、事实上的无神论"[130]写作的、严肃的自然诗人。卡洛斯·贝克（Carlos Baker）在《乡村小镇之弗罗斯特》（"Frost on the Pumpkin"）一文中论及弗罗斯特的"无系统之系统"（"non-systematic system"）[131]时指出，"诗人把自然、人和上帝想象成了分离的存在体"[132]。弗罗斯特"可能暗示，人存在于自然和上帝'各自的领域之下'，但他从未提示，自然和上帝是合为一体的。"[133]在自然和上帝面前，他好像总是想要保存个体，结果个体得到了保存，但却付出了被分离的代价。蒙哥马利认为，他诗歌中的自然既非秩序，亦非上帝。跟华兹华斯不一样的是，他很少相信人和自然之间存在着沟通交流。在自然和田园诗中，他都"强调介入到技术引起的支离破碎的经历中的个人的价值"[134]。华兹华斯等浪漫主义诗人在自然中所体现的是对上帝的虔诚，弗罗斯特在自然中所体现出的却是对上帝玩世不恭的态度。如在《意志》一诗中，他把造成蜘蛛捕飞蛾这一恐怖场景的一切过错全部都算到了上帝的帐上，最后还不冷不热、大不恭地地甩了一句："没想到意志连这般小事也支配。"

美国小说家、诗人、米德尔伯里学院教授杰伊·帕里尼（Jay Parini, 1948-）在《罗伯特·弗罗斯特》一文中认为：

---

129 "Robert Frost as Nature Poet", *Robert Frost: The Poet and His Critics*, edited by Charles Sanders Urbana: University of Illinois, 1976, p.218.

130 "Robert Frost as Nature Poet", *Robert Frost: The Poet and His Critics*, edited by Charles Sanders Urbana: University of Illinois, 1976, p.243.

131 "Robert Frost as Nature Poet", *Robert Frost: The Poet and His Critics*, edited by Charles Sanders Urbana: University of Illinois, 1976, p.216.

132 "Robert Frost as Nature Poet", *Robert Frost: The Poet and His Critics*, edited by Charles Sanders Urbana: University of Illinois, 1976, p.216.

133 "Robert Frost as Nature Poet", *Robert Frost: The Poet and His Critics*, edited by Charles Sanders Urbana: University of Illinois, 1976, pp.216-217.

134 "Robert Frost as Nature Poet", *Robert Frost: The Poet and His Critics*, edited by Charles Sanders Urbana: University of Illinois, 1976, p.230.

　　一些最敏锐的读者，例如兰德尔·贾雷尔、罗伯特·佩恩·沃伦、莱昂内尔·特里林、W·H·奥登，在他们重要的论文中大致都指出，'真正的'弗罗斯特并非那个在美国各地向热情的听众朗诵他浅显易懂，带有道德寓意的诗的慈眉善目的老人，而是一个复杂的、甚至难懂的诗人，一个具有非凡力量和持久重要性的作家[135]。

　　杨金才在《新编美国文学史》一书中认为：

　　弗罗斯特的诗歌总给人清新流畅、朴素自然的感觉，但这并不是说他的诗都明白易懂。诗人常常让读者产生读懂了的错觉，而其实并非如此[136]。

　　的确，从性质看，弗罗斯特诗歌中的自然十分复杂和矛盾。马克思主义唯物辩证法认为，事物是矛盾的，矛盾无处不在、无时不在，事物是矛盾的统一体。在世界文学史上，许多著名人物都明显是矛盾的统一体，具有鲜明的复杂性。如：屈原遭谗见放，"欲僵佪以干傺兮，恐重患而离尤。欲高飞而远集兮，君罔谓汝何之？欲横奔而失路兮，坚志而不忍"[137]。鲍照"生于贫贱而不安于贫贱，羡慕富贵而又鄙视富贵者"[138]。庾信早年随父庾肩吾出入于梁文帝萧纲的宫廷，侯景叛乱时逃往江陵，辅佐梁元帝萧绎。梁元帝时出使西魏，梁亡后被魏强留在北方，官至车骑大将军、开府议同三司；北周代魏后，更迁为骠骑大将军、开府议同三司，封侯。但是，他"一方面身居显贵，被尊为文坛宗师，受皇帝礼遇，与诸王结布衣之交，一方面又深切思念故国乡土，为自己身仕敌国而羞愧，因不得自由而怨愤"[139]，内心非常矛盾，诗风也由前期的富丽华艳转变到苍劲沉郁。杜甫在精神气质方面具有矛盾性，这早在青年时就已明显了，"一方面，他自幼接受儒家正统文化的熏陶，把贵德行、重名节、循礼法视为基本的人生准则；而同时，他也受到时代风气的影响，有着颇为张狂、富

---

135 〔美〕埃默里·埃利奥特主编《哥伦比亚美国文学史》，朱通伯、李毅、肖安浦、敖凡、袁德成、曾令富译，成都：四川辞书出版社1994年版，第781页。

136 杨金才主撰《新编美国文学史》第三卷，上海：上海外语教育出版社2002年版，第143页。

137 屈原《九章·惜诵》，洪兴祖撰，白化文、许德楠、李如鸾、方进点校《楚辞补注》，北京：中华书局1983年版，第127页。

138 章培恒、骆玉明主编《中国文学史》上卷，上海：复旦大学出版社1997年版，第377页。

139 章培恒、骆玉明主编《中国文学史》上卷，上海：复旦大学出版社1997年版，第434页。

于浪漫气质的一面"[140]。姚合一方面高唱"微官如马足，只是在泥尘"[141]，"养生宜县僻，说品喜官微"[142]，表示厌恶世间俗事，对入仕为官满不在乎。另一方面，他又哀叹"侧望卿相门，难入坚如石"[143]，"家贫唯我并，诗好复谁知"[144]，心里挂着功名利禄，牢骚满腹。苏曼殊"时而激昂，时而颓废"，"既是和尚，又是革命者，而两者都不能安顿他的心灵"[145]。弗兰西斯·培根（Francis Bacon, 1561-1626）既是法学家、政客、科学家、哲学家、历史家，又是散文作家，其天才不限于一隅。他的人格亦具有多方面性，"就智力方面说，培根是伟大的；就道德方面说，他是很弱的"[146]。乔治·戈登·拜伦（George Gordon Byron, 1788-1824）饱受身体残疾、婚姻变故、家庭破裂和社会攻击等多重折磨，个性复杂而矛盾，"敏感、自尊、孤傲、暴烈、悲观、阴郁"[147]。阿尔弗雷德·丁尼生（Alfred Tennyson, 1809-1892）"特别是在受封为桂冠诗人后，作为官方的诗歌发言人，他感到有责任为一个迅速变化中的工商社会唱唱赞歌，尽管这社会与他格格不入，因为他心中感到亲切的是英格兰农村的自然风光"[148]。查理·皮埃尔·波德莱尔（Charle Pierre Baudelaire, 1821-1867）"憎恨虚伪的资产阶级道德，揭露现实社会的病态，却又美化城市生活；他抨击并企图摆脱邪恶，但又迷恋自己认为邪恶败坏的东西"[149]。詹姆斯·费尼莫·库柏（James Fenimore Cooper, 1789-1851）"既推崇文明，又企慕大自然；既赞

140 章培恒、骆玉明主编《中国文学史》中卷，上海：复旦大学出版社1997年版，第107页。

141 姚合《武功县中作》其三，章培恒、骆玉明主编《中国文学史》中卷，上海：复旦大学出版社1997年版，第148页。

142 姚合《武功县中作》其二十二，章培恒、骆玉明主编《中国文学史》中卷，上海：复旦大学出版社1997年版，第148页。

143 姚合《送王求》，章培恒、骆玉明主编《中国文学史》中卷，上海：复旦大学出版社1997年版，第148页。

144 姚合《寄贾岛》，章培恒、骆玉明主编《中国文学史》中卷，上海：复旦大学出版社1997年版，第148页。

145 章培恒、骆玉明主编《中国文学史》下卷，上海：复旦大学出版社1997年版，第600页。

146 奥利芬特·斯威顿著《绪论》，〔英〕弗·培根著《培根论说文集》，水天同译，北京：商务印书馆1983年版，第20页。

147 阎照祥著《英国史》，北京：人民出版社2003年版，第284页。

148 黄杲炘《译者前言》（1993年7月），〔英〕丁尼生著《丁尼生诗选》，黄杲炘译，上海：上海译文出版社1995年版，第9页。

149 周煦良主编《外国文学作品选》第三卷，上海：上海译文出版社1979年版，第88页。

同实施法律，又向往无拘无束的自由境界；既臆想印第安人社会为理想的社会，又根据他们对白人的态度把他们分成好的与坏的"[150]。纳撒尼尔·霍桑（Nathaniel Hawthorne, 1804-1864）"一方面抨击清教徒的宗教狂热和不容异端的罪恶行经，另一方面又以宗教的基本信条作为认知判断的准则"[151]。弗罗斯特也不例外，他"不仅是个优美的田园诗人，总是亲切动人地给人们勾描着自然，他同时也兼有'索福克勒斯的悲剧特质'，是一个'令人惊骇的诗人'，让'自己苦恼也让人苦恼'"[152]。从生物学的角度看，越复杂就越高级。人是复杂的，也是高级的，这不仅只局限于生物的层面。弗罗斯特诗歌中的自然在内涵上的丰富性、性质上的复杂性和矛盾性正是弗罗斯特人格的多样性、丰富性、生动性、独特性和高级性之有力说明。

---

150 李宜燮、常耀信主编《美国文学选读》上册，天津：南开大学出版社 1991 年版，第 94 页。

151 史志康主编《美国文学背景概观》，上海：上海外语教育出版社 1998 年版，第 65 页。

152 飞白主编《世界名诗鉴赏辞典》，桂林：漓江出版社 1989 年版，第 652 页。

罗伯特·弗罗斯特诗歌中的
时代内涵挖掘

  罗伯特·弗罗斯特（Robert Frost, 1874-1963）是美国二十世纪的民族诗人、无冕桂冠诗人和本世纪西方三大伟大诗人之一。他是新英格兰一个绵长家族的后裔，先祖自 1632 年便定居在这里，祖祖辈辈都是这里的农民。他本人自十一岁始便随母定居新英格兰，其间除了在哈佛大学和英国短短几年时间外，一生都在这里过着半个农民、半个教师、半个诗人的乡居生活。他诗歌中吟咏的多为新英格兰农业地区的自然景色、田园生活和风土人情，极少描写现代化都市的繁华与喧嚣。爱德华·康纳利·拉瑟姆（Edward Connery Lathem）编辑、亨利霍尔特公司（Henry Holt and Company）1979 年出版的《弗罗斯特诗歌》（*The Poetry of Robert Frost*）收入诗集 10 部，其中，有《波士顿以北》（*North of Boston*, 1914）、《山间低地》（*Mountain Interval*, 1916）、《新罕布什尔》（*New Hampshire*, 1923）、《西流的小河》（*West Running Brook*, 1928）、《山外有山》（*A Further Range*, 1936）、《见证树》（*A Witness Tree*, 1942）、《绒毛绣线菊》（*Steeple Bush*, 1947）、《在林间空地》（*In the Clearing*, 1962）8 部的命名都带有浓郁的地方特色和乡土气息，在所有诗集中占 80%，比例不可谓不高，说明弗罗斯特绝大多数诗集的命名都具有区域性的意蕴。也许是基于以上原因，人们习惯或倾向于把他定位于一位区域性的诗人（regional poet）。1913 年，他在伦敦出版诗集《少年的心愿》（*A Boy's Will*），1914 年在伦敦出版《波士顿以北》，1915年在纽约出版《少年的心愿》、《波士顿以北》，其中，《波士顿以北》在这一年之内重印了 4 次，他的头两本诗集得到积极的评价，其中不乏区域性的挖掘，

《美国诗文集》（*American Poetry and Prose*）记载：

> "弗罗斯特在《波士顿以北》中找到了完全的话语和充分的表达，"路易斯·昂特迈耶说，"正如他宣称的那样，这是一本'人民的书'。还不止于此。这是一本民族的书，一本新英格兰父老乡亲的书，一本新英格兰本身的书，里面有险峻的小山，确定的事情，诸多的压抑，冷峻的幽默，颠倒的亲和。"[1]

如果说路易斯·昂特迈耶（Louis Untermeyer）在这里的评论是针对头两本诗集而发的，那么下面这个评论就是从弗罗斯特诗歌总体来考察的了，昂特迈耶在《罗伯特·弗罗斯特诗歌》（*Robert Frost's Poems*）一书中注解说："他选择这个国家的一隅作为他的特殊区域，而他的诗集的标题也是地域性的：《波士顿以北》、《山间低地》、《新罕布什尔》、《山外有山》，不过，如此具有地域性，他的诗歌却如此具有普遍性。"[2]学界其他批评家也有类似的看法。克里恩斯·布鲁克斯（Cleanth Brooks）说他"是一个区域主义者"（a regionalist）[3]，很多诗"几乎没有超越对新英格兰乡村进行描绘的层面"（Much of Frost's poetry hardly rises above the level of the vignette of rural New England.）[4]。诺曼·福斯特（Norman Foerster）说他在乡村新英格兰亲密的情感中成长，其诗歌有"区域特色"（a regionalist aspect）[5]。董衡巽说他"是新英格兰地方色彩最强烈的诗人"[6]。李宜燮、常耀信说他是"新英格兰诗人"[7]。胡荫桐说他"从气质和主题看是新英格兰作家"[8]。这类定位从某一角度来看本无可厚

1　*American Poetry and Prose*, Third Edition, edited by Norman Foerster, Boston: Houghton Mifflin Company, 1947, pp.1278-1279.

2　"An Introduction: Robert Frost: The Man and the Poet", *Robert Frost's Poems*, New Enlarged Pocket Anthology with an Introduction and Commentary by Louis Untermeyer, New York: Washington Square Press, 1964, p.3.

3　Cleanth Brooks, Modern *Poetry and the Tradition*, Chapel Hill: University of North Carolina, 1939, p.110.

4　Cleanth Brooks, Modern *Poetry and the Tradition*, Chapel Hill: University of North Carolina, 1939, p.111.

5　*American Poetry and Prose*, Third Edition, edited by Norman Foerster, Boston: Houghton Mifflin Company, 1947, p.1279.

6　董衡巽主编《美国文学简史》（修订本），北京：人民文学出版社 2003 年版，第 226 页。

7　李宜燮、常耀信主编《美国文学选读》下册，天津：南开大学出版社 1994 年版，第 47 页。

8　Hu Yintong, *American Literature*, Beijing: Foreign Language Teaching and Research Press, 2001, p.290.

非，但若拘泥于此则显然是不全面的。新英格兰北部山区看似天之一隅、地之一角，同现代社会和时代并无多大的联系。实际上，它并未与之真空般地隔绝，生活在这里的弗罗斯特终究是社会和时代的一员，必然同整个社会和时代有着千丝万缕的联系。社会和时代施加于他或多或少、或此或彼、或隐或彰的影响，他是无法抗拒的。这种影响必然在他身上留下痕迹，使他的某些诗歌反映出一定的时代内涵。诺曼·福斯特评论道：

> 弗罗斯特在新英格兰乡村亲密的情感氛围中长大成人，其诗歌带有一种区域特征，这种特征是同他之前的萨拉·奥恩（Sarah Orne）和其他新英格兰作家的短篇故事相联系的。然而，在他诗歌中，地方性（locality）似乎是偶然之事，真正的主题乃是看似轻微、散漫的人类生活、人类命运、经历的普遍意义[9]。

1957年，托马斯·斯特恩斯·艾略特（Thomas Stearns Eliot, 1888-1964）在伦敦的一次招待会上说，弗罗斯特是在世英美诗人中最杰出的，他的诗歌既有地方色彩，又有普遍意义[10]。约翰·F·林嫩（John F. Lynen）在《罗伯特·弗罗斯特的田园艺术》（*The Pastoral Art of Robert Frost*）一书中就弗罗斯特描写遥远和原始新英格兰的现象作过研究，认为他把它当作了"考察他那个时代都市生活的媒介，评判这种生活的尺度，以及找到朦胧、混乱的现代生活经历中的秩序的背景"[11]，结论是他"不是区域诗人"[12]。弗罗斯特诗歌中的新英格兰既不是具有乡土特色的画卷，也不是真实事物的写照，而是一种神话。林嫩指出，新英格兰这东北之一角不仅只是一个地理概念；相反，它具有整体性和稳定性，是一个在自身之内的完整的世界。他对弗罗斯特退回到相对简朴的乡村的解释是："既不是逃跑主义，也不是土地主义，而是获得评论当代生活所需的视角的努力。"[13]乔治·F·惠切尔（George F. Whicher）在《七十岁的弗罗斯特》（"Frost at Seventy"）一文中说："几乎从一开始起，他就已经被

9　*American Poetry and Prose*, Third Edition, edited by Norman Foerster, Boston: Houghton Mifflin Company, 1947, p.1279.

10　张子清著《二十世纪美国诗歌史》，长春：吉林教育出版社 1995 年版，第 87 页。

11　John F.Lynen, *The Pastoral Art of Robert Frost*, New Haven: Yale University, 1960, Chang Yaoxin, *A Survey of American Literature*, Tianjin: Nankai University Press, 1990, p.272.

12　"Robert Frost as Nature Poet", *Robert Frost: The Poet and His Critics*, edited by Charles Sanders, Urbana: University of Illinois, 1976, p.208.

13　"Robert Frost as Nature Poet", *Robert Frost: The Poet and His Critics*, edited by Charles Sanders, Urbana: University of Illinois, 1976, p.230.

认作是我们这个时代的歌唱大师之一。"[14]常耀信说:"从内心深处来看,弗罗斯特是一个现代人,他同时代保持着一致。"[15]"尽管弗罗斯特大多数描写的是新英格兰山水,但那些乡村生活却反映了现代经历的片段。"[16]李淑言说:"他不是传统意义上的田园诗人,他的乡间生活糅合着焦虑与不安全感等现代意识。""他这些新英格兰地区的诗歌超出了乡土作品的范围,比历史上任何田园诗都更具有现实性和普遍性。"[17]显然,在弗罗斯特的诗歌中,蕴藏着丰富的时代内涵,这是应该引起十分注意的。本文试图将其诗歌中丰富的时代内涵作一简单梳理,并就其揭示这些时代内涵独特的艺术手法作一大体归纳。

一、时代内涵的具体内容

弗罗斯特诗歌揭示的时代内涵有哪些具体内容呢?主要包括:现代社会的黑暗混乱无序、现代人的虚幻感、世界大战的阴云、"美国梦"的破灭、经济危机的苦难等。

(一)现代社会的黑暗、混乱、无序

人类由原始社会、奴隶社会、封建社会过渡到资本主义社会后,社会生产力极大提高,社会高度发展,文明高度演进。但世界并未因此变得更加美好,人性的提高和主体精神的发展并没因此到来,人们对生活和社会深感失望,精神世界贫乏。达尔文的生物进化理论和现代科技的迅猛发展更把人们推向了精神荒芜的深渊,人们普遍缺乏信仰,上帝似乎已丢下他的创造物抽身离去,宇宙没有了中心,人失去了安全感、整体感和意义,世界呈现一片黑暗、混乱、脱节、支离破碎之状。20世纪20年代以后,在艾略特的同时和以后,出现了相当一批描绘西方现代"社会荒原"面貌的"荒原作家"(The Waste Land Writers),最有代表性的当推这批作家的领袖艾略特,他的名作《荒原》(*The Waste Land*)对本世纪初西方社会这种精神面貌作了逼真的写照。弗罗斯特并不属"荒原作家"之列,但他的诗歌中却有类似的描写,如《意志》("Design")、《接受》("Acceptance")和《雪夜在林边停留》("Stopping by Woods on a Snowy

14 George F.Whicher, "Frost at Seventy", *American Scholar*, XIV, Autumn 1945, p.405.
15 Chang Yaoxin, *A Survey of American Literature*, Tianjin: Nankai University Press, 1990, p.269.
16 Chang Yaoxin, *A Survey of American Literature*, Tianjin: Nankai University Press, 1990, p.270.
17 李明滨主编《二十世纪欧美文学简史》,北京:北京大学出版社2000年版,第178页。

Evening")。在《意志》的第一诗节中，诗中人看到了一幅白色的、恐怖的图画：一朵白色的花上有只白色的蜘蛛，白色的蜘蛛正抓着一只白色的飞蛾。在第二诗节中，诗中人提了几个问题：为什么原本兰色的花变成了白色？是什么东西把蜘蛛带到了花上？是谁把飞蛾引到了那个危险之地？是什么人精心设计的吗？为什么要设计这个图案？该诗予人的启示非常明显：黑夜、混乱的现代社会如一张无形的网，人于其中是渺小的，人时刻受到一种无法摆脱的神秘恐惧力量的威胁和支配；现代社会根本没什么目标和计划可言，即使有，也只是人被控制、被愚弄、被奸杀的计划。《接受》一诗描写了夜幕降临之时，百鸟归巢，尽管巢外的世界一片漆黑、寂静无声甚至可怕，但归巢的百鸟却感到很安全，安然入睡。漆黑、寂静的夜象征着黑暗、混乱的现代社会，百鸟象征着生活在现代社会中的芸芸众生，百鸟对黑夜的态度反映了现代人对社会黑暗和无序无可奈何、只能听天由命的心理[18]。《雪夜在林边停留》描写了诗中人在一个寂静的雪夜停驻林边的情景。雪夜的寂静和现代社会的喧嚣形成了强烈的对比，诗中人林边驻马的心态则反映了现代社会中人的惶恐不安。驻马林边，诗中人被眼前的雪景所吸引，由此引出了他必须作出抉择的问题：是继续赶路，还是就此停下？这只是该诗表层结构提供的显而易见的问题。诗的深层结构所隐涵的问题是：是面对现实和人生，还是就此消极逃避？显然他的心感受着这两种牵引力的作用，要把他拉向两个相反的方向。表面上，诗中人无法在赶路和赏景间作出选择，故内心颇感矛盾。实际上，他是为是直面现实人生还是消极逃避的问题所困扰，何去何从，一时无以适从[19]。眼前的雪景是幽静的，诗中人的内心却是不平静的，它象征着现代人在黑暗、混乱、无序、支离破碎、人被异化的现实中的惶恐不安以及从美妙景色中寻得的片刻超脱于世俗锁碎生活的宁静和短暂麻醉[20]。弗罗斯特认为，他自己的诗歌与众不同，是具有一种深刻的、独特的恬静的。他的《指令》（"Directive"）一诗描绘了一幅他想象国度的路线图，在这个国度里，有一条小溪流淌而过：

> Your destination and your destiny's
>
> A brook that was the water of the house,

---

18 钱青主编《美国文学名著精选》下册，北京：商务印书馆 1995 年版，第 127 页。

19 〔美〕弗罗斯特著《一条未走的路》，方平译，上海：上海译文出版社 1988 年版，第 18 页。

20 Chang Yaoxin, *A Survey of American Literature*, Tianjin: Nankai University Press, 1990, p.268.

Cold as a spring as yet so near its source,

Too lofty and riginal to rage[21].

你的终点和你的命运是一条小溪，

小溪就发源于那座房子里的水，

像一股清冽的泉水刚刚冒出泉眼，

那么高洁那么原始以致不汹涌[22]。

杰伊·帕里尼（Jay Parini, 1948-）就这首诗歌分析说：

他从来就好教训人，他给世界下达了一条《指令》。对他来说，诗是控制日常生活的混乱的一种手段；正如他常常爱说的那样，诗"短暂地遏制了混乱"。在一个日益喧嚣嘈杂的时代，一个开始安然接受停滞不前状况的时代，弗罗斯特的诗无疑是一剂良药。这就是弗罗斯特最本质的东西。他就像《指令》中那个完全靠不住的向导，机智而又狡黠地引诱他的读者到溪边隐秘的游戏房，然后揪住不存疑心的追随者的衣领说："喝下去，超越混乱重新变成整体。"[23]

同样是对现代社会黑暗、无序的肖像描写，弗罗斯特和托马斯·斯特恩斯·艾略特有着一定的差异。在《荒原》的荒原上，生活业已失去意义，存在的痛苦需要死亡的麻醉，生的意志亦已枯竭，诗作所表达的是绝望和死的愿望，基调悲观而绝望。弗罗斯特深受美国十九世纪超验主义作家拉尔夫·沃尔多·爱默生（Ralph Waldo Emerson, 1803-1882）乐观主义精神的影响，因而他的诗不象艾略特那样对现实流露出绝望情绪。如在《接受》中，人对现实社会的态度不是绝望和企求死亡，而是消极接受，诗的基调既不完全乐观，也不完全悲观。

（二）现代人的虚幻感

在远古时期，人类认识和改造自然的力量极其低下，故不得不较多屈从于周围环境，更谈不上对它们的把握了。漫长的岁月过去了，在现代社会中，生产力得到了极大提高，但人类面临的异己力量也极其强大。在这强大异己力量的作用下，现代人普遍感到不能把握自己和周围的一切，产生了一切都是短

---

21 *The Poetry of Robert Frost*, edited by Edward Connery Lathem, New York: Henry Holt and Company, 1979, p.378.

22 〔美〕弗罗斯特著《弗罗斯特作品集》第 1 册，曹明伦译，北京：人民文学出版社 2019 年版，第 494 页。

23 〔美〕埃默里·埃利奥特主编《哥伦比亚美国文学史》，朱通伯、李毅、肖安浦、敖凡、袁德成、曾令富译，成都：四川辞书出版社 1994 年版，第 789 页。

暂、捉摸不定的心理，这种虚幻感在第一次世界大战后得到了强化，第二次世界大战是一场更加疯狂的屠杀，人类几千年构造起来的所谓理性、信仰、道德等观念转眼间灰飞烟灭。弗里德里希·威廉·尼采（Friedrich Wilhelm Nietzsche, 1844-1900）宣告："上帝死了！上帝真的死了！"[24]"我们杀了他——你和我！我们都是凶手"[25]"上帝死了，永远死了！"[26]彼得·汉德克（Peter Handke, 1942-）宣称："天堂的大门已经关闭，现代人已没有任何希望，他们的灵魂将永远在这个世界上徘徊游荡。"[27]关于两次世界大战后美国的情况，史志康说："两次世界大战不仅使欧洲人产生不确定性和死亡将近的感觉，这种悲观的情绪还在北美大陆弥漫。"[28]弗朗西斯·斯科特·基·菲茨杰拉德（Francis Scott Key Fitzgerald, 1896-1940）说："所有的神祇已经死去，所有的战争已经打完，所有对人类的信念已经动摇。"[29]伊塔洛·加尔文诺（Italo Calvino, 1923-1985）说：

> 当我们发现这个曾经似乎是一切奇迹的聚合体的"帝国"如今已是苍茫一片凌乱的废墟，发现腐败的坏疽无处不在，以致人类的"神杖"亦无能为力，发现与敌人搏斗的胜利却使人类成为毁灭的"后裔"时，那是个令人绝望的时刻[30]。

加尔文诺所说美国人的这种绝望是现代人虚幻感的极致化。现代人的虚幻感在弗罗斯特的诗歌中有不少描述，如《春潭》（"Spring Pools"）和《金子般的光阴永不停留》（"Nothing Gold Can Stay"）。《春潭》描写了大自然的雄沉和美妙，使人不禁为之倾倒、陶醉，它暗示着：大自然的初绿像金子般宝贵，但这种嫩绿色调最难留驻，它像鲜花一样美妙，只开放一个小时，然后美丽的嫩叶便褪化为普遍的老树叶，又恰似人类始祖亚当和夏娃从伊甸园跌入

24 〔德〕尼采著《快乐的科学》，余鸿荣译，北京：中国和平出版社 1986 年版，第139 页。

25 〔德〕尼采著《快乐的科学》，余鸿荣译，北京：中国和平出版社 1986 年版，第139 页。

26 〔德〕尼采著《快乐的科学》，余鸿荣译，北京：中国和平出版社 1986 年版，第139 页。

27 章国锋《"天堂的大门已经关闭"——彼德·汉德克及其创作》，《世界文学》1992年第 3 期，第 303 页。

28 史志康主编《美国文学背景概观》，上海：上海外语教育出版社 1998 年版，第 232页。

29 史志康主编《美国文学背景概观》，上海:上海外语教育出版社 1998 年版，第 125 页。

30 史志康主编《美国文学背景概观》，上海:上海外语教育出版社 1998 年版，第 221 页。

尘世一样。随着时间的推移，金子般的青春再也无法留下[31]。该诗传达的信息是明确的：生活是变幻不定的，时间易逝、青春短暂、幸福难留，过去的永不再来，一切原本虚无飘渺、捉摸不定。在《金子般的光阴永不停留》里，诗人从自然界的树叶由嫩绿变枯黄谈到佛晓变白昼，也谈到人类祖先的失落，寓示着一切东西尤其是美好的东西皆不能长久。整诗基调悲观，给人一种失落感[32]。

（三）世界大战的阴云

贪是普遍存在的，《楚辞·离骚》："众皆竞进以贪婪兮，凭不厌乎求索。"[33]《古兰经·第四章》："人性是贪吝所支配的。"[34]仇是随处可见的，《古兰经·第六十章》："我们彼此间的仇恨，永远存在。直到你们只信仰真主。"[35]弗兰西斯·培根（Francis Bacon, 1561-1626）《论复仇》（"Of Revenge"）："复仇是一种野生的裁判。"[36]读《左传》、《国语》、《战国策》、《史记》、《三国演义》、《水浒传》，看《圣经》（*The Holy Bible*）、《希腊的神话和传说》（*Gods and Heroes*）、《哈姆莱特》（*Hamlet*）、《基度山伯爵》（*The Count of Monte Cristo*）、《双城记》（*A Tale of Two Cities*）、《红与黑》（*The Red and Black*），贪与仇若两条主线，贯穿全书。贪和仇是人性的两大弱点，它们同人如影随形，不以随时间之慢慢流逝与物质文明的高度发展而消亡，相反，它们更加肆虐。一个人对金钱、名誉、地位、权势、美色等的贪和对他人的仇，会导致人与人间的钩心斗角、尔虞我诈、弱肉强食、互相倾轧、道德败坏、人性丧失。一个国家对另一个国家土地、矿藏、金钱、支配权等的贪和对它国的仇，会导致国与国间的猜疑、对立、摩擦甚至战争。现代社会诸多丑恶现象多由此所致。在短短半个世纪内，贪与仇引发了两次世界大战，给世界造成了巨大损失。第一次世界大战是在以三国同盟（Triple Alliance）与三国协约（Triple Entente）两大帝国主义集团为中心而进行的，其实质是利益之争。列宁《帝国主义是资本主义的最高阶段·法文版和德文版序言（二）》：

---

31 杨传纬选注《美国诗歌选读》，北京：北京师范学院出版社 1992 年版，第 113-114 页。

32 钱青主编《美国文学名著精选》下册，北京：商务印书馆 1995 年版，第 127 页。

33 洪兴祖撰，白化文、许德楠、李如鸾、方进点校《楚辞补注》，北京：中华书局 1983 年版，第 11 页。

34 《古兰经》，马坚译，北京：中国社会科学出版社 1981 年版，第 71 页。

35 《古兰经》，马坚译，北京：中国社会科学出版社 1981 年版，第 430 页。

36 〔英〕弗·培根著《培根论说文集》，水天同译，北京：商务印书馆 1983 年版，第 16 页。

> 1914-1918 年的战争, 从双方来说, 都是帝国主义的 (即侵略的、掠夺的、强盗的) 战争, 都是为了瓜分世界, 为了分割和重新分割殖民地、金融资本的"势力范围"等等而进行的战争[37]。

列宁《共产国际第二次代表大会》: "这次战争是为了决定: 在极少数大国集团中 (英国集团或德国集团), 谁可以、谁有权利来掠夺、扼杀和剥削全世界。"[38]建筑师埃德温·勒琴斯爵士说: "战场意味着人类的全部努力和成就的灰飞烟灭, ……"[39]第一次世界大战 1914 年 8 月开始, 1918 年 11 月结束, 历时四年零三个月, 三十三个国家被卷入, 经历时间长, 涉及国家多, 破坏性强:

> 参战各国动员了军队六千五百零三万八千八百一十人, 其中八百五十三万八千三百一十五人牺牲了生命, 二千一百二十一万九千四百五十二人受伤, 七百三十五万零九百一十九人成为战俘。战争消耗了三千三百八十亿美元[40]。

陡然之间, 残酷的血淋淋的惨痛的现实无情地摆在了世界人民的眼前, 战争的阴云笼罩着全球。美国在战争前期一方面假惺惺保持中立, 大发战争横财, 另一方面积极备战, 静观待变。大战后期, 交战双方两败俱伤, 精疲力竭。1917 年 4 月, 美国乘机参战:

> 在最后几个月的战斗中, 美国军队秋风扫落叶般地攻入欧洲。
>
> 6 月, 27.9 万美军跨过大西洋; 至 7 月份, 增长至 30 万人以上; 8 月份又增军 28.6 万。在战争的最后 6 个月中, 开进欧洲的美军总数

---

37 列宁《帝国主义是资本主义的最高阶段·法文版和德文版序言 (二)》, 中共中央马克思、恩格斯、列宁、斯大林著作编译局编《列宁选集》第二卷下, 北京: 人民出版社 1972 年版, 第 732 页。

38 列宁《共产国际第二次代表大会》, 中共中央马克思、恩格斯、列宁、斯大林著作编译局编《列宁选集》第四卷上, 北京: 人民出版社 1972 年版, 第 316 页。

39 〔英〕安德鲁·桑德斯著《牛津简明英国文学史》(下), 谷启楠、韩加明、高万隆译, 北京: 人民文学出版社 2000 年版, 第 749 页。

40 黄绍湘著《美国通史简编》, 北京: 人民出版社 1979 年版, 第 434 页。关于第一次世界大战中人员伤亡和战争费用之统计数字, 不同文献的略有差异。如: 上海上海外语教育出版社 1998 年版史志康主编《美国文学背景概观》第 127 页载: "这场战争给协约国和同盟国都造成了极大的损失, 双方共死亡 840 万人, 受伤 2100 万人, 财产损失逾 2000 亿美元。"上海上海外语教育出版社 1994 年版陈治刚、张承谟、汪尧田、汪明编著《英美概况》(新编本) 第 97 页载: "卷入战争旋涡的人口在 15 亿以上, 死伤近 3,000 万人, 直接战争费用约 2,000 亿美元。"今从《美国通史简编》之说。

达到 150 万人[41]。

在第一次世界大战中，美国以极小的代价捞取到了极大的好处。虽然美国在战争中的损失很小，但是战争给美国人民带来的震撼却是巨大的。弗罗斯特以诗人的敏锐洞察、捕捉到了世界大战给人类带来的阴影和威胁，并在其诗歌中表现了出来。在《火与冰》（"Fire and Ice"）中他写道：

> Some say the world will end in fire,
>
> Some say in ice.
>
> From what I've tasted of desire
>
> I hold with those who favor fire.
>
> But if it had to perish twice,
>
> I think I know enough of hate
>
> To say that for destruction ice
>
> Is also great
>
> And would suffice[42].

> 有人说这世界将毁于烈火，
>
> 有人说将毁于坚冰。
>
> 据我对欲望的亲身感受，
>
> 我支持那些说火的人。
>
> 但如果世界得毁灭两次，
>
> 我想我对仇恨也了解充分，
>
> 要说毁灭的能力，
>
> 冰也十分强大，
>
> 足以担负毁灭的重任[43]。

有些科学家认为，人类社会终有一天会被太阳烧毁。有些科学家则预言，人类世界将会被另一个新的冰期灭亡。乍一看，这首诗是在探讨处于两个极端

---

41 〔美〕詹姆斯·柯比·马丁、兰迪·罗伯茨、史蒂文·明茨、琳达·○·麦克默里、詹姆斯·H·琼斯著《美国史》下册，范道丰、柏克、曹大鹏、沈愈、杜梦纲译，北京：商务印书馆 2012 年版，第 980 页。

42 *The Poetry of Robert Frost*, edited by Edward Connery Lathem, New York: Henry Holt and Company, 1979, p.220.

43 〔美〕弗罗斯特著《弗罗斯特作品集》第 1 册，曹明伦译，北京：人民文学出版社 2019 年版，第 283-284 页。

的"冰"与"火"带来的恶果。其实,"冰"与"火"是两个象征,分别象征着"仇恨"和"贪欲"。自然界的冰与火可毁灭世界,人世间的仇和贪亦能摧毁人类。该诗作于第一次世界大战之后,虽然很短,但基调尖刻悲观,近乎绝望,没有任何缓解、折衷余地,大有大难临头之感,仿佛让人再次看到世界大战的阴风惨雾,反映了那个时代世界人民的普遍心态。

(四)"美国梦"的破灭

1931 年,美国历史学家詹姆斯·特拉斯洛·亚当斯(James Truslow Adams)在著作《美国史诗》(*The Epic of America*)中第一次提出了"美国梦"(American Dream)的概念:"据说,在美国这个机会之地,只要经过努力不懈地奋斗,就能够获得美好的生活。对于这个美好的愿景,人们称之为美国梦。"[44]不过,这一概念的形成则要追溯到殖民时期。早期欧洲殖民者踏上北美大陆时,看到的是特殊地理、特殊生态环境中的各种事物和现象:植物、动物、天象及当地土著居民各种各样奇特的衣服、用品、风俗、习惯。大草原的辽阔、落矶山的荒凉、大峡谷的险峻、西海岸的绮丽让他们想起了亚当和夏娃失落的"伊甸园"(Eden),认为这块新大陆是上帝赐予他们的新天堂。这便是"美国梦",它刺激了资产阶级道德观极端利己主义思想的漫延,促使和引诱人们不顾一切向上爬,去追求金钱、名誉、地位和权势。到二十世纪初,敏感的人已意识到,"美国梦"虽令人神往,实际上乃是一种飘渺的幻想,它业已破灭。这在弗罗斯特的某些诗歌中是有所反映的,《摘苹果之后》("After Apple-Picking")即是例证。该诗一开始描写的是一个收获苹果的情景,收获苹果是诗中人所期望的,也是其长期辛勤劳动的结果,一般来说,这应该是最幸福、最喜悦的时候了,艾米莉·伊丽莎白·狄金森(Emily Elizabeth Dickinson,1836-1886)《成功的滋味最甜》("Success Is Counted Sweetest")可为作证:

> 成功的滋味最甜——
>
> 从未成功者认为。
>
> 有急切的渴求,
>
> 才能品出蜜的甘美[45]。

---

44 曾多闻著《微足以道——新闻背后的故事》,台北:慈济人文杂志中心中文期刊部 2011 年版,第 152 页。

45 〔美〕狄金森著《狄金森抒情诗选》,江枫译,长沙:湖南文艺出版社 1996 年版,第 27 页。

但实际上，《摘苹果之后》之诗中人却并没有最幸福、最喜悦的感觉。该诗在简单描述了一下秋收时节在果园收摘苹果的劳动情景后吟道：

Essence of winter sleep is on the night,

The scent of apples: I am drowsing off.

I cannot rub the strangeness from my sight

I got from looking through a pane of glass

I skimmed this morning from the drinking trough

And held against the world of hoary grass[46].

冬日睡眠的精华弥漫在夜空，

苹果的气味使我混混欲睡。

抹不去眼前那幅奇特的景象：

今晨我从水槽揭起一层冰

举到眼前对着枯草的世界

透过玻璃般的冰我见过那景象[47]。

诗中人说他"混混欲睡"，他何以如此？这既不是收获劳动果实造成的身心劳累所致，亦非劳动成果给他带来的幸福、喜悦和满足所致，而是源自他对劳动果实希望的破灭。他在从水槽揭起的一层冰里看到了一个"枯草的世界"，一个被扭曲了的奇怪景象。这使他产生了顿悟，使他在刹那间突然醒悟：或许他对苹果的期望也象这块冰使他产生了错觉。在此，"苹果"变成了一种象征，它不但象征着劳动的果实、事业的成功，而且象征着促使人们不顾一切去追求金钱、名誉、地位和权势的"美国梦"。这样，诗人便完成了由对冰外世界的失望到对生活、现实的失望和"美国梦"的破灭的升华。紧接着，诗人写道："被放大了的苹果忽现忽隐"[48]（Magnified apples appear and disappear）[49]，说明希望和美梦原来不过是虚无飘渺、令人不得安宁的幻境[50]。诗人还在

---

46 *The Poetry of Robert Frost*, edited by Edward Connery Lathem, New York: Henry Holt and Company, 1979, p.68.

47 〔美〕弗罗斯特著《弗罗斯特作品集》第 1 册，曹明伦译，北京：人民文学出版社 2019 年版，第 83-84 页。

48 〔美〕弗罗斯特著《弗罗斯特作品集》第 1 册，曹明伦译，北京：人民文学出版社 2019 年版，第 84 页。

49 *The Poetry of Robert Frost*, edited by Edward Connery Lathem, New York: Henry Holt and Company, 1979, p.68.

50 肖明翰《弗罗斯特批判"美国梦"的杰出诗篇》，《四川师范大学学报》（社会科学版）1993 年增刊外国语文第 4 期，第 67 页。

诗中反复谈到因追梦而带来的身心疲惫，如拱起的脚背还在"疼痛"[51]（ache）[52]、梯子压在弯倒树枝上的"晃动"[53]（sway）[54]、苹果送进地窖的"轰隆隆的声音"[55]（the rumbling sound）[56]、采摘苹果时小心翼翼造成的高度心理紧张等，表明了追梦和追梦带来的表面成功对自己的异化。采摘苹果意味着他为自己的梦想艰苦奋斗并取得了成功，但对梦的追求却把他变成了梦的奴隶，剥夺了他的自由人格，追梦的成功把他变成了梦的附属品，让他付出了失去自身价值和意义的昂贵代价。美国文学史上的许多诗人、作家如托马斯·斯特恩斯·艾略特、弗朗西斯·斯科特·基·菲茨杰拉德等是以表现失败者的遭遇和痛苦来批判"美国梦"，弗罗斯特在该诗中则以展示"成功者"的失望和幻灭来对之进行批判[57]，可谓别出心裁，匠心独运。

（五）经济危机的苦难

1929 年，第二次世界范围内的经济危机爆发，它一直持续到 1933 年，给资本主义国家造成了极大的经济损失。这场经济危机在美国叫做大萧条（The Great Depression），其间证券股票暴跌，银行纷纷倒闭，工厂大批破产，工人大量失业，经济状况一落千丈，给人民群众带来了苦难。据来安方《英美概况》记载：

> 在这场危机中，美国的煤炭生产下跌 14%，钢铁生产下跌 80%，汽车生产下跌 80%。工业总产值由约 700 亿美元下跌至略微超过 310 亿美元[58]。

---

51 〔美〕弗罗斯特著《弗罗斯特作品集》第 1 册，曹明伦译，北京：人民文学出版社 2019 年版，第 84 页。

52 *The Poetry of Robert Frost*, edited by Edward Connery Lathem, New York: Henry Holt and Company, 1979, p.68.

53 〔美〕弗罗斯特著《弗罗斯特作品集》第 1 册，曹明伦译，北京：人民文学出版社 2019 年版，第 84 页。

54 *The Poetry of Robert Frost*, edited by Edward Connery Lathem, New York: Henry Holt and Company, 1979, p.68.

55 〔美〕弗罗斯特著《弗罗斯特作品集》第 1 册，曹明伦译，北京：人民文学出版社 2019 年版，第 84 页。

56 *The Poetry of Robert Frost*, edited by Edward Connery Lathem, New York: Henry Holt and Company, 1979, p.69.

57 肖明翰《弗罗斯特批判"美国梦"的杰出诗篇》，《四川师范大学学报》（社会科学版）1993 年增刊外国语文第 4 期，第 67 页。

58 *An Introduction to Britain and America*, chiefly edited by Lai Anfang, Zhengzhou: He'nan People's Press, 1991, p.344.

大萧条给美国带来的不仅有产值的严重下跌，而且还有失业率的严重高升。据詹姆斯·柯比·马丁（James Kirby Martin）、兰迪·罗伯茨（Randy Roberts）、史蒂文·明茨（Steven Mintz）、琳达·麦克默里（Linda O.Mcmurry）、詹姆斯·琼斯（James H.Jones）著《美国史》（*America and Its Peoples: A Mosaic in the Making*）记载：

> 大萧条带来的经济衰退，与其他国家相比，美国的形势更为严峻，持续的时间也更长。失业率比其他西方国家高，时间也长。当欧洲国家在 1936 年，最晚也在 1939 年第二次世界大战开始时，已经使其失业率大大降低，而在美国却仍然超过 17%，直到 1941 年才下降为 14% 以下[59]。

大萧条的影响是宽广的，据史志康主编《美国文学背景概观》记载：

> 大萧条的社会影响渗透到了生活的各个方面。首先受到影响的是家庭生活。许多过去维持着全家生活的人失去了工作，随着积蓄日益减少或逐渐告罄，他们产生了"失业恐惧"，变得意志消沉，这往往会导致家庭的最终解体[60]。

弗罗斯特《泥泞时节的两个流浪工》（"Two Tramps in Mud Time"）一诗，曲折地反映了这一时代的脉搏。一天，诗中人正在院子里挥斧劈柴，两个流浪汉踏着泥泞的道路走了过来。他们徘徊于路旁，意欲帮忙劈柴挣点外快。诗中人思绪翩翩，最后却没有满足他们的要求。两个流浪汉原本是"林区居民和伐木工人"[61]，他们是在大萧条中失业工人的典型代表。故事展开的季节是四月，隆冬刚去，阳春初来，"严寒冰冻依然潜藏在地下"[62]，它暗示着大萧条的淫威和残酷。"两个流浪汉踩着泥浆走来"[63]，泥泞的道路象征着大萧条岁月的艰难。

59 〔美〕詹姆斯·柯比·马丁、兰迪·罗伯茨、史蒂文·明茨、琳达·○·麦克默里、詹姆斯·H·琼斯著《美国史》下册，范道丰、柏克、曹大鹏、沈愈、杜梦纲译，北京：商务印书馆 2012 年版，第 1051 页。
60 史志康主编《美国文学背景概观》，上海：上海外语教育社 1998 年版，第 150 页。
61 弗罗斯特《泥泞时节的两个流浪工》，〔美〕弗罗斯特著《弗罗斯特作品集》第 1 册，曹明伦译，北京：人民文学出版社 2019 年版，第 359 页。
62 弗罗斯特《泥泞时节的两个流浪工》，〔美〕弗罗斯特著，《弗罗斯特作品集》第 1 册，曹明伦译，北京：人民文学出版社 2019 年版，第 359 页。
63 弗罗斯特《泥泞时节的两个流浪工》，〔美〕弗罗斯特著《弗罗斯特作品集》第 1 册，曹明伦译，北京：人民文学出版社 2019 年版，第 357 页。

弗罗斯特《培育土壤》（"Build Soil"）一诗对此有更直接的揭露：

> Hard times have struck me and I'm on the move.
>
> I've had to give my interval farm up
>
> For interest, and I've bought a mountain farm
>
> For nothing down, all-out-doors of a place,
>
> All woods and pasture only fit for sheep.
>
> But sheep is what I'm going into next.
>
> I'm done forever with potato crops
>
> At thirty cents a bushel. Give me sheep.
>
> I know wool's down to seven cents a pound.
>
> But I don't calculate to sell my wool.
>
> I didn't my potatoes. I consumed them.
>
> I'll dress up in sheep's clothing and eat sheep[64].

> 时世艰难，我一直为生计而奔波。
>
> 我已被迫卖掉我河边低地的农庄，
>
> 在山上买了座价钱便宜的农场。
>
> 那是个前不巴村后不着店的地方，
>
> 只有适合牧羊的树林子和草场。
>
> 不过牧羊是我下一步要干的行当。
>
> 我再也不种土豆了，才三十美分
>
> 一蒲式耳。就让我牧牧羊吧。
>
> 我知道羊毛已跌到七美分一磅。
>
> 不过我并没打算出售我的羊毛。
>
> 我也不曾卖土豆。我把它们吃了。
>
> 以后我就穿羊毛织物并吃羊肉[65]。

  上引诗行出自该诗前半部分，这是大萧条时期美国人民生活的近乎实录的描写，这种生活艰难痛苦而又无可奈何。该诗后半部分则流露了对美国在大

---

64 *The Poetry of Robert Frost*, edited by Edward Connery Lathem, New York: Henry Holt and Company, 1979, p.68.

65 〔美〕弗罗斯特著《弗罗斯特作品集》第 1 册，曹明伦译，北京：人民文学出版社 2019 年版，第 411-412 页。

萧条时期出现的政治思潮的担忧，蕴涵了对当时的总统富兰克林·德拉诺·罗斯福（Franklin Delano Roosevelt, 1882-1945）政见的讽刺。

从现代社会的黑暗混乱无序到现代人的虚幻感、世界大战的阴云和"美国梦"的破灭、经济危机的苦难等，弗罗斯特诗歌中包涵的时代内涵是丰富的，它说明诗人完全与时代同步，用区域诗人概括之难以令人信服。

二、时代内涵的揭示手法

弗罗斯特是怎样在其诗歌中成功揭示出这些时代内涵呢？作为美国现代诗歌两大中心之一，他有其独特的艺术手法。主要包括：自然景物描写、田园生活勾勒、间接含蓄表达、朴素语言使用、白描手法运用、诙谐幽默引用、音乐审美营造等。

（一）自然景物描写

弗罗斯特一生中绝大部分时间都在新英格兰乡村度过，自然景物是他诗歌的主要描写对象，即使是描写时代内涵的诗歌也不例外。他揭示时代内涵的诗歌，首先描述的是自然界的一个景物，如《雪夜在林边停留》中的雪夜美景、《春潭》中的林中春潭；然后由景入情、由情入理，把时代内涵的揭示巧妙融于自然景物的描写之中，达到了情景交融的艺术境界。在情景交融中，景是情的物质载体，情是景的精血灵魂，写景只是手段，抒情才是目的。《雪夜在林边停留》首先成功地描绘了一幅雪夜美景图：诗中人在一个降雪的晚上骑马经过一片树林，座下的小马摇响了胸前的挂铃，铃铛之声渐远渐息，寒风吹落片片雪花，万籁俱寂。清脆的马铃划破夜空，还有微风吹落雪花的声音，这一高一低、一强一弱的声响，互相衬托出幽深清远的寂静，于是清新、淡雅、明净、优美的冬夜雪景便鲜明地出现在读者眼前。然后，诗人写道：

> My little horse must think it queer
>
> To stop without a farmhouse near
>
> Between the woods and frosen lake
>
> The darkest evening of the year[66].
>
> 想必我的小马会暗自纳闷：
>
> 怎么不见农舍就停步不前？

---

66 *The Poetry of Robert Frost*, edited by Edward Connery Lathem, New York: Henry Holt and Company, 1979, p.224.

在树林与冰冻的湖泊之间，

在一年中最最黑暗的夜晚[67]。

以此把读者引入诗歌的深层结构，发掘出时代的内涵。通过自然界中景物的描写，巧妙揭示出一定的时代内涵，这是弗罗斯特诗歌主要的艺术手法之一，这使他揭示一定时代内涵的诗歌呈现出诗情画意的美感。

（二）田园生活勾勒

王宏印说，弗罗斯特是"美国乡村诗人，或现代田园诗人"[68]，有一定的道理。弗罗斯特一生中绝大部分时间都在新英格兰乡村生活，朝去暮来，春种秋收，田园生活是他诗歌的主要描写对象，即使是描写时代内涵的诗歌也不例外。他揭示时代内涵的诗歌，往往首先描述乡村日常生活中的一个事件，比如，《摘苹果之后》里的收摘苹果，《割草》（"Mowing"）[69]中的收割牧草，《收落叶》（"Gathering Leaves"）里的树叶采集；接着由景入情、由情入理，把时代内涵的揭示巧妙融于田园生活的描写之中，达到了情景交融的艺术境界。《摘苹果之后》一开始就是秋季收摘苹果的劳动情景描写：

My long two-pointed ladder's sticking through a tree

Toward heaven still,

And there's a barrel that I didn't fill

Beside it, and there may be two or three

Apples I didn't pick upon some bough.

But I am done with apple-picking now[70].

我高高的双角梯穿过一棵树

静静地伸向天空，

一只没装满的木桶

---

67 〔美〕弗罗斯特著《弗罗斯特作品集》第 1 册，曹明伦译，北京：人民文学出版社 2019 年版，第 289 页。

68 王宏印《弗罗斯特：单纯与深邃（代序）——走出田园诗的现代探索者》，〔美〕罗伯特·弗罗斯特著《弗罗斯特诗歌精译》，王宏印选译，天津：南开大学出版社 2014 年版，第 1 页。

69 "Mowing"：或译"《收割》"，详见：〔美〕埃默里·埃利奥特主编《哥伦比亚美国文学史》，朱通伯、李毅、肖安浦、敖凡、袁德成、曾令富译，成都：四川辞书出版社 1994 年版，第 784 页。

70 *The Poetry of Robert Frost*, edited by Edward Connery Lathem, New York: Henry Holt and Company, 1979, p.68.

> 在梯子旁边，或许有两三个
>
> 没摘到的苹果还留在枝头。
>
> 但我现在已经干完了这活[71]。

然后，该诗说："苹果的气味使我混混欲睡"[72]（The scent of apples: I am drowsing off）[73]，"我会继续听到从地窖传来／一堆堆苹果滚进去的／轰隆隆的声音"[74]（And I keep hearing from the cellar bin/The rumbling sound/Of load on load of apples coming in）[75]，"成千上万的苹果需要伸手去摘，／需要轻轻拿，轻轻放，不能掉地"[76]（There were ten thousand thousand fruit to touch,/Cherish in hand, lift down, and not let fall）[77]，这样，对"美国梦"的破灭感便巧妙融汇于平凡的秋收劳动的描写里了。

杰伊·帕里尼在《罗伯特·弗罗斯特》中认为，"《少年的意志》和《波士顿以北》是弗罗斯特最好的诗集中的两本，集中的诗共同认定了他的田园世界。""在《少年的意志》中有一首颇精致的诗《收割》，从各方面来看，这首诗都是弗罗斯特作品中典型的田园诗"[78]。既然如此，且看看《收割》若何：

> There was never a sound beside the wood but one,
>
> And that was my long scythe whispering to the ground.
>
> What was it it whispered? I knew not well myself;
>
> Perhaps it was something about the heat of the sun,
>
> Something, perhaps, about the lack of sound——

71 〔美〕弗罗斯特著《弗罗斯特作品集》第 1 册，曹明伦译，北京：人民文学出版社 2019 年版，第 83 页。

72 〔美〕弗罗斯特著《弗罗斯特作品集》第 1 册，曹明伦译，北京：人民文学出版社 2019 年版，第 83 页。

73 *The Poetry of Robert Frost*, edited by Edward Connery Lathem, New York: Henry Holt and Company, 1979, p.68.

74 〔美〕弗罗斯特著《弗罗斯特作品集》第 1 册，曹明伦译，北京：人民文学出版社 2019 年版，第 84 页。

75 *The Poetry of Robert Frost*, edited by Edward Connery Lathem, New York: Henry Holt and Company, 1979, p.69.

76 〔美〕弗罗斯特著《弗罗斯特作品集》第 1 册，曹明伦译，北京：人民文学出版社 2019 年版，第 84 页。

77 *The Poetry of Robert Frost*, edited by Edward Connery Lathem, New York: Henry Holt and Company, 1979, p.69.

78 〔美〕埃默里·埃利奥特主编《哥伦比亚美国文学史》，朱通伯、李毅、肖安浦、敖凡、袁德成、曾令富译，成都：四川辞书出版社 1994 年版，第 784 页。

And that was why it whispered and did not speak.

It was no dream of the gift of idle hours,

Or easy gold at the hand of fay or elf:

Anything more than the truth would have seemed too weak

To the earnest love that laid the swale in rows,

Not without feeble-pointed spikes of flowers

(Pale orchises), and scared a bright green snake.

The fact is the sweetest dream that labor knows.

My long scythe whispered and left the hay to make[79].

静悄悄的林边只有一种声音，

那时我的长柄镰在对大地低吟。

它在说些什么？我也不甚知晓；

也许在诉说烈日当空酷热难耐，

也许在诉说这周围过于安静——

这也是它低声悄语说话的原因。

它不梦想得到不劳而获的礼物，

也不稀罕仙女精灵施舍的黄金；

因凡事超过真实便显得不正常，

就连割倒垄垄甘草的诚挚的爱

也并非没有割掉些娇嫩的花穗，

并非没有惊动一条绿莹莹的蛇。

真实乃劳动所知晓的最甜蜜的梦。

我的镰刀低吟，留下堆堆的甘草[80]。

从字面上来看，这首诗作描绘的一幅乡村农民的劳动图卷。虽然四周静悄悄的，空无一人，但是收割牧草的劳动者也不寂寞，心中充满欢快。在空无他人、四周寂静的衬托之下，沙沙的割草声格外清脆、悦耳。他跟大地有着深厚的亲近的感情，似乎手中的镰刀也充满感情，人和大地完全融为了一体。诗中

79 *The Poetry of Robert Frost*, edited by Edward Connery Lathem, New York: Henry Holt and Company, 1979, p.17.

80 〔美〕弗罗斯特著《弗罗斯特作品集》第 1 册，曹明伦译，北京：人民文学出版社 2019 年版，第 18-19 页。

人一边劳动，一边展开思想的翅膀，思绪万千。从深层次来看，这首诗作却别有所托，意味深长，这主要可以从诗作的后半部分的"梦想"、"不劳而获的礼物"、"施舍的黄金"、"超过真实"、"不正常"、"最甜蜜的梦"等处窥见一些蛛丝马迹。杰伊·帕里尼做过很好的剖析：

> "对于真心的'爱'……，过了头的'真理'，就成为编造"。
> 到现在为止，一切都还好。割草（写作／讲话／思想）这一事实并不需要美化修饰，它活生生的存在是不容质疑的。工作就是快乐，工作本身就是报酬，本身就具有意义。这也很好。但是在寓意丰富、带有总结性的倒数第二行中，弗罗斯特特别坚持认为，"事实"，才是劳动最甜的梦。的确，一桩事实毕竟不是一件有形的物体，不能像一块石头一样，让约翰逊博士一脚踢起，向他的朋友博斯韦尔显示物质的存在。事实是梦，是莎士比亚称为"空虚的无物"的东西。弗罗斯特有一次出其不意地让读者的期望落了空[81]。

可见，弗罗斯特在这首诗歌中借助于田园生活的描写，已经把自己对事实、梦想之类的现实社会中的问题的思考融入其中、曲折表达出来了。

通过乡村日常生活里的一个事件的描写，巧妙揭示出一定的时代内涵，这是弗罗斯特诗歌主要的艺术手法之一。从这个意义上讲，他同陶渊明（365-427）、威廉·华兹华斯（William Wordsworth, 1770-1850）、罗伯特·彭斯（Robert Burns, 1759-1796）和沃尔特·惠特曼（Walt Whitman, 1819-1892）等诗人有相似之处。他的这一艺术手法，使他揭示一定时代内涵的诗歌散发出溢郁的乡土与生活气息。

（三）间接含蓄表达

弗罗斯特喜欢爱默生含蓄深邃的诗风并受到了这种诗风的影响。在揭示一定时代内涵的诗歌中，他成功地使用了间接、含蓄而又不失深邃的表现形式，如在《意志》、《接受》、《春潭》、《黄金的时光不能留》、《收落叶》、《雪夜在林边停留》和《摘苹果之后》等诗中，他都使用了这种手法。这种手法除通过对自然景物和田园活动的描写予以实现外，还借助于大量使用象征，而这些象征多来源于新英格兰北部山村常见的事物。如：《意志》用蜘蛛的世界象征人的世界，用蜘蛛威胁下的白蛾象征现代社会中的人；《接受》用漆黑、寂静

---

81 〔美〕埃默里·埃利奥特主编《哥伦比亚美国文学史》，朱通伯、李毅、肖安浦、敖凡、袁德成、曾令富译，成都：四川辞书出版社 1994 年版，第 785 页。

的夜晚象征黑暗、混乱的现代社会，用百鸟象征现代社会的芸芸众生，用百鸟归巢象征现代人对黑暗社会的无可奈何；《收落叶》用树叶象征希望，用对采叶的失望象征现代人希望的破灭；《雪夜在林边停留》用诗中人的局促不安象征现代人的惶恐不安；《摘苹果之后》用苹果象征"美国"梦，用对苹果丰收的失望象征"美国梦"的破灭。象征的大量使用，使他的诗歌充满如蜘蛛、飞蛾、百鸟、黑夜、森林、树叶、白雪、鲜花等种种艺术意象，意象相交、鲜明生动、形神兼备、意味深长，原本十分平淡模糊的感觉有了丰富的内涵，从而唤起了读者情感的反应。这些艺术意象诱使读者千方百计去领略由它们导引而出的超越其本身之外的景外之景、象外之象、味外之味，促使读者企图于粗浅中求深刻、于平淡中求非凡、于有限中求无限、于短暂中求永恒。间接、含蓄的手法使他的诗歌具有一定的蒙胧感和多解性，需待读者运用自己的知识、阅历、联想仔细解读，具有艺术再创造的足够空间，让人苦思冥想、反复玩弄、兴致盎然、其味无穷。

（四）朴素语言使用

埃兹拉·庞德（Ezra Pound, 1885-1972）在《罗伯特·弗罗斯特》（"Robert Frost"）一文中评论说："弗罗斯特先生敢于使用新英格兰自然的语言进行写作，而且绝大数多数情况下是成功的。他写作所用的是一种自然的口语，这种口语同各种报纸与诸多教授所提倡的'自然'语言有很大的差异。"[82]"弗罗斯特笔下的人物是鲜活的，他们的语言是真实的，他对这些人物是了解的。我并不想去见他们，不过，我知道他们是存在的，我知道他们是像弗罗斯特所描写的那样生活着的。"[83]从这两个片段的论述中可以看出，弗罗斯特写作的语言采自新英格兰乡间，是真实、自然的语言，而正是这样的语言才使得他描写的人物活灵活现、呼之欲出。

华兹华斯在诗歌中喜欢使用普通百姓的语言，在这方面弗罗斯特深受其影响。杰伊·帕里尼在论及弗罗斯特诗歌时写道：

> 《少年的意志》同弗罗斯特的许多作品一样，受到华兹华斯的诗歌传统极大的影响，华兹华斯坚持认为诗人是"以个人的身份向人们讲话"。华兹华斯同柯尔律治以及其他浪漫主义作家一起，敦

---

82 *Literary Essays of Ezra Pound*, edited with an Introduction by T. S. Eliot, New York: New Directions Publishing Corperation, 1968, p.384.

83 *Literary Essays of Ezra Pound*, edited with an Introduction by T. S. Eliot, New York: New Directions Publishing Corperation, 1968, p.385.

促诗人们使用口语的表达法，并且在可能的时候，将日常的、甚至卑微的意象撷入诗中。浪漫主义作家想要将诗歌与民间传统联系起来。弗罗斯特的诗歌语言属于新英格兰农民的口语，吸取了其特殊的用词和句法，这使他的作品汇入了华兹华斯和柯尔律治 1798 年出版《抒情歌谣集》以来的各种诗歌主流中的一支[84]。

这里已经说得很清楚了，弗罗斯特的诗歌采用的是"新英格兰农民的口语"，是经过加工、提炼的地道的民间日常用语。弗罗斯特的诗歌语言平淡朴素，这在《雪夜在林边停留》中也能够看得出来：

> Whose woods these are I think I know.
>
> His house is in the village,though;
>
> He will not see me stopping here
>
> To watch his woods fill up with snow.
>
> My little horse must think it queer
>
> To stop without a farmhouse near
>
> Between the woods and frosen lake
>
> The darkest evening of the year.
>
> He gives his harness bells a shake
>
> To ask if there is some mistake.
>
> The only other sound's the sweep
>
> Of easy wind and downy flake.
>
> The woods are lovely, dark,and deep,
>
> But I have promises to keep,
>
> And miles to go before I sleep,
>
> And miles to go before I sleep[85].
>
> 我想我知道这树林是谁的。
>
> 不过主人的家宅远在村里；
>
> 他不会看见我在这儿停歇

84 〔美〕埃默里·埃利奥特主编《哥伦比亚美国文学史》，朱通伯、李毅、肖安浦、敖凡、袁德成、曾令富译，成都：四川辞书出版社 1994 年版，第 781-782 页。

85 *The Poetry of Robert Frost*, edited by Edward Connery Lathem, New York: Henry Holt and Company, 1979, pp.224-225.

观赏这片冰雪覆盖的林子。

想必我的小马会暗自纳闷：
怎么不见农舍就停步不前？
在树林与冰冻的湖泊之间，
在一年中最最黑暗的夜晚。

小马轻轻抖摇颈上的缰铃，
仿佛是想问是否把路走错。
林中万籁俱寂，了无回声，
只有柔风轻拂，雪花飘落。

这树林真美，迷蒙而幽深，
只可惜我还有誓言要履行，
安息前还要走漫长的路程，
安息前还要走漫长的路程[86]。

第一，这首诗歌的措词十分平实。上诗所用的几乎全是单音节和双音节词，甚为简单。名词 woods（树林）、snow（雪）、house（房舍）、village（村庄）、farmhouse（农舍）、little horse（小马）和 lake（湖泊），动词 think（想）、know（知道）、see（看见）、stop（停下）、watch（观看）、fill up（填满）、ask（问）、have（有）、keep（保留，履行）和 go（去，走），介词 in（在……里）、with（用）、between（在……之间）和 of（……的）等，这些词非常浅显，在英语国家中连三尺孩童要弄懂它们亦毫无困难，可谓十分简朴。第二，这首诗歌的句子结构也很简单。

至于英语句子，不同的语法家有不同的划分方法，张振邦划分为"简单句"（Simple Sentence）、"并列句"（Compound Sentence）、"复杂句"（Complex Sentence）与"并列复杂句"（Compound-complex Sentence）[87]，可名之四分法，而张道真则主张划分为"简单句"（Simple Sentence）、"并列句"（Compound Sentence）与"复合句"（Complex Sentence）[88]，可称之三

86 〔美〕弗罗斯特著《弗罗斯特作品集》第 1 册，曹明伦译，北京：人民文学出版社 2019 年版，第 289 页。

87 张振邦主编《新编英语语法教程》（第三版），上海：上海外语教育出版社 2000 年版，第 15 页。

88 张道真编著《实用英语语法》，北京：外语教学与研究出版社 1995 年版，第 481-483 页。

分法，兹以张道真的三分法来对上引诗作加以简单分析。第 4 节第 1-2 行"The woods are lovely, dark, and deep,/But I have promises to keep"是并列句（Compound Sentence），第 1 节第 1 行"Whose woods these are I think I know"、第 3 节第 1-2 行"He gives his harness bells a shake/To ask if there is some mistake"是复合句（Complex Sentence）。全诗 4 节，16 行，其中，并列句 2 行，复合句 3 行，其余都是简单句。

弗罗斯特自己认为，他的诗歌语言简单到了运用日常用语的程度，"就连华兹华斯的语言也比我的更难"[89]。根据埃默里·埃利奥特（Emory Elliott）主编《哥伦比亚美国文学史》（*Columbia Literary History of the United States*）记载，弗罗斯特曾经自诩说，"我用词比华兹华斯更贴近日常生活"[90]。从语言艺术的角度看，他同陶渊明、华兹华斯、欧内斯特·海明威（Ernest Hemingway，1899-1961）等颇为相似。值得注意的是，弗罗斯特的诗歌虽语言貌似简明，但它像海明威的小说一样，具有一种"骗人的朴素"[91]。对于弗罗斯特来说，诗歌的最高意义在乎"隐秘性"（ulteriority），能够很好体现隐秘性的手段莫过于"隐喻"（"metaphor"）这一修辞法了。他在《永恒的象征》（"The Constant Symbol"）一文中解释说，隐喻是"说的是一件事情，指的又是另一件事情"[92]。王宏印说，弗罗斯特"在其貌似简单的诗歌形式和语言之下，很可能隐藏着深刻的思想和丰富的生活经验"[93]，是有道理的。

（五）白描手法运用

弗罗斯特在诗歌语言方面也深受爱默生的影响。爱默生的创作方法具有简洁、明快的特点，弗罗斯特大受其影响，喜欢使用白描的手法揭示时代内涵。《收落叶》就是很好的例子。《收落叶》描写的是一场普通农民在普通的乡

89　*Selected Letters of Robert Frost*, edited by Lawrence Thompson, New York and Chicago: Holt, Rinehart and Winston,1964, pp.83-84.

90　〔美〕埃默里·埃利奥特主编《哥伦比亚美国文学史》，朱通伯、李毅、肖安浦、敖凡、袁德成、曾令富译，成都：四川辞书出版社 1994 年版，第 782 页。

91　李宜燮、常耀信主编《美国文学选读》下册，天津：南开大学出版社 1994 年版，第 48 页。

92　*Selected Prose of Robert Frost*, edited by Hyde Cox and Edward Cornnery Lathem, New York: Macmillan, 1968, p.24.

93　王宏印《弗罗斯特：单纯与深邃（代序）——走出田园诗的现代探索者》，〔美〕罗伯特·弗罗斯特著《弗罗斯特诗歌精译》，王宏印选译，天津：南开大学出版社 2014 年版，第 1 页。

村从事普通的收落叶的普通劳动。全诗有 6 节，24 行，前 4 节描述了诗中人扫叶、装叶、运叶、卸叶和储叶的活动，第 5 节描写了归仓之叶变轻变黑的情况，第 6 节叙述了诗中人对采叶活动的反思，是一个收采落叶的完整的劳动过程的记录。诗作开篇就很直白：

> Spades take up leaves
> No better than spoons,
> And bags full of leaves
> Are light as ballons[94].

> 用铁锹去铲落叶
> 简直就像用铁勺，
> 成包成袋的落叶
> 却像气球般轻飘[95]。

这里用了 16 个词，其中，名词有"Spades"（"铁锹"）、"leaves"（"落叶"）、"spoons"（"勺"）、"bags"（"包"、"袋"）4 个，连词有"And"（"而"）1 个，连系动词有"Are"（"是"）1 个，形容词有"light"（"轻飘"）1 个，短语有"take up"（"铲"）、"No better than"（"简直"）、"full of"（"满是……"）、"as ballons"（"像气球"）4 个，都是日常用语词、短语，句子结构也十分简洁，没有华丽的辞藻、高深的比喻、复杂的句式。就这样简单、直白地描述事情，这就是白描手法。以上引用的只是《收落叶》的第 1 节，后面 5 节的措辞、造句风格跟前面这 1 节完全是一样的，白描是整首诗歌的风格。没有惊人的渲染夸张，没有刻意的雕琢修饰，完全是白描的手法，读之但觉淡雅优美、耳目一新。纯粹白描的手法使他的诗歌呈现出亲切、自然和毫无雕琢之感的特色。

（六）诙谐幽默引用

庞德在《罗伯特·弗罗斯特》一文中评论说：

> 弗罗斯特先生有一种幽默感，但是他并非一味追求幽默《规矩》
> 一诗有一种普遍的幽默、一种事物本身所具有的幽默，而不是作家

---

94 *The Poetry of Robert Frost*, edited by Edward Connery Lathem, New York: Henry Holt and Company, 1979, p.234.

95 〔美〕弗罗斯特著《弗罗斯特作品集》第 1 册，曹明伦译，北京：人民文学出版社 2019 年版，第 302 页。

自作滑稽，或者是由于作家不敢如实表现而对某一事件或者某个人物所"炮制"的一些荒唐可笑的词语[96]。

弗罗斯特的诗歌不是以一本正经、咄咄逼人的方式揭示时代内涵的；相反，其诗着笔诙谐幽默、饶有兴致。如在《收落叶》中，诗人把铁锹比作汤勺、把装满树叶的口袋比为充满空气的气球、把从早到晚忙于采叶的诗中人比成整日蹦跳不停的鹿兔，诗的基调因此变得幽默风趣。幽默是一种艺术，是一种智慧，是对宇宙人生长期观察、仔细体验得到的感悟，是经过人世的坡坡坎坎、跌跌撞撞仍不失希望的表现。弗罗斯特诗歌中所表现出来的诙谐幽默，是他面对他那个时代诸多阴暗面所表露出的苦涩的乐观豁达。

（七）音乐审美营造

弗罗斯特曾受美国十九世纪浪漫主义诗人埃德加·爱伦·坡（Edgar Allan Poe, 1809-1849）诗的音律同内容相结合风格的重要启迪，因此他在诗歌中十分重视音乐性。他说："诗就是翻译后失去的东西。"[97]诗歌经翻译后损失最多的莫过于音乐性。路易斯·昂特迈耶（Louis Untermeyer）说："他的素体诗独白，据说是'以未加雕饰的对话语言语调撰写的'，而他的抒情诗却精巧无比，不乏精细的音乐感。"[98]弗罗斯特揭示一定时代内涵的诗歌富有极强的音乐性，如在《雪夜在林边停留》一诗中，他对常见的 abab 或 abba 的押韵方式作了一定调整，采用了 aaba，bbcb，ccdc 和 dddd 的韵式，格律较为严整，读起来具有很强的乐感。

弗罗斯特在书信、文章、演讲中宣扬自觉的诗歌理论，不只一次地提出了"意义声音"（sound of sense）[99]、"句子声音"（sentence sound）[100]的原则，

---

96 *Literary Essays of Ezra Pound*, edited with an Introduction by T. S. Eliot, New York: New Directions Publishing Corperation, 1968, p.385.

97 杨传纬选注《美国诗歌选读》，北京：北京师范学院出版社 1992 年版，第 113-114 页。

98 "An Introduction: Robert Frost: The Man and the Poet", *Robert Frost's Poems*, New Enlarged Pocket Anthology with an Introduction and Commentary by Louis Untermeyer, New York: Washington Square Press, 1964, p.3.

99 sound of sense: 或译"有意义的声音"、"意义声调"，分别见：杰伊·帕里尼撰《罗伯特·弗罗斯特》，李毅译，〔美〕埃默里·埃利奥特主编《哥伦比亚美国文学史》，朱通伯、李毅、肖安浦、敖凡、袁德成、曾令富译，成都：四川辞书出版社 1994 年版，第 782 页；王宏印《弗罗斯特：单纯与深邃（代序）——走出田园诗的现代探索者》，〔美〕罗伯特·弗罗斯特著《弗罗斯特诗歌精译》，王宏印选译，天津：南开大学出版社 2014 年版，第 7 页。

100sentence sound: 或译"句子声调"，详见：王宏印《弗罗斯特：单纯与深邃（代

以此界定以前诗人早在采用的、他自己也在运用的技巧："从日常用语不规则的旋律中提炼出诗歌步格的听觉基线。弗罗斯特真正的独创性在于诗歌的实际创作。他把有意义的声音应用于新英格兰的乡村口语，这种方言在他之前还不曾入诗。"[101]至于何为"意义声音"，弗罗斯特阐述道：

> 语言习惯的差异可以使属于一种文化的人津津有味地欣赏另一种文化的说话的方式，从中品出"陌生人的新鲜味"。从根本上看，这种由民族或者地区的语言特性所引起的陌生感与新奇感并没有什么不同，而正是这些陌生感和新奇感赋予所有诗歌以特性[102]。

至于"意义声音"在诗歌中的运用，《害怕风暴》（"Storm Fear"）即是明例，且看前 8 行：

> When the wind works against us in the dark,
>
> And pelts with snow
>
> The lower-chamber window on the east,
>
> And whispered with a sort of stifled bark,
>
> The beast,
>
> "Come out! Come out!"——
>
> It costs no inward struggle not to go,
>
> Ah, no[103]!
>
> 当风暴在黑暗中与我们作对，
>
> 当这头野兽挟着雪
>
> 不停地撞击矮屋的东窗
>
> 并用一种压低的声音
>
> 吠叫：
>
> "出来！出来！"——
>
> 这时要出去非得经过内心的挣扎，

序）——走出田园诗的现代探索者》，〔美〕罗伯特·弗罗斯特著《弗罗斯特诗歌精译》，王宏印选译，天津：南开大学出版社 2014 年版，第 7 页。

101 〔美〕埃默里·埃利奥特主编《哥伦比亚美国文学史》，朱通伯、李毅、肖安浦、敖凡、袁德成、曾令富译，成都：四川辞书出版社 1994 年版，第 783 页。

102 *The Norton Anthology of American Literature* (1st edition),Volume II, Ronald Gottesman, New York: W.W.Norton and Company, Incorporated, 1979, p.1100.

103 *The Poetry of Robert Frost*, edited by Edward Connery Lathem, New York: Henry Holt and Company, 1979, pp.9-10.

啊，的确[104]！

杰伊·帕里尼在《罗伯特·弗罗斯特》中点评说：

第一行就写得很漂亮，体现出与无韵抑扬格相抵牾的口语节奏
（按抑扬格的原则，"the"和"in"重读，而"when"和"wind"
则不重读）。"When the wind works"以其重重的头韵在我们的听觉
中留下的是扬扬格的感受。这一行同时也有微妙的模仿效果，其节
奏和声音显示出风的运动，以及说话的人在这种天气出门的心情。
第七行最能体现弗罗斯特的本色，其中"costs"一字的口语用法（以
及其古怪又抽象的否定式直接宾语"no inward struggle"迷住了读
者的耳朵："It costs no inward struggle not to go"。在弗罗斯特以
前，英美诗歌里还没有这种用法[105]。

弗罗斯特主张诗歌要有"意义声音"的效果，或者"句子声音"的效果，
或者"意义声音"与"句子声音"相结合的效果，其《牧场》一诗最能体现这
样的效果：

I'm going out to clean the pasture spring;

I'll only stop to rake the leaves away

(And wait to watch the water clear, I may):

I shan't be gone long.-You come too.

I'm going out to fetch the little calf

That's standing by the mother. It's so young

It totters when she licks it with her tongue.

I shan't be gone long.-You come too[106].

我要出去清理牧场的泉源，

我只是想耙去水中的枯叶，

（也许我会等到水变清冽）

我不会去太久——你也来吧。

---

104 〔美〕弗罗斯特著《弗罗斯特作品集》第1册，曹明伦译，北京：人民文学出版
社2019年版，第9页。

105 〔美〕埃默里·埃利奥特主编《哥伦比亚美国文学史》，朱通伯、李毅、肖安浦、
敖凡、袁德成、曾令富译，成都：四川辞书出版社1994年版，第783页。

106 *The Poetry of Robert Frost*, edited by Edward Connery Lathem, New York: Henry Holt
and Company, 1979, p.1.

我要出去牵回那头小牛，

它站在母牛身旁，那么幼小，

母亲舔它时也偏偏倒倒。

我不会去太久——你也来吧[107]。

关于首诗歌的音乐性，王宏印在《弗罗斯特：单纯与深邃（代序）——走出田园诗的现代探索者》中有详细分析：

> 这首诗是四行诗节，格律十分简单，音节非常清晰，但有一些变化。全诗八行中有五行（一、二、三、五、七）是非常规则的五音步抑扬格（iambic pentameter）诗行。只有在第六行的最后两个音步和第四、八两行缩短了的四音步抑扬格（iambic tetrameter）叠句（refrain lines）中，才出现格律替代（metrical substitutions）现象。在第四、八行中，"gone long"采用两个发音很阳刚的韵，用两个扬格，节奏发生变化，使人们期待如钢琴上的高音奏响两个音，打破了正常的韵律节奏，使四行诗中具有一定的破格。可是，诗人在第六行中却是独具匠心地用一个抑抑格（pyrrhic）加上一个扬扬格（spondee）代替了两个抑扬格，在句尾形成一个高潮。诗人似乎有意将第四个音步中的重音扣了下来并留给了第五个音步，这样改变了读者预期的抑扬格格律形式，让读者产生一种格律期待，更加希望一个扬扬格的出现，从而达到了从格律形式上强调强调形式与内容相互契合的艺术效果，那只"牛犊"年幼娇嫩的意象也因此变得更加生动逼真。如此美妙的完美无缺的韵律诗歌，甚至可以直接谱曲了[108]。

把一定时代内涵的内容同音乐美的形式相结合，诗的思想内容和韵律便自然融为一体，使人的心灵与耳朵同时得到了美的享受。

埃默里·埃利奥特主编《哥伦比亚美国文学史》记载："弗罗斯特并没有染上乔治时代诗歌的情感浅薄、思想内容无聊、虚假的质朴之类的毛病，而是吸取了这一时代的诗歌的长处。"[109]在弗罗斯特看来，诗歌的最高价值在于其意义的

---

107 〔美〕弗罗斯特著《弗罗斯特作品集》第1册，曹明伦译，北京：人民文学出版社2019年版，卷首页。

108 〔美〕罗伯特·弗罗斯特著《弗罗斯特诗歌精译》，王宏印选译，天津：南开大学出版社2014年版，第8页。

109 〔美〕埃默里·埃利奥特主编《哥伦比亚美国文学史》，朱通伯、李毅、肖安浦、敖凡、袁德成、曾令富译，成都：四川辞书出版社1994年版，第782页。

"隐秘性"[110]。追求"隐秘性"是弗罗斯特诗歌创作最重要的特点之一。

美国小说家、诗人、米德尔伯里学院教授杰伊·帕里尼（Jay Parini, 1948-）评论弗罗斯特说："一个精明的诗人，习惯于狡诈的自我嘲讽和反讥的含蓄，瞧不起大多数同时代的诗人，十分乐意引导多情的读者认为他们读懂了他的诗。"[111]弗罗斯特反映一定时代内涵的诗歌（其它诗歌亦然）属于华兹华斯明朗易懂的诗歌传统。但是，他的诗歌所体现出的只是貌似的自然、直接和简单而实则非然。他的最终目的是掩藏在这些诱人金色外衣下的时代内涵。

龚自珍在《己亥杂诗》中评陶渊明的诗歌说："莫信诗人竟平淡，二分《梁甫》一分《骚》。"[112]这句评语亦大体适合于弗罗斯特。其实，不管是古代诗人还是现代诗人，是东方诗人还是西方诗人，是出世诗人还是入世诗人，只要他不是生活在真空中，其诗歌便可能反映出一定的时代内涵，只不过艺术手法不同而已。弗罗斯特以树林、山状、山峦、河流、田舍、农场等传统的诗歌素材来表现现代工业社会中人心灵上的压抑、不安、扭曲、异化以及由此产生的人与自然、人与社会、人与人之间的关系和人对宁静精神状态的向往。他不仅了解自然，而且了解社会，只不过他用极为朴实、明白的语言和比喻与象征等艺术手法把他对社会、人生的见解融于描写自然景物之中。这使他的诗歌既具有鲜明的时代属性，又具有浓厚的社会色彩。他诗歌中那朴实、明白的语言和比喻与象征等艺术手法掩盖了他复杂的思想和他赋予诗歌的广博的内涵与深刻的哲理。埃默里·埃利奥特批评道：

> 如果仅仅因为认为弗罗斯特的诗歌只是提供了简单的日常生活哲理及美国式的智慧，那就是再愚蠢不过了；同样，如果因为他的诗歌容易阅读而觉得浅显，也是个错误。即使是他那些着意描写普通乡村风景的诗歌……也可能会极为深奥、复杂[113]。

弗罗斯特认为诗歌应"始于愉悦，终于智慧"[114]，他独特的艺术手法使他

110 Hazard Adams, *Critical Theory Since Plato* (1st and revised edition), Wadsworth Publishing, Harcourt Brace Jovanovich, 1971, 1992.转引自：黄宗英《一条行人较少的路——罗伯特·弗罗斯特诗歌艺术管窥》，《北京大学学报》1997 年外国语言文学专刊，第 54 页。
111 张子清著《二十世纪美国诗歌史》，长春：吉林教育出版社 1995 年版，第 86 页。
112 《龚自珍全集》，上海：上海人民出版社 1975 年版，第 521 页。
113 Emory Elliot, *Columbia Literary History of the United States*, New York: Columbia University Press, 1988, p.944.
114 Hude Cox and E. C. Lathem, *Selected Prose of Robert Frost*, New York: Macmillan, 1968, p.20.

的诗歌给人的是莫大的艺术享受即"愉悦"，这种"愉悦"常常掩盖了诗中的"智慧"，"往往最富欺骗性"[115]，而这些"智慧"却是他诗歌中最为重要的东西。法国批评家伊波利特·阿道尔夫·丹纳（Hippolyte Adolphe Taine, 1828-1893）说："作品的产生取决于时代精神和周围的风俗。"[116]英国文学批评家托马斯·斯特恩斯·艾略特说："伟大的诗人在写他自己时也在写他的时代。"[117]一方面，把弗罗斯特归入区域诗人一类不免有失偏颇，它无助于全面认识诗人本身及其诗歌，更有碍于了解他某些诗歌中客观存在的时代内涵。另一方面，对于他某些诗歌中所隐含的某些时代内涵，需要仔细予以解读。

---

115 *Selected Letters of Robert Frost*, edited by Lawrence Thompson, New York and Chicago: Holt, Rinehart and Winston, 1955, XV.

116 丹纳《艺术哲学》，傅雷译，北京：人民文学出版社 2017 年版，第 32 页。

117 F.O.Mattiessen, *An Essay on the Nature of Poetry*, London: Oxford University Press, 1955, p.17.

罗伯特·弗罗斯特《收落叶》的主题申说

　　罗伯特·弗罗斯特（Robert Frost, 1874-1963）是美国现代诗人，《中国大百科全书》"外国文学"词条说他是"新英格兰的农民诗人"[1]，约瑟夫·沃伦·比奇（Joseph Warren Beach）说他是"所有美国诗人中最'感性地'热爱大地的一个"[2]，李宜燮说他的诗"多以田园生活为题材"[3]，李淑言说他的诗"都与农事乡情、自然景物有关"[4]，好像他的诗歌主题不是纯粹对田园生活的吟唱就是单纯对自然景色的咏叹。但是，他的多数诗歌都绝非简单的田园或自然之作，而是假借田园生活的吟唱或自然景色的咏叹巧妙揭示一定的社会与时代内涵。《收落叶》（"Gathering Leaves"）[5]便是这样的作品：

> Spades take up leaves
> No better than spoons,
> And bags full of leaves

1　《中国大百科全书》，北京：中国大百科全书出版社 1982 年版，第 319 页。

2　Joseph Warren Beach, "Robert Frost as Nature Poet", *Robert Frost: The Poet and His Critics*, edited by Charles Sanders, Urbana: University of Illinois, 1976, p.211.

3　李宜燮、常耀信主编《美国文学选读》下册，天津：南开大学出版社 1994 年版，第 47 页。

4　李明滨主编《二十世纪欧美文学简史》，北京：北京大学出版社 2000 年版，第 178 页。

5　"Gathering Leaves"：目前所见，有三译。一是"《收落叶》"，详见：〔美〕弗罗斯特著《弗罗斯特作品集》第 1 册，曹明伦译，北京：人民文学出版社 2019 年版，第 302 页。二是"《收集落叶》"，详见：〔美〕弗罗斯特著《弗罗斯特诗选》，江枫译，北京：外语教学与研究出版社 2012 年版，第 185 页。三是"《收集树叶》"，详见：〔美〕罗伯特·弗罗斯特著《弗罗斯特诗选》，顾子欣译，南京：江苏凤凰文艺出版社 2018 年版，第 86 页。

Are light as ballons.

I make a great noise
Of rustling all day
Like rabbit and deer
Running away.

But the mountains I raise
Elude my embrace,
Flowing over my arms
And into my face.

I may load and unload
Again and again
Till I fill the whole shed,
And what have I then?

Next to nothing for weight;
And since they grew duller
From contact with earth,
Next to nothing for color.

Next to nothing for use.
But a crop is a crop,
And who's to say where
The harvest shall stop[6]?

用铁锹去铲落叶
简直就像用铁勺，
成包成袋的落叶
却像气球般轻飘。

我整天不停地铲，
落叶总窸窣有声，
像有野兔在逃窜，

---

6 *The Poetry of Robert Frost*, edited by Edward Connery Lathem, New York: Henry Holt and Company, 1979, pp.234-235.

像有野鹿在逃遁。

但我堆起的小山
真令我难以对付，
它们遮住我的脸，
从我双臂间溢出。

我可以反复装车，
我可以反复卸货，
直到把棚屋塞满，
可我得到了什么？

它们几乎没重量；
它们几乎没颜色，
因为与地面接触，
它们已失去光泽。

它们几乎没用处。
但收成总是收成，
而且又有谁敢说
这收获啥时能停[7]？

这首诗可能算不得弗罗斯特的代表诗作，除了曹明伦翻译的《弗罗斯特集》、《弗罗斯特作品集》，江枫翻译的《弗罗斯特诗选》，顾子欣翻译的《弗罗斯特诗选》等有收录[8]之外，一般不见于中国国内出版的外国文学选本，方平翻译的《一条未走的路》[9]、王宏印翻译的《弗罗斯特诗歌精译》[10]这样专门性

7 〔美〕弗罗斯特著《弗罗斯特作品集》第 1 册，曹明伦译，北京：人民文学出版社 2019 年版，第 302-303 页。

8 详见：〔美〕理查德·普瓦里耶、马克·查理森编《弗罗斯特集》（上），曹明伦译，沈阳：辽宁教育出版社 2002 年版，第 304-305 页；〔美〕弗罗斯特著《弗罗斯特作品集》第 1 册，曹明伦译，北京：人民文学出版社 2019 年版，第 302-303 页；〔美〕罗伯特·弗罗斯特著《弗罗斯特诗选》，顾子欣译，南京：江苏凤凰文艺出版社 2018 年版，第 86-87 页；〔美〕弗罗斯特著《弗罗斯特诗选》，江枫译，北京：外语教学与研究出版社 2012 年版，第 185-187 页。

9 详见：〔美〕弗罗斯特著《一条未走的路——弗罗斯特诗歌欣赏》，方平译，上海：上海译文出版社 1988 年版。

10 详见：〔美〕罗伯特·弗罗斯特著《弗罗斯特诗歌精译》，王宏印选译，天津：南开大学出版社 2014 年版。

的诗歌选集中亦未予收录。鉴于此，它在中国目前的外国文学批评界尚未得到应有的重视，至于其主题到底是什么，更未有人作过评析。考诸全诗，可以认定，《收落叶》的主题是对"美国梦"（"American Dream"）的批判，而非一般意义上对田园劳动的吟唱。

仅从情节来看，《收落叶》描写的是一个普通的乡村劳动。它共有 6 节，每节 4 行，全诗共 24 行。前 4 节描述了诗中人扫叶、装叶、运叶、卸叶和储叶的活动，第 5 节描写了归仓之叶变轻变黑的情况，第 6 节叙述了诗中人对采叶活动的反思，全诗所写的是一个收采落叶的完整的劳动过程。但不能就此简单断定《收落叶》是田园之作，而对采叶劳动的吟唱就是它的主题。弗罗斯特的诗歌常常虚实并举，不可将之看得太实，否则会削足适履，曲解诗人的原意和艺术匠心。从接受美学的角度看，具有不同文化背景、知识修养、精神气质和生活阅历的读者，对同一文学作品的解读绝不会一模一样。如在曹雪芹的《红楼梦》中，王国维看到了人生之苦，陈蜕看到了家庭之感化，胡适看到了自叙传，俞平白看到了色即是空，文革时期的人看到了阶级斗争。但不能由此走向另一极端，认为一切文学作品的主题都是虚无缥缈、无可捉摸的。对文学作品主题的分析，就是通过文本解读找到一个较为合理的主题阐释。从结构-解构诗论（Structural-Poststructural poetics）来阐释《收落叶》，则可见对采叶劳动的吟唱只是其表层结构，对"美国梦"的批判才是其深层结构，这也正是其主题之所在。

在欧洲人眼中，美洲是希望之乡（"The Hopeland"）。第一批欧洲移民带着希望和梦想来到北美大陆时，看到的是奇异的动物植物、自然天象和土著居民的衣服用品、风俗习惯。大草原的辽阔、落矶山的荒凉、大峡谷的险峻、西海岸的绮丽让他们想起了亚当和夏娃失落的伊甸园，认为这块大陆是上帝赐予他们的新天堂，并相信在这块土地上通过自己的奋斗可获成功，得到自由、财富、名誉、地位和权势，这便是"美国梦"[11]。"美国梦"是美国社会生活的重要组成部分，它也不可避免地反映到了文学创作之中，如詹姆斯·费尼莫·库柏（James Fenimore Cooper, 1789-1851）的《皮袜子五部曲》（*The Leather-*

---

11 本文所涉及到之"美国梦"是一个狭义上的概念。王芳把"美国梦"划分成了拓荒梦、自由民主梦、强者梦、富裕梦和噩梦五种，这是广义上的概念。详见：王芳《美国文学与美国梦》，《内蒙古大学学报》（人文社会科学版）2002 年第 2 期，第 40-43 页。

Stocking Tales)、纳撒尼尔·霍桑（Nathaniel Hawthorne, 1804-1864）的《红字》
（*The Scarlet Letter*）、杰克·伦敦（Jack London, 1876-1916）的《野性的呼唤》
（*The Call of the Wild*）、沃尔特·惠特曼（Walt Whitman, 1819-1892）的《草叶
集》（*Leaves of Grass*）、德莱塞（Theodore Dreiser, 1871-1945）的《美国的悲
剧》（*An American Tragedy*）等，都是这样的作品。400 多年的美国文学史，就
是一部记录"美国梦"的历史。一方面，"美国梦"给人们带来了希望和刺
激，在原本平凡的生活注入了新鲜的血液，为整个社会不断地向前发展提供了
一定的推动力。但与此同时，"美国梦"又产生并刺激了资产阶级极端个人主
义和极端利己主义思想的漫延，促使和引诱人们不顾一切甚至不择手段地去
追求民主、自由、金钱、名誉、地位和权势。到了 20 世纪初，敏锐之士已意
识到，"美国梦"虽然美丽诱人，但它实际上乃是一种飘渺的幻想，这一梦想
已经破灭。弗罗斯特是这些敏锐之士中的一员，其《收落叶》是"美国梦"幻
想破灭情绪的诗化反映。全诗分三步对"美国梦"作了层层深入的批判。

一、"美国梦"的初步批判

首先，《收落叶》一开始就巧妙地暗示出了"美国梦"的虚幻、不可靠，
并对它进行了初步批判。

第 1 节一开始就说"用铁锹去铲落叶"，点出了劳动的吃力、笨拙和喧
闹。第一节最后两句云：

> And bags full of leaves
>
> Are light as ballons.
>
> 成包成袋的落叶
>
> 却像气球般轻飘

"落叶"在这里具有强烈的象征意义，它不单指真正的落叶，也象征着劳
动的果实，事业的成功，生活的梦想，尤其是促使人们不顾一切地去追逐金钱、
名誉、地位的"美国梦"，用铁锹铲落叶也就不仅只是普通意义上的劳动，而
是对"美国梦"的追求。"气球"是日常生活中的一个常见事物，它具有两个
特征。一是它看起来胀鼓鼓的，但里面除了空气别无它物。毛泽东《改造我们
的学习》："山间竹笋，嘴尖皮厚腹中空。"[12]二是它看起来美丽，但它同肥皂
泡一样，极易破灭。周宗佑《咏物·气球》："貌大宽宏，气冲牛斗；却经不

---

12 《毛泽东选集》第三卷，北京：人民出版社 1953 年版，第 800 页。

起针尖儿一刺。"[13]一根根装满树叶的口袋就象一个个充气的气球,身体轻盈。气球在这里也是"美国梦"的象征,暗示了"美国梦"虽令人心驰神往,但没有实际内容,虚幻而不可靠,极其容易破灭。库特·冯尼格(Kurt Vonnegut, 1922-)《上帝保佑你,罗斯瓦特先生》(*God Bless You, Mr. Rosewater*, 1965)之开头叙述可为此注脚:

> 美国梦翻起了肚皮,变成绿色,浮到无限贪婪的恶浊表面,充满气体,在中午太阳下砰的一声爆炸了[14]。

《收落叶》通过第一节最后两句中"落叶"和"气球"两个意象的构建,对"美国梦"作了初步批判。

二、"美国梦"的深入批判

然后,《收落叶》从追梦的过程对"美国梦"作了进一步、深入的批判。采叶的过程就是追逐"美国梦"的过程,该诗详细地描写了追梦过程中的种种艰辛。从时间的角度看,诗中人"整天不停地铲",除了晚上睡觉以外,一天中所剩的其他时间都用到了工作上。诗中所描写的这种情况其实只是诗中人日常生活的一个缩影。它暗含的信息是,在"美国梦"的诱惑和驱使之下,诗中人日复一日、月复一月、年复一年都在这样早出晚归地劳动,终生都在忙碌,似乎在字里行间蕴含着《诗经·何草不黄》中所有的"何草不黄?何日不行?何人不将?经营四方"[15]的哀怨与"匪兕匪虎,率彼旷野。哀我征夫,朝夕不暇"[16]的控诉:

> I make a great noise
> Of rustling all day
> Like rabbit and deer
> Running away.
>
> 我整天不停地铲,
> 落叶总窸窣有声,
> 像有野兔在逃窜,

---

13 《思维与智慧》2005 年第 3 期,第 49 页。

14 转引自:董衡巽主编《美国文学简史》(修订本),北京:人民文学出版社 2003 年版,第 539 页。

15 阮元校刻《十三经注疏》上册,北京:中华书局 1980 版,第 501 页。

16 阮元校刻《十三经注疏》上册,北京:中华书局 1980 版,第 501 页。

像有野鹿在逃遁。

从劳动强度的角度看，诗中人扫叶、盛叶、运叶、卸叶、储叶，繁重和紧张：

I may load and unload

Again and again

Till I fill the whole shed,

And what have I then?

我可以反复装车

我可以反复卸货，

直到把棚屋塞满，

可我得到了什么？

但是，无论劳动时间多长，劳动强度多大，他都必须要持之以恒，这是他要取得成功所必须具备的先决条件。他意识到，他自身的价值并不在自己身上，而是附系在他的成功之中。通过艰苦的奋斗便可取得成功，但为了取得成功，他又首先在奋斗过程中被主宰和异化，变成了自己精心营造的美梦的奴隶和附庸，从而丧失了自己宝贵的自由、天性、价值和意义。在这追梦过程中，他自然而然地对自己的奋斗产生了怀疑和动摇：

But the mountains I raise

Elude my embrace,

Flowing over my arms

And into my face.

但我堆起的小山

真令我难以对付，

它们遮住我的脸，

从我双臂间溢出。

这里的"小山"同"落叶"一样，是美好的事物，是"美国梦"的象征，是诗中人所希翼和追求的，但它可望而不可即，它动摇了诗中人的追梦信念。收落叶的劳动反反复复，追"美国梦"的过程周而复始，没有多大意义。在希腊神话中，科林斯国王西绪福斯（Sisyphus）[17]"是一个狡猾的、恶劣、贪财的

17 alienate / alienation：或译"疏远化"、"外化"。

人，因生前犯罪，死后受到惩罚。在地狱，他被迫把一块巨石推上山，刚到山顶，巨石就坠下来，坠而复推，推而复坠，永无止息"[18]，日日夜夜地进行无望的搏斗。《收落叶》中的落叶就如西绪福斯的石头，收落叶的劳动尽管平凡朴素、分量较轻，但它却像西绪福斯的苦役一样，是一种反反复复、枯燥乏味而又似乎徒劳无益的工作，又仿佛茫茫大海，是看不到多少希望的。

三、"美国梦"的彻底批判

最后，《收落叶》叙述了对追梦成功的幻灭，对"美国梦"进行了彻底批判。收叶完成了，棚屋叶满了，咋一看，似乎目标达到了，追梦成功了，但其实不然。诗中人随后却发现：

> Next to nothing for weight;
> And since they grew duller
> From contact with earth,
> Next to nothing for color.

> 它们几乎没重量；
> 它们几乎没颜色，
> 因为与地面接触，
> 它们已失去光泽。

采回的"落叶"象征着追梦的成功，"落叶"原有的光泽已褪去，表明期望中的"美国梦"已失去原有的美丽光环，"落叶"变薄变轻说明"美国梦"已失去期望中的价值。肖明翰说："在生活中，往往不是人们的艰苦斗争，而是成功，是胜利果实使他们对自己的梦想产生了幻灭。他们发现得到的东西并非象他们所想象的那样美好。"[19]

收落叶的成功使《收落叶》之诗中人开始反省自己的梦想：收叶活动笨拙而乏味、喧哗而少果、量多而质少，表面轰轰烈烈的收叶丰收，转眼间便黯然失色。他通过冷静的反思得到顿悟，于是对自己的追梦行为采取了毫不犹豫的怀疑和断然不悔的否定态度：

> Next to nothing for use.

18 M.H.鲍特文尼克、M.A.科甘、M 帕宾诺维奇、谢列茨基编著《神话辞典》，黄鸿森、温乃铮译，北京：商务印书馆 1985 年版，第 308 页。

19 肖明翰《弗罗斯特批判"美国梦"的杰出诗篇》，《四川师范大学学报》（社会科学版）1993 年增刊"外国语文"第 4 期，第 66 页。

But a crop is a crop,

And who's to say where

The harvest shall stop?

它们几乎没用处。

但收成总是收成，

而且又有谁敢说

这收获啥时能停？

在这 4 个诗行的字里行间，不见丝毫成功的喜悦，有的只是希望的落空、美梦的幻灭，对自我行为的否决之意不言自明、昭然若揭。

人类在文明的进化中开始走向未来的漫长的旅程。在历史的长河里，人类不断从低级向高级发展，文化的积淀越来越厚重。但是，与此同时，人类离开自己本源的故乡也越来越远。不管人类向着现代化如何前进，也总是抹不掉潜藏在人心灵深处的乡愁。对于这两难的乡愁，只有文学艺术可以使人类在精神上作回归之梦[20]。一些欧洲人来到北美，为的是摆脱本国令人窒息的封建和宗教束缚，追求自由幸福的生活。"美国梦"产生于这种历史背景之下，它对推动人类社会由低级到高级、由蒙昧到文明不断向前发展起到了一定积极的作用，其价值应予适当的肯定。但同时它又扭曲并剥夺了人类自由纯真的本性，把人类变成了精神上无家可归的浪子。在这种情形之下，人类只好转而借助文学艺术，在精神上做回归之梦。于是，在美国文学史上，批判"美国梦"之作纷然而出，伦敦的《马丁·伊登》（*Martin Eden*, 1909），弗朗西斯·斯科特·基·菲茨杰拉德（Francis Scott Key Fitzgerald, 1896-1940）的《大人物盖茨比》（*The Great Gatsby*, 1921），马克·吐温（Mark Twain, 1835-1910）的《镀金时代》（*The Gilded Age*），德莱塞的《嘉莉妹妹》（*Sister Carrie*），弗罗斯特的《收落叶》，都是这类作品之杰出代表。北京大学博士、四川大学教授、弗罗斯特翻译家曹明伦说："如果说有一位懂得如何用最少的语言表达最多的思想和感情的诗人，那就是弗罗斯特。""弗罗斯特的语言朴实无华，言近旨远，读起来既是一种享受，又会从中受到启迪。"[21]概括得很好。弗罗斯特之所以能

---

20 孟庆枢《〈千只鹤〉的主题与日本传统美》，《日本学论坛》1999 年第 3 期，第 47 页。

21 曹明伦《译本序言》，〔美〕弗罗斯特著《弗罗斯特作品集》第 1 册，曹明伦译，北京：人民文学出版社 2019 年版，第 1 页。

够"用最少的语言表达最多的思想和感情"，之所以能够创作出"言近旨远"的诗歌，一个重要的原因是，他知道如何巧妙地运用隐喻。弗罗斯特认为，诗歌最重要的在于它是一种隐喻，"说的是一件事，指的是另一件事，或者借用另一件事来说一件事"[22]。他在创作《收落叶》的过程中也应当是运用了隐喻的，说的是田园生活这一件事，指的很可能是另一件事，对田园生活的吟唱不是该诗的主题。又据《中国大百科全书》"外国文学"词条之论，弗罗斯特的诗歌"往往以描写新英格兰的自然景色或风俗人情开始，渐渐进入哲理的境界"，"朴实无华，然而细致含蓄，耐人寻味"[23]。根据劳伦斯·汤普森（Lawrance Thompson）撰写的《罗伯特·弗罗斯特的早年生活（1874-1915）》（*Robert Frost, The Early Years 1874-1915*）记载，弗罗斯特曾经自述说，"我是一个非常难于捉摸的人"，"我想说真话，说出来的话却最具欺骗性"[24]。根据劳伦斯·汤普森编辑的《罗伯特·弗罗斯特书信选》（*Selected Letters of Robert Frost*），弗罗斯特的诗歌看似简单，"往往最富欺骗性"[25]，迷恋他诗歌所谓简朴特征的、天真的读者"就像绝大多数弗罗斯特的崇拜者一样，被他那看似简单的诗歌艺术所迷惑，以至于无法透视诗人所佩戴的微妙的假面具"[26]。既然如此，在对《收落叶》进行批评的时候，便更不能囿于其表层结构，把它简单归结于只是一首吟唱田园生活的诗作。相反，要揭开它看似简单平淡而实则具有欺骗性的面纱，找到其内涵的哲理境界和耐人寻味之所在。《收落叶》自然清新，朴实无华，但又含蓄深刻，耐人寻味，它的哲理境界、耐人寻味和最富欺骗性之处就是它对"美国梦"的批判，这也正是它的主题之所在。

22 Hu Yintong, Liu Shusen, *A Course in American Literature*, Tianjin: Nankai University Press, 1995, p.319.

23 《中国大百科全书》，北京：中国大百科全书出版社1982年版，第319页。

24 Lawrance Thompson, *Robert Frost, The Early Years 1874-1915*, New York and Chicago: Holt, Rinehart and Winston, 1966, p.xv.

25 *Selected Letters of Robert Frost*, edited by Lawrance Thompson, New York and Chicago: Holt, Rinehart and Winston, 1955, p. xv.

26 *Selected Letters of Robert Frost*, edited by Lawrance Thompson, New York and Chicago: Holt, Rinehart and Winston, 1964, p. vii.

沃尔特·惠特曼《草叶集》中的
"草叶"意蕴解析

沃尔特·惠特曼（Walt Whitman, 1819-1892）[1]是美国 19 世纪最杰出的诗

1 Walt Whitman: 目前所见，有四种汉译。一曰"沃尔特·惠特曼"，详见:〔美〕
 萨克文·伯科维奇主编《剑桥美国文学史》第四卷（19 世纪诗歌，1800 年-1910
 年），李增、刘国清、金万锋、陈彦旭、霍盛亚、刘英杰、宋世彤、仇云龙、侯丹、
 裴云、白帆、梁庆峰译，北京: 中央编译出版社 2010 年版，第 397 页；张冲著《新
 编美国文学史》第一卷，上海: 上海外语教育出版社 2000 年版，第 405 页；金莉、
 秦亚青著《美国文学》，北京: 外语教学与研究出版社 1999 年版，第 43 页；〔美〕
 沃尔特·惠特曼著《草叶集: 沃尔特·惠特曼诗全集》（修订版），邹仲之译，上海:
 上海译文出版社 2022 年版，第 62 页；〔美〕沃尔特·惠特曼著《草叶集》（全二
 册），赵萝蕤译，南京: 江苏凤凰文艺出版社 2020 年版，第 89 页；〔美〕惠特曼
 著《惠特曼诗歌精选》，李视岐译，太原: 北岳文艺出版社 2000 年版，第 49 页；
 〔美〕沃尔特·惠特曼著《草叶集》，林志豪译，天津: 天津教育出版社 2006 年
 版，卷首页；〔美〕沃尔特·惠特曼著《草叶集》，孙达译，哈尔滨: 北方文艺出版
 社 2005 年版，卷首页；〔美〕Robert E. Spiller 著《美国文学的周期》，王长荣译，
 上海: 上海外语教育出版社 1990 年版，第 84 页；美国国务院编《美国文学概况》，
 杨俊峰、王宗文、姜楠译，沈阳: 辽宁教育出版社 2003 年版，第 105 页。二曰"华
 尔特·惠特曼"，详见:〔美〕惠特曼著《草叶集选》，楚图南译，北京: 人民文学
 出版社 1955 年版，第 60 页；〔美〕惠特曼著《草叶集》，李野光译，北京: 北京燕
 山出版社 2005 年版，第 42 页；李野光著《惠特曼研究》，上海: 上海外语教育出
 版社 2003 年版，第 136 页。三曰"瓦尔特·惠特曼"，详见:〔美〕惠特曼著《惠
 特曼诗精选》，李视岐译，北京: 华文出版社 2005 年版，卷首页；〔美〕瓦尔特·
 惠特曼著《草叶集》，徐翰林译，哈尔滨: 哈尔滨出版社 2004 年版，第 V 页。四
 曰"华特·惠特曼"，详见:〔美〕惠特曼著《草叶集》，张愫珩译，汕头: 汕头大
 学出版社 2004 年版，第 23 页。

人，他在美国文学史上的地位是建立在"不仅为美国文学而且为世界文学开辟了新纪元"[2]的鸿篇巨制《草叶集》（*Leaves of Grass*）之基础上的。在他有生之年，《草叶集》共出版了九版，1855 年出版第一版，收诗仅 12 首，1892 年出版第九版[3]，收诗数量已猛增至 401 首[4]，从第一版到第九版，每一版中均有新扩充的内容。不过，无论是哪一年的哪一版本，不管收入作品、新扩充的内容是多少，"草叶"皆是整个诗集之核心意象。惠特曼视野宽广、大气磅礴，但他在千千万万、林林总总的自然物象中，偏偏选择了普普通通、见惯不惊的"草叶"作为《草叶集》之核心意象，这是一个十分有趣、或许还有些令人费解的现象。言其十分有趣固然不错，这是因为在西方诗学传统中，一般不以"草叶"为意象。但说其有些费解却又未必，这是因为《草叶集》中的"草叶"具有多重意蕴，是美国文化之产物。金莉、秦亚青著《美国文学》："惠特曼为自己的诗集取名为《草叶集》是有独特涵义的。"[5]可谓快人快语、一矢中的。赵萝蕤撰《〈我自己的歌〉译后记》："惠特曼一直以'草叶'作为他全部诗作的题目，是有深意的。"[6]可惜她没有进一步详细指出到底有哪些深意。从这些情况来看，在惠特曼议研究领域存在着一个令人遗憾的现象，在论及《草叶集》中"草叶"的意蕴之时，往往要么轻描淡写、语焉不详，要么大同小异、缺乏新见，尚有进一步研究之空间。其实，《草叶集》中的"草叶"具有六重意蕴，带有鲜明的美国文化色彩，这是值得反复玩弄、认真研究的。

一、野草

《草叶集》中"草叶"的第一重意蕴是野草。

《草叶集》中"草叶"的第一重意蕴是野草乃是一个无需辩驳的事实，也可以看作是"草叶"的本意。美国芝加哥大学博士、北京大学教授、翻译家赵萝蕤在论及《我自己的歌》（"Song of Myself", 1855 年发表，1881 年定稿）时

---

2 Donald Peace's "Walt Whitman's Revisionary Democracy", Gay Wilson Allen, *The Solitary Singer: A Critical Biography of Walt Whitman*, New York: Macmillan,1955, p.151.

3 第九版：又称"临终版"（Deadbed Edition）。

4 初版《草叶集》与第九版《草叶集》中所收诗歌的统计数字采自：李野光著《惠特曼研究》，上海：上海外语教育出版社 2003 年版，第 96 页。

5 金莉、秦亚青著《美国文学》，北京：外语教学与研究出版社 1999 年版，第 46 页。

6 〔美〕沃尔特·惠特曼著《草叶集》（下册），赵萝蕤译，南京：江苏凤凰文艺出版社 2020 年版，第 1072 页。

说："《我自己的歌》是惠特曼最早写成、最有代表性、最卓越的一首长诗，也是百余年来在西方出版的最伟大的长诗之一，这是众所公认的。"[7]"他喜爱草叶，他喜爱这个充满希望的绿色物质，他喜爱它的平凡，他喜爱它无论'在宽广或狭窄的地带都能长出新叶'，……，并且只要'有土地有水'它就能成长，它就是'沐浴着全球共同的空气'……"[8]看来，惠特曼喜爱草叶是无疑了。

至于为何惠特曼喜爱草叶，这是草的本来属性所决定了的。草是平凡的，又是强大的，金莉、秦亚青在《美国文学》中写道："草叶是自然界中最普遍、最常见、然而又是生命力最强的东西。""惠特曼的诗里，草叶的成长与星辰的运行等量齐观。"[9]惠特曼自己在诗歌中也有不少论述，他在《我自己的歌》第 17 章中写道："这就是在有土地有水的地方长出来的青草， / 这是沐浴着全球的共同空气"[10]（This is the grass that grows wherever the land is and the water is,/This the common air that bathes the globe[11].）他在《我自己的歌》第 31 章中写道："我相信一片草叶就是星星创造下的成绩"[12]（I believe a leaf of grass is no less than the journey work of the stars）[13]。他在《我自己的歌》第 39 章中赞美"言语像青草一样朴实无华"[14]（words simple as grass[15]）。他在《这里是我最脆弱的草叶》（"Here the Frailest Leaves of Me"，1860 年发表，1871 年定稿）中写道：

> Here the frailest leaves of me and yet my strongest lasting,
>
> Here I shade and hide my thoughts, I myself do not expose them,

7　赵萝蕤《〈我自己的歌〉译后记》，〔美〕沃尔特·惠特曼著《草叶集》（下册），赵萝蕤译，南京：江苏凤凰文艺出版社 2020 年版，第 1069 页。

8　〔美〕沃尔特·惠特曼著《草叶集》（下册），赵萝蕤译，南京：江苏凤凰文艺出版社 2020 年版，第 1072-1073 页。

9　金莉、秦亚青著《美国文学》，北京：外语教学与研究出版社 1999 年版，第 46 页。

10　〔美〕沃尔特·惠特曼著《草叶集》（上册），赵萝蕤译，南京：江苏凤凰文艺出版社 2020 年版，第 79 页。

11　Walt Whitman, *Leaves of Grass*, San Diego: Printers Row Publishing Group, 2015, p.43.

12　〔美〕沃尔特·惠特曼著《草叶集》（上册），赵萝蕤译，南京：江苏凤凰文艺出版社 2020 年版，第 99 页。

13　Walt Whitman, *Leaves of Grass*, San Diego: Printers Row Publishing Group, 2015, p.55.

14　〔美〕沃尔特·惠特曼著《草叶集》（上册），赵萝蕤译，南京：江苏凤凰文艺出版社 2020 年版，第 121 页。

15　Walt Whitman, *Leaves of Grass*, San Diego: Printers Row Publishing Group, 2015, p.69.

And yet they expose me more than all my other poems[16].

这里是我最脆弱的草叶，然而也是我能够长期维系的最茁壮的
草叶，

我在这里隐藏着我的思想，我自己不去暴露它们，

然而它们却比我所有的其他诗歌更加暴露着我[17]。

这首诗歌不长，只有 3 行，他要表达的思想很明确，从第一行就可以很清楚地看出来了，这里是他"最脆弱的草叶"，也是他"最茁壮的草叶"，草叶既弱小又强大，既平凡又伟大。他在《欢乐之歌》（"A Song of Joys"，1860 年发表，1881 年定稿）第 5 节中写道：

O the gleesome saunter over fields and hillsides!

The leaves and flowers of the commonest weeds, the moist fresh
stillness of the woods,

The exquisite smell of the earth at daybreak, and all through the
forenoon[18].

啊，欢畅地在田野上与山腰间闲步！

最平凡的杂草上的叶和花，树林里潮湿又清新的寂静，

拂晓时大地的清香，香遍了整个上午[19]。

从这短短 3 行诗歌中可以看出，野草遍布于田间山野，置身其间，满目绿色，扑鼻清香，目之所睹、鼻之所嗅、手之所触、脚之所履，无不赏心悦目、神清气爽。

惠特曼在《我胸口的芳草》（"Scented Herbage of My Breast"，1860 年发表，1881 年定稿）中写道：

Perennial roots, tall leaves, O the winter shall not freeze you delicate
leaves,

Every year shall you bloom again, out from where you retired you

---

16 Walt Whitman, *Leaves of Grass*, San Diego: Printers Row Publishing Group, 2015, p.121.

17 〔美〕沃尔特·惠特曼著《草叶集》（上册），赵萝蕤译，南京：江苏凤凰文艺出版社 2020 年版，第 225 页。

18 Walt Whitman, *Leaves of Grass*, San Diego: Printers Row Publishing Group, 2015, p.163.

19 〔美〕沃尔特·惠特曼著《草叶集》（上册），赵萝蕤译，南京：江苏凤凰文艺出版社 2020 年版，第 301-302 页。

shall emerge again;

O I do not know whether many passing by will discover you or inhale your faint odor, but I believe a few will;

O slender leaves! O blossoms of my blood! I permit you to tell in your own way of the heart that is under you[20],

持久不死的根，高高的叶瓣，啊，冬天将不会把你冻死，娇嫩的草叶啊，

你每年都会重新萌发，你会从你退却的地方再现；

啊！我不知道许多过路者会不会发现你或吸进你那淡淡的清香，但是我相信少数人也许能够；

啊，窈窕的草叶！啊，我鲜血的花朵[21]！

脚下之草同自然界其它一切生物一样有其目的性，都是一种向上的运动，"你冬天也冻不住的娇嫩的叶片哟！／你们一年一度地繁荣，从那退隐的地方重新长出"。惠特曼在《我自己的歌》第6章中写道：

A child said *What is the grass?* fetching it to me with full hands;

How could I answer the child? I do not know what it is any more than he.

I guess it must be the flag of my disposition, out of hopeful green stuff woven.

Or I guess it is the handkerchief of the Lord,

A scented gift and remembrancer designedly dropt,

Bearing the owner's name someway in the corners, that we may see and remark, and say *Whose?*

Or I guess the grass is itself a child, the produced babe of the vegetation.

Or I guess it is a uniform hieroglyphic,

And it means, Sprouting alike in broad zones and narrow zones,

---

20 Walt Whitman, *Leaves of Grass*, San Diego: Printers Row Publishing Group, 2015, p.106.

21 〔美〕沃尔特·惠特曼著《草叶集》（上册），赵萝蕤译，南京：江苏凤凰文艺出版社 2020 年版，第 193 页。

Growing among black folks as among white,

Kanuck, Tuckahoe, Congressman, Cuff, I give them the same, I receive them the same.

And now it seems to me the beautiful uncut hair of graves.

Tenderly will I use you curling grass,

It may be you transpire from the breasts of young men,

It may be you are from old people, or from offspring taken,

It may be if I had known them I would have loved them,

It may be you are from old people,or from offsring taken soon out of their mothers' laps,

And here you are the mothers' laps.

This grass is very dark to be from the white heads of old mothers,

Darker than the colourless beards of old men,

Dark to come from under the faint red roofs of mouths.

O I perceive after all so many uttering tongues,

And I perceive they do not come from the roofs of mouths for nothing.

I wish I could translate the hints about the dead young men and women,

And the hints about old men and mothers, and the offspring taken soon out of their laps.

What do you think has become of the young and old men?

And what do you think has become of the women and children?

They are alive and well somewhere,

The smallest sprout shows there is really no death,

And if ever there was it led forward life, and does not wait at the end to arrest it,

And ceas'd the moment life appear'd.

All goes onward and outward, nothing collapses,

And to die is different from what any one supposed, and luckier[22].

一个孩子说这草是什么？两手满满捧着它递给我看；

我哪能回答孩子呢？我和他一样，并不知道。

我猜它定是我性格的旗帜，是充满希望的绿色物质组成的。

我猜它或者是上帝的手帕，

是有意抛下的一件带有香味的礼物和纪念品，

四角附有物主的名字，是为了让我们看见又注意到，并且说：

"是谁的？"

我猜想这草本身就是个孩子，是植物生下的婴儿。

我猜它或者是一种统一的象形文字，

其含义是，在宽广或狭窄的地带都能长出新叶，

在黑人中间和白人中一样能成长，

凯纳克人，特卡荷人，国会议员，柯甫人，我给他们同样的东西，同样对待。

它现在又似乎是墓地里未曾修剪过的秀发。

我要温柔地对待你，弯弯的青草，

你也许是青年人胸中吐出的，

也许我如果认识他们的话会热爱他们，

也许你是从老人那里来到，或者来自即将离开母怀的后代，

在这里你就是母亲们的怀抱。

这枝草乌黑又乌黑，不可能来自年老母亲们的白头，

它比老年人的无色胡须还要乌黑，

乌黑得不像来自口腔的浅红上颚。

啊，我终于看到了那么许多说着话的舌头，

并看到它们不是无故从口腔的上颚出现的。

我深愿能翻译出那些有关已死青年男女们隐晦的提示，

和那些有关老人、母亲，和即将离开母怀的后代们的提示。

你想这些青年和老人们后来怎么样了？

---

22 Walt Whitman, *Leaves of Grass*, San Diego: Printers Row Publishing Group, 2015, pp.31-32.

> 你想这些妇女和孩子们后来怎么样了？
>
> 他们还在某个地方活着并且生活得很好，
>
> 那最小的幼芽说明世上其实并无死亡，
>
> 即使有，也会导致生命，不会等着在最后把它扼死，
>
> 而且生命一出现，死亡就终止[23]。

惠特曼在这里传达的信息量很大，至少可以看出三个内涵：

第一，"一个孩子说这草是什么？""我猜它定是我性格的旗帜，是充满希望的绿色物质组成的。"草是绿色的，绿色代表希望，也代表生命，草是希望的象征，草是生命的象征，只要有了草，就有了希望，就有了生命。

第二，"它现在又似乎是墓地里未曾修剪过的秀发。"人死了后埋到地下，坟墓代表死亡。不久，坟墓上便长出青草，长满青草，草暗示着死亡。

第三，人死了以后埋入坟墓，坟墓上长出青草，草是暗示着死亡的。然而，坟墓上萌发出的幼芽又暗示着希望，人虽死犹生。"他们还在某个地方活着并且生活得很好，／那最小的幼芽说明世上其实并无死亡"。"老母亲们"与"老年人"都是老人，他们的白头、无色胡子都是衰老的，没有希望与生命力可言，而草叶颜色很深，恰好说明草是年轻、充满活力、有希望的。"我深愿能翻译出那些有关已死青年男女们隐晦的提示，／和那些有关老人、母亲，和即将离开母怀的后代们的提示。"这样，刚好形成了一个由希望、生命到死亡、再由死亡到希望、生命的一个循环，草终究是富有希望、生生不息的。草在自然界最朴素、最平凡、最普遍、最大量，生生不息、永世长存。

美国的地形特征是两侧高、中间低，在西部的落基山脉（Rocky Mountains）和东部的阿巴拉契亚山脉（Appalachian Mountains）之间形成了一个广阔的大平原（The Great Central Plain）和草原（Prairie），占全国土地面积约二分之一。惠特曼在《在大草原的草丛中辟路而行》（"The Prairie-Grass Dividing"，1860年发表，1881年定稿）中写道：

> The prairie-grass dividing, its special odor breathing,
>
> I demand of it the spiritual corresponding,
>
> Demand the most copious and close companionship of men,
>
> Demand the blades to rise of words, acts, beings,

---

23 〔美〕沃尔特·惠特曼著《草叶集》（上册），赵萝蕤译，南京：江苏凤凰文艺出版社2020年版，第62-64页。

Those of the open atmosphere, coarse, sunlit, fresh, nutritious,

Those that go their own gait, erect, stepping with freedom and command, leading, not following,

Those with a never-quell'd audacity, those with sweet and lusty flesh, clear of taint,

Those that look carelessly in the faces of Presidents and Governors, as to say, *Who are you?*

Those of earth-born passion, simple, never-constrain'd, never obedient,

Those of inland America[24].

在大草原的草丛中辟路而行，呼吸着它的特殊气味，

我要求它满足精神上的互相一致，

要求男子之间最丰富、最亲密的同伴关系，

要求草叶生长出言辞，行动，人物，

都属于开阔的大气层，粗糙，受到阳光的照射，清新，富于营养，

能够按照自己的步伐走路，笔直，行动自由而果断，在前面引导而不是跟在后面，

有一种毫不气馁的勇气，有一副甜蜜、健壮、一尘不染的肉体，

能够漫不经心地望着总统和州长，当面问他们你是谁？

具有普通人的热情，简朴，从不受拘束，从不服从，

具有那种美利坚内陆的性格[25]。

"烟雾"（smog）是一个美国英语（American English）中没有、英国英语（British English）才有的单词，用以指称英国工业化早期伦敦污染的空气；同样，"大草原"（prairie）也是一个英国英语（British English）中没有、美国英语（American English）中才有的单词，用以指称美国中部辽阔的大草原。很显然，惠特曼在《在大草原的草丛中辟路而行》中描写的是美国中部大草原，

---

24 Walt Whitman, *Leaves of Grass*, San Diego: Printers Row Publishing Group, 2015, p.119.

25 〔美〕沃尔特·惠特曼著《草叶集》（上册），赵萝蕤译，南京：江苏凤凰文艺出版社 2020 年版，第 221 页。

诗中的"草<u>丛</u>"、"草叶"是美国中部大草原的草<u>丛</u>、草叶。他在这首诗歌中，还把大草原、大草原的草、大草原的草叶同美利坚民族、美利坚民族气质结合了起来，这使得大草原、大草元的草、大草原的草叶也鲜活起来了，使得美利坚民族、美利坚民族气质也鲜活起来了。他在《草叶集》其他诗歌中也反复使用"草叶"，这使人不由自主地联想起美国辽阔的中部大草原上那一望无涯的野草，"草叶"亦因之染上了一层美国文化的色彩。

二、惠特曼

《草叶集》中"草叶"的第二重意蕴是惠特曼自指。

《草叶集》就是一部记录作者本人的书，常耀信在《精编美国文学教程》中论述道："它是19世纪美国的编年史，同时是诗人思想发展的忠实记录，是诗人的精神自白和自传。"[26]赵萝蕤在《〈我自己的歌〉译后记》中论述道：

> 诗人在长诗的一开始，在主人公最早注意到客观世界时，就首先提到草叶："我闲步，还邀请了我的灵魂，／我俯身悠然观察着一片夏天的草叶"（第一节）；而在他神秘地跟自己的灵魂结合后（后面还要谈到这一点），就有一个孩子走了过来，他两手满满捧着许多草叶拿给他看，并且问他"这草是什么？"他的回答是："我猜它定是我性格的旗帜，是充满希望的绿色物质组成的。"他的性格近似草叶，他喜爱草叶，他喜爱这个充满希望的绿色物质，他喜爱它的平凡，他喜爱它无论"在宽广或狭窄的地带都能长出新叶，／在黑人中间和白人中一样能成长"（第六节），并且只要"有土地有水"它就能成长，它就是"沐浴着全球共同的空气"（第十七节），是"一种统一的象形文字"（第六节）[27]。

从赵萝蕤的分析看，惠特曼十分喜爱草叶，而且把草叶同自己联系起来，《草叶集》中的"草叶"也是诗人自指了。惠特曼在《〈十一月的树枝〉序言·〈过去历程的回顾〉》（1888）中坦率地承认：

> 《草叶集》当真（我不妨经常重申）主要是我自己的激情和其他个人本质的流露——自始至终是一种尝试，想把一个人，一个个

---

26 常耀信著《精编美国文学教程》（中文版），天津：南开大学出版社2005年版，第82页。

27 〔美〕沃尔特·惠特曼著《草叶集》（下册），赵萝蕤译，南京：江苏凤凰文艺出版社2020年版，第1072-1073页。

人（十九世纪下半叶在美国的我自己），坦白地、完满地、真实地纪录下来[28]。

惠特曼出生于纽约附近长岛的一个普通之家，父亲务农兼做木工。诺曼·福斯特（Norman Foerster）编辑《美国诗文集》（*American Poetry and Prose*）记载："在惠特曼还是个小孩子的时候，全家迁徙到了布鲁克林，他感受到了大城市和农村的双重影响，这两种影响都是很明显的。"[29]由于家境贫寒，惠特曼只接受过六年学校正规教育，十一岁便辍学回家，后来主要依靠自学。他很早便开始四处谋生，做过法律事务所勤务员、医疗所勤杂工、印刷厂学徒、印刷厂排字工人、乡村教师、木匠、新闻记者、编辑。在千千万万个美国人之中，他是普通的一员。美国国务院编《美国文学概况》（*Outline of American Literature*）在介绍惠特曼时写道：

他是普通人，"航行到每个港口做小生意和投机买卖，／与任何人一样热情和善变，与现代人一起匆匆忙忙。"但是他也同样遭受了苦难，"上了年纪的母亲，因为是个巫婆而获罪，被架在干柴堆上烧死，孩子们惊得目瞪口呆……"[30]

惠特曼虽然普通、平凡，但是却身体健康，充满活力，《我自己的歌》第24章第1节：

Walt Whitman, a kosmos, of Manhattan the son,

Turbulent, fleshy, sensual, eating, drinking, and breeding,

No sentimentalist, no stander above, men and women or apart from

them,

No more modest than immodest[31].

沃尔特·惠特曼，一个宇宙，曼哈顿的儿子，

狂乱，肥壮，酷好声色，能吃，能喝，又能繁殖，

不是伤感主义者，从不高高站在男子和妇女们的头上，或和他

28 〔美〕惠特曼著《草叶集》，李野光译，北京：北京燕山出版社2005年版，第558-559页。

29 *American Poetry and Prose*, Third Edition, edited by Norman Foerster, Boston: Houghton Mifflin Company, 1947, p.853.

30 美国国务院编《美国文学概况》，杨俊峰、王宗文、姜楠译，沈阳：辽宁教育出版社2003年版，第107页。

31 *Walt Whitman: Poetry and Prose*, edited by Abe Čapek, Berlin: Seven Seas Publishers Berlin, 1958, p.58.

们脱离，

　　　不放肆也不谦逊[32]。

　　他浑身浇铸着一股蓬勃的生命力，洋溢着一股乐观主义精神，他也是伟大的。他同草叶紧密相联，二者具有许多相似之处，《我自己的歌》第 1 章第 2-4 节：

> I loafe and invite my soul,
> I lean and loafe at my ease observing a spear of summer grass.
>
> My tongue, every atom of my blood, form'd from this soil, this air,
> Born here of parents born here from parents the same, and their parents the same,
> I, now thirty-seven years old in perfect health begin,
> Hoping to cease not till death.
>
> Creeds and schools in abeyance,
> Retiring back a while sufficed at what they are, but never forgotten,
> I harbor for good or bad, I permit to speak at every hazard,
> Nature without check with original energy[33].

> 我闲步，还邀请了我的灵魂，
> 我俯身悠然观察着一片夏天的草叶。
>
> 我的舌，我血液的每个原子，都在这片土壤、这个空气里形成的，
> 我是生在这里的父母生下的，父母的父母也是在这里生下的，
> 题目的父母也一样，
> 我，现在三十七岁，一开始身体就十分健康，
> 永远不终止，直到死去。
>
> 教条和学派暂时不论，
> 且后退一步，明了它们当前的情况已足，但也绝不是忘记，
> 不论我从善从恶，我允许随意发表一意见，

32　〔美〕沃尔特·惠特曼著《草叶集》（上册），赵萝蕤译，南京：江苏凤凰文艺出版社 2020 年版，第 89 页。

33　Walt Whitman, *Leaves of Grass*, San Diego: Printers Row Publishing Group, 2015, p.27.

顺乎自然，保持原始的活力[34]。

在第一个诗行中便出现了"我自己"意象，在第五诗行中又出现了"夏天的草叶"意象，"我自己"与"夏天的草叶"联系到了一起。考诸原诗，"夏天的草叶"译自"summer grass"，可见，"夏天的草叶"就是"夏天的草"。秋天，草一点点枯黄，生长的速度变慢。冬天，草叶凋零，生长处于抑制状态。春天，草重新萌芽，生命开始复苏，逐渐长出绿叶。夏天，光照强、气温高、雨水多，草迎来了生长的最佳季节。草经过秋天的枯黄、冬天的凋零、春天的复苏，到了夏天便呈现出欣欣向荣的景象，故上引诗行中的"夏天的草"象征着草旺盛的生命力，也象征着惠特曼旺盛的生命力。在《这里是我的最脆弱的叶子》一诗中，惠特曼把自己同叶子直接联系到了一起："这里是我最脆弱的草叶，然而也是我能够长期维系的最茁壮的草叶，／我在这里隐藏着我的思想，我自己不去暴露它们，／然而它们却比我所有的其他诗歌更加暴露着我。"

常耀信在《精编美国文学教程》中谈到惠特曼与《草叶集》中草叶的关系时说："他就是一株野草，来自平凡的家庭，从事平凡的工作，任凭风吹雨打，他自岿然不动。"[35]草叶是平凡而伟大的，它同平凡而伟大的惠特曼极为相似，《草叶集》中的"草叶"是惠特曼之自指。惠特曼这一野草般的形象是鲜明的，是特定的美国文化所孕育出来的。如果在惠特曼出生后就把他放到其它国家去，让他在其它国家的文化中成长，那么他便不可能是我们现在所看得到的他了。

三、人民群众

《草叶集》中"草叶"的第三重意蕴是美国的人民群众。

金莉、秦亚青在《美国文学》中说："惠特曼正是从草叶的平凡之中见其伟大，通过歌颂草叶进而歌颂了自己的国家、时代、人民的。"[36]赵萝蕤也在《〈我自己的歌〉译后记》中说：

作为诗人，他高高举起的旗帜就是普通人的旗帜：一切生机盎

---

34 〔美〕沃尔特·惠特曼著《草叶集》（上册），赵萝蕤译，南京：江苏凤凰文艺出版社 2020 年版，第 55-56 页。

35 常耀信著《精编美国文学教程》（中文版），天津：南开大学出版社 2005 年版，第 81 页。

36 金莉、秦亚青著《美国文学》，北京：外语教学与研究出版社 1999 年版，第 46 页。

然、一切充满希望的生灵的旗帜。在诗的头十一节中就有三个段落是写普通人生活的，写得又是多么感情深挚、情节动人啊。那就是描写收留逃亡黑奴的那一段，描写印第安安捕兽人婚礼的那四句、和二十八个青年在岸边洗澡和那无比寂寞的姑娘的那一节。诗人又说：“我是那个同情心的见证人”（第二十二节），说：“谁要是走了将近一英里路而尚未给人以同情，就等于披着裹尸布走向他自己的坟墓”（第四十八节）。在第二十四节中他又说：“借助我的渠道发出的是许多长期以来喑哑的声音，／历代囚犯和奴隶的声音，／……被别人践踏的人们要求权利的声音，／畸形的、渺小的、平板的、愚蠢的、受人鄙视的人们的声音”；“我把身体挨近那棉田里的苦力，或那打扫厕所的清洁工，／在他的右颊上我留下一个只给家里人的亲吻，／而且我在灵魂深处起誓，我永远不会拒绝他”（第四十节）[37]。

英国是美国昔日的宗主国，具有1000多年悠久的历史，美国的历史却非常短暂。如果从1607年詹姆斯城（Jamestown）的建立开始算，到1855年惠特曼出版《草叶集》第一版为止，美国历史只有短短248年，美国是个名副其实的年轻国家。在美国这个年轻国家的这块崭新的土地上，没有象英国等欧洲国家那样的贵族、平民之类森严的等级制，举目所见的只有普通、平凡的人民。比如，在美国独立战争中，大陆军的士兵来自普通人民，有技工，有手工业者，有农民，有白人，有黑人，“服装不整齐，有的衣衫褴褛，蓬头长须”[38]。在美国历史特别是早期历史上，甚至连一些地位显赫的政治家，也是从普通、平凡的人家中成长起来的，本杰明·富兰克林（Benjamin Franklin, 1706-1790）和亚伯拉罕·林肯（Abraham Lincoln, 1861-1865）即是这样的人。富兰克林出身卑微，在家里十七个孩子中排行第十五，十岁开始同父亲一起做生意，后又在外闯荡，详细观察细木匠、泥瓦匠、车工、铜匠等工匠干活的情景，学习谋生的手段。他还当过刀剪制造业学徒、报社帮工、印刷厂工人，经营过文具店、印刷所，做过各种各样的基层类的工作，后来担任第二次大陆会议代表（a delegate to the Second Continental Congress），参与起草《独立宣言》（"Declaration

---

37 〔美〕沃尔特·惠特曼著《草叶集》（下册），赵萝蕤译，南京：江苏凤凰文艺出版社2020年版，第1073页。

38 黄绍湘著《美国通史简编》，北京：人民出版社1979年版，第65页。

of Independence"），争取法国对美国革命的支持，成为美国著名的政治家。林肯做过商店店员、律师等普通的工作，品尝过生活的酸甜苦辣，后来当选为美国第十六届总统（1809-1865），解放黑奴，南北统一，在美国历史上发挥了重要的作用。他们仿佛是生长在大路之旁或原野之上的野草，都是平平凡凡、普普通通的。从这一点看，他们同其他千千万万普普通通的美国人民都是一样的。美国人民不仅象野草那样平凡，而且象野草那样具有顽强的生命力。他们就象富兰克林和林肯一样，是通过自己百折不挠、坚忍不拔的努力才逐步赢得成功的。

在惠特曼看来，美国人民既是平凡的，但同时又是伟大的。他在笔记中记道："在教授和资本家中间，我没有感觉到生活；我卷起裤脚，挽起袖管，走向马车夫，走向那些以捕鱼和种地为生的人们。我知道，他们是伟大的。"[39]《草叶集》中描写了许许多多普普通通的美国人民。草在原野自由生长，它们顽强而不争春，和平共处，协调发展。美国是世界公认的"大熔炉"（"melting pot"），一个移民国家，这在詹姆斯·柯比·马丁（James Kirby Martin）、兰迪·罗伯茨（Randy Roberts）、史蒂文·明茨（Steven Mintz）、琳达·〇·麦克默里（Linda O. Mcmurry）、詹姆斯·H·琼斯（James H. Jones）著《美国史》（*America and Its Peoples: A Mosaic in the Making*）中有记载：

> 自从第一批移民在詹姆斯敦登陆以来，数百万移民已经被美国这块吸铁石吸引过来了。从19世纪后期到20世纪初，美国无时无刻不处在大移民潮之中。1860年到1890年，1000多万移民到达美国海岸；1890年到1920年，超过1500万的人移民到美国[40]

来自世界各地的移民宛如强劲的草，在美国这块土地上迅速扎根、生长、繁荣、昌盛，美国人民同草具有很大的相似。惠特曼在给友人的信中谈到《草叶集》时说，这部诗集"吸进了千百万个人"[41]的生活。惠特曼在《我自己的歌》第6章中论及草的时候写道：

39 董衡巽主编《美国文学简史》（修订版），北京：人民文学出版社 2003 年版，第 112 页。

40 〔美〕詹姆斯·柯比·马丁、兰迪·罗伯茨、史蒂文·明茨、琳达·〇·麦克默里、詹姆斯·H·琼斯著《美国史》下册，范道丰、柏克、曹大鹏、沈愈、杜梦纲译，北京：商务印书馆 2012 年版，第 747 页。

41 美国国务院编《美国文学概况》，杨俊峰、王宗文、姜楠译，沈阳：辽宁教育出版社 2003 年版，第 107 页。

Or I guess it is a uniform hieroglyphic,

And it means, Sprouting alike in broad zones and narrow zones,

Growing among black folks as among white,

Kanuck, Tuckahoe, Congressman, Cuff, I give them the same, I receive them the same.

我猜它或者是一种统一的象形文字，

其含义是，在宽广或狭窄的地带都能长出新叶，

在黑人中间和白人中一样能成长，

凯纳克人，特卡荷人，国会议员，柯甫人，我给他们同样的东西，同样对待。

很显然，草是普普通通、无所不见的，它们生命力极强，它们就是诸如白人、黑人、凯纳克人、塔克荷人、国会议员、柯甫人之类的美国人民。惠特曼在《在大草原的草丛中辟路而行》直接把草叶比作了美国人民：他首先写美国中部的大草原、大草原的草，"在大草原的草丛中辟路而行，呼吸着它的特殊气味"，接着把大草原、大草原的草同美国人民联系了起来，"要求草叶生长出言辞，行动，人物，／都属于开阔的大气层，粗糙，受到阳光的照射，清新，富于营养"，"有一种毫不气馁的勇气，有一副甜蜜、健壮、一尘不染的肉体，／能够漫不经心地望着总统和州长，当面问他们你是谁？／具有普通人的热情，简朴，从不受拘束，从不服从，／具有那种美利坚内陆的性格"。《阔斧歌》（"Song of the Broad-Axe"，1856 年发表，1881 年定稿）第 1 章第 1 节：

Weapon shapely, naked, wan,

Head from the mother's bowels drawn,

Wooded flesh and metal bone, limb only one and lip only one,

Gray-blue leaf by red-heat grown, helve produced from a little seed sown,

Resting the grass amid and upon,

To be lean'd and to lean on[42].

形体美好的武器，赤裸，苍白，

头颅则从母亲的内脏里引出来，

---

42 Walt Whitman, *Leaves of Grass*, San Diego: Printers Row Publishing Group, 2015, p.170.

> 木质的肉，金属的骨，只有一只肢体，只有一片嘴唇，
>
> 高温促成了青灰色的叶瓣，小小的种子里长出了柄，
>
> 栖息在草中，草上，
>
> 依傍着什么，又提供依傍[43]。

大斧和美国人民有密切的联系。在美国早期历史中，美国的工人、农民等普通人民是以青光闪闪的大斧开路的，他们砍森林，盖茅屋，建都市，在开拓美国土地的伟大劳动中建立了不朽的功业。有史为证，美国大使馆文化处编译出版的《美国地理简介》（*An Outline of American Geograpghy*）记载：

> 将近两百年前，首次从欧洲移居到美洲的人开拓新农场的唯一办法就是砍掉森林，这是长期艰苦的工作。许多树木是庞然大物，一个人整整砍两天，才能伐倒一棵。拓荒农民还要建造房屋、谷仓、篱笆，他常常要自己动手制造家具和工具。他每一年只能够开辟约一公顷的地方，因为树桩烧也烧不烂，挖也挖不掉，所有农民只好在树桩之间犁耕并种植玉米，藏在土里的树根常常把马具甚至于犁弄断。但凭着经年累月的努力，每一季多开辟一点地方，到后来，农民终于能够在高大的树木之中创建一个颇具规模的农场[44]。

大斧又同草叶联系在了一起。"高温促成了青灰色的叶瓣，小小的种子里长出了柄"，既象在描绘大斧，又似在讨论青草，大斧和青草几乎等同。"栖息在草中，草上，／依傍着什么，又提供依傍"，分明是说大斧栖息于青草，大斧依傍于青草，而青草又反过来为大斧提供了依傍，大斧和青草这两类事物既平凡又伟大。美国人民如同草叶一样，他们是平凡的。但与此同时，美国人民又跟草叶一样，他们是伟大的，"草叶"是普通而伟大的美国人民之喻。从惠特曼《我自己的歌》第6章来推断，《草叶集》中之"草"，"其含义是，在宽广或狭窄的地带都能长出新叶，／在黑人中间和白人中一样能成长"。惠特曼生活在美国资本主义自由竞争的上升时期，美国人民对自己认识世界、改造世界、征服世界、掌握自己命运、把握国家前途充满信心，全民族洋溢着一种乐观向上、积极进取的浪漫主义精神。

惠特曼在《一路摆过布鲁克林渡口》（"Acrossing Brooklyn Ferry"，1856

---

43 〔美〕沃尔特·惠特曼著《草叶集》（上册），赵萝蕤译，南京：江苏凤凰文艺出版社2020年版，第312页。

44 《美国地理简介》，香港：美国大使馆文化处编译出版1981年版，第29页。

年发表，1881 年定稿）第 1 章中写道：

> Floodtide below me! I see you face to face!
>
> Clouds of the west——sun there half an hour high——I see you also face to face.
>
> Crowds of men and women attired in the usual costumes, how curious you are to me!
>
> On the ferry-boats the hundreds and hundreds that cross, returning home, are more curious to me than you suppose,
>
> And you that shall cross from shore to shore years hence are more to me, and more in my meditations, than you might suppose[45].

> 在我下面滚滚前来的潮水！我面对面看见你！
>
> 西天的云彩——太阳在那里还有半个小时那么高——我也是面对面看见你。
>
> 穿着平时服装的成群男女啊，对我说来，你们是多么新奇！
>
> 在渡船上过河回家的千百位乘客啊，对我说来，你们比想象的还要新奇，
>
> 而你们这些在今后的岁月里还要从此岸岛彼岸的人们，对我说来，你们比想象的更加使我关切，更加在我的默念之中[46]。

《一路摆过布鲁克林渡口》描写的是惠特曼在故乡布鲁克林渡口看见的情形和由此生出的感想，是一首长诗，有 9 章，计 17 节，这里引用的只是第 1 章，仅 2 节，不过，已经能够说明一些问题了。金莉、秦亚青在《美国文学》中评论这首诗说：

> 布鲁克林是诗人的故乡，他从幼年起便经常来往于布鲁克林和曼哈顿之间。渡口穿梭来往的渡船和熙熙攘攘的人群展现出一幅繁忙的景象，给他留下了深刻的印象。这里的一切令他留连、是他深思。惠特曼怀着对自己的人民，自己的国家的诚挚的炽热的感情，放声高歌了这些建设新大陆、开创新生活的男男女女、老老少少，

---

45 Walt Whitman, *Leaves of Grass*, San Diego: Printers Row Publishing Group, 2015, p.147.

46 〔美〕沃尔特·惠特曼著《草叶集》（上册），赵萝蕤译，南京：江苏凤凰文艺出版社 2020 年版，第 276 页。

颂扬了他们不懈的精力、蓬勃的精神和无限的创造力。每个人都既
渺小又伟大。这些普通劳动者用自己的双手创造了现代物质文明，
推动了美国社会大踏步地向前发展[47]。

惠特曼借助于对《草叶集》中"草叶"之大胆歌唱，很好地赞美了美国人民。《草叶集》中，到处洋溢着无比欢乐的情绪，这也是其诗集中的一个基调。《草叶集》中之"草叶"是各类草之草叶，"草叶"所指示的美国人民也包括一切平凡而伟大的美国人民。如在《我自己的歌》中，把总统、部长、国会议员与黑奴、印第安人、水手、机械工、纤夫、小贩、筑路工等同等看待。惠特曼在《〈十一月的树枝〉序言·〈过去历程的回顾〉》（1888）中写道：

劳动的男人和劳动的女人始终寸步不让地存在于我的每一叶作品中。我要用古希腊和封建时代的诗人们所赋予他们笔下的神一般的或贵族出身的人物的英雄气概和崇高境界，来赋予美国普通的民主个人——的确，他们要比那些古人更骄傲，更有现实基础，也更加丰满[48]。

常耀信在《精编美国文学教程》中谈到草叶意象时说："它又是普通人的象征，象征一切人在新世界的平等。"[49]这样的普通人就是具有美国文化印记的普通的美国人。徐翰林在译作《草叶集》中介绍惠特曼时说："《草叶集》得名于集中的一句诗：'哪里有土，哪里有水，哪里就长着草。'影射了美国千万个像惠特曼一样顽强奋斗的普通劳动者。"[50]

四、自由民主

《草叶集》中"草叶"的第四重意蕴是美国之自由民主。1776 年 7 月 4 日第二次大陆会议上发表的《独立宣言》宣称，人类生而平等，生存、自由、平等成了新诞生国家美国的政治理想。以后，自由民主之理念深入人心，成了美国人民坚定不移的奋斗目标。这一理念在美国建国后不断得以阐释与完善，到了 19 世纪的浪漫主义时期，新英格兰超验主义（New England

---

47 金莉、秦亚青著《美国文学》，北京：外语教学与研究出版社 1999 年版，第 46 页。

48 〔美〕惠特曼著《草叶集》，李野光译，北京：北京燕山出版社 2005 年版，第 557 页。

49 常耀信著《精编美国文学教程》（中文版），天津：南开大学出版社 2005 年版，第 81 页。

50 〔美〕瓦尔特·惠特曼著《草叶集》，徐翰林译，哈尔滨：哈尔滨出版社 2004 年版，第 V 页。

Transcendentalism）思想家拉尔夫·华尔多·爱默生（Ralph Waldo Emerson, 1803-1882）以个人主义的形式对此做了很好的阐释。作为浪漫主义诗人的惠特曼继承了这一传统，"很早就开阔了政治视野，养成了民主理想"[51]，"矢志忠于民主主义"[52]。彼得·B·海（Peter B. High）在《美国文学概观》（*An Outline of American Literature*）中说，尽管惠特曼常常对美国社会持有异议，但是他"确信美国民主的成功是人类未来幸福的关键"[53]。惠特曼在所担任的新闻报道和编辑工作中，便"高举反对蓄奴制的旗帜"[54]。他曾担任自由土地派党报《自由人报》主编，"始终为彻底的民主主义而奋斗，用他自己的话说，他大力宣传了'自由土地、自由言论、自由劳动、自由人'的口号"[55]，当时的出版物称赞他为"热烈的激进民主派政治家"[56]。惠特曼"在他事业有成的 17 年之后才透露他早就渴望创作一部歌唱新世界的民主的史诗，这部史诗就是《草叶集》"[57]。在 19 世纪 40 年代末欧洲革命高潮中，他写了《起义之歌》等战斗诗篇高歌自由民主。亨利·大卫·梭罗（Henry David Thoreau, 1817-1862）干脆说，"惠特曼就是民主"[58]。

在《草叶集》中，惠特曼以"草叶"对自由民主之价值观做了淋漓尽致的阐发。他在《拟议的伦敦版〈草叶集〉序》中写道："诚然，我们若是用一个字眼来概括《草叶集》的各个部分的话，那个字眼似乎就是民主。"[59]《草叶集》中还收入了专门赞美民主的诗篇《为了你，啊，民主！》（"For You, O Democracy"，1860 年发表，1881 年定稿）:

---

51 张冲著《新编美国文学史》第一卷，上海：上海外语教育出版社 2000 年版，第 405 页。

52 董衡巽主编《美国文学简史》（修订版），北京：人民文学出版社 2003 年版，第 111 页。

53 Peter B.High, *An Outline of American Literature*, New York: Longman Inc., p.73.

54 董衡巽主编《美国文学简史》（修订版），北京：人民文学出版社 2003 年版，第 111 页。

55 董衡巽主编《美国文学简史》（修订版），北京：人民文学出版社 2003 年版，第 111 页。

56 董衡巽主编《美国文学简史》（修订版），北京：人民文学出版社 2003 年版，第 111 页。

57 Walt Whitman, "Preface, 1872: to 'As a Strong Bird on Pinions Free'"，转引自：张冲著《新编美国文学史》第一卷，上海：上海外语教育出版社 2000 年版，第 411 页。

58 李野光著《惠特曼研究》，上海：上海外语教育出版社 2003 年版，第 95 页。

59 董衡巽主编《美国文学简史》（修订版），北京：人民文学出版社 2003 年版，第 116 页。

Come, I will make the continent indissoluble,

I will make the most splendid race the sun ever shone upon,

I will make divine magnetic lands,

With the love of comrades,

With the life-long love of comrades.

I will plant companionship thick as trees along all the rivers of America, and along the shores of the great lakes, and all over the prairies,

I will make inseparable cities with their arms about each other's necks,

By the love of comrades,

By the manly love of comrades.

For you these from me, O Democracy, to serve you ma femme!

For you, for you I am trilling these songs[60].

请听我说，我将使这个大陆不可溶解，

我将缔造太阳照耀下最光辉的人种，

我将使具有巨大吸引力的国家变得神圣，

以伙伴之间的友爱，

以伙伴之间终生不衰的友爱，

我要沿着美利坚的所有江河，沿着大湖的湖岸、遍及所有的大草原，栽植像树木一样密集的友爱，

我要让拆不散的城市用它们的臂膀搂住彼此的脖子，

以伙伴的友爱，

以男性间伙伴的友爱。

这些是我献给你的，啊，民主，是为你服务的，我的女人啊！

为你，为你，我才颤声发表着这些诗歌[61]。

显然，自由民主是贯穿《草叶集》的一条主线。还可以从《给外邦》（"For Foreign Lands"，1860 年发表，1871 年定稿）中看出一些端倪：

---

60 Walt Whitman, *Leaves of Grass*, San Diego: Printers Row Publishing Group, 2015, p.109.

61 〔美〕沃尔特·惠特曼著《草叶集》（上册），赵萝蕤译，南京：江苏凤凰文艺出版社 2020 年版，第 199 页。

I heard you ask'd for something to prove this puzzle the New World,

And to define American, her athletic Democracy,

Therefore I send you my poems that you behold in them what you wanted[62].

我听说你们在寻求某种东西以便解开新世界这个谜，

还打算给美利坚，她那强壮的民主制度下个定义，

因此我把我的诗篇寄给你们，让你们从中找到你们需要的东西[63]。

《草叶集》中"草叶"指示的是美国自由资本主义时期关于自由民主的理想，具有美国文化烙印。

五、美利坚合众国

《草叶集》中"草叶"的第五重意蕴是美利坚合众国。惠特曼生活在美国独立后约半个世纪，在这个时期，美国蒸蒸日上、蓬勃发展。在政治上，1788年6月，美国宪法经9个州批准生效。1789年4月，美国根据宪法成立了联邦政府。1789年9月，美国国会在宪法中增加了关于人权的十项"补充条款"即"人权法案"（Bill of Rights），"规定了言论、出版、集会等权利"[64]。1861年至1865年的南北战争之后，美国南北统一，国家政权得到大大加强。经济上，美国迅速发展。联邦政府成立后，实行对出口货物免税而对进口货物收税的政策，保护了美国国内的工商业，增加了农产品的出口，促进了国民经济的发展。通过南北战争，北方资本主义自由劳动制战胜南方种植园奴隶制，黑奴制废除，资本主义发展的道路扫清了，"美国资本主义以更快的速度发展起来"[65]。领土上，美国迅速增长。美国的前身是英国在北美的13个殖民地，独立后成为13个州，国土面积并不是很大。不过，政府采取积极扩张的政策，随之而来的结果便是国家领土的迅速扩展。1803年，美国从法国手中以每英亩4美分的价格购买路易斯安那（Louisiana）。1812年，第二次英美战争爆发，

---

62 Walt Whitman, *Leaves of Grass*, San Diego: Printers Row Publishing Group, 2015, p.3.

63 〔美〕沃尔特·惠特曼著《草叶集》（上册），赵萝蕤译，南京：江苏凤凰文艺出版社2020年版，第8页。

64 陈治刚、张承谟、汪尧田、汪明编著《英美概况》（新编本），上海：上海外语教育出版社1994年版，第219页。

65 陈治刚、张承谟、汪尧田、汪明编著《英美概况》（新编本），上海：上海外语教育出版社1994年版，第229页。

战争 1814 年结束,结局对美国极为有利:

> 首先,它有效地摧毁了印第安人抵御美国向密西西比河以东扩张的力量,印第安人在北方被威廉·亨利·哈里森将军、在南方被安德鲁·杰克逊将军压服。由于被英国盟友所抛弃,印第安人只能同意签署各类条约。他们非常不情愿地把俄亥俄以北和亚拉巴马南部和西部的大片土地割让给美国政府。
>
> 第二,战争加强了美国在南部和西南部的地位,这些地方原属于西班牙控制,它允许美国重新划定与西班牙领地的边界,牢固地控制了密西西比河下游和墨西哥湾。虽然美国未能征服加拿大或挫败不列颠帝国,但它与世界上最强大的国家达成了和局。西班牙承认这一事实,并于 1819 年放弃了佛罗里达,同意美国的边界线直达太平洋[66]。

1819 年,美国安德鲁·达克逊将军占领彭萨科拉,从西班牙人手中夺取佛罗里达(Florida)。1846 年,美墨战争爆发,战争 1848 年结束,美国从墨西哥手中夺取土地 230 万平方公里,领土横贯北美大陆,东抵大西洋,西达太平洋。1867 年,美国从俄国手中以总价 720 万美元购买阿拉斯加(Alaska),单价每英亩二美分。美国在独立后短短几十年内,通过巧取豪夺,"领土从大西洋沿岸扩展到太平洋沿岸,面积从原来的 214 万平方公里扩大到 784 万平方公里"[67]。美国在独立 122 年后的 1898 年,又吞并了夏威夷(Hawaii)。惠特曼《草叶集》中的"草叶"让人自然而然地想起漫天的青草,漫天的青草又让人自然而然地想起广阔无垠、活力四现的美国疆土特别是美国北美大陆疆土,"草叶"描绘的是欣欣向荣、蓬勃向上的美国形象。惠特曼说:"在评定第一流的诗歌时,充分的民族性一般是第一要素。"[68]《草叶集》也作到了这点。1850 年,惠特曼在日记中写道:

> 我的目的是写高尚不朽的作品——美国的健壮、巨大、勇敢的性

66 〔美〕詹姆斯·柯比·马丁、兰迪·罗伯茨、史蒂文·明茨、琳达·○·麦克默里、詹姆斯·H·琼斯著《美国史》上册,范道丰、柏克、曹大鹏、沈愈、杜梦纲译,北京:商务印书馆 2012 年版,第 325 页。

67 陈治刚、张承谟、汪尧田、汪明编著《英美概况》(新编本),上海:上海外语教育出版社 1994 年版,第 222 页。

68 董衡巽主编《美国文学简史》(修订版),北京:人民文学出版社 2003 年版,第 113 页。

格——完美的妇女——我要歌颂肉体的光辉……我要作我这类诗中
人的大师。我的诗要写感情，不论是暂时的还是永久的，要写自由，
要完全表白人格。我要在美国各州中高唱民主与民主的新世界[69]。

根据美国诗人、小说家梅丽德尔·勒絮尔在《果冻卷饼》中的研究，带
有民族自豪感的美国人"具有一种本能，使自己生根于自己的文化、自己的
经验以及想成为一个既富有乡土气息又有民主精神的民族这样一种热情，而
这样的民族正是惠特曼所歌颂的。"[70]"读《草叶集》，你会惊奇地发现它是
如何深刻地反映了美国当地人民的这种本能。诗人是在对正在创建的新兴美
国那些最微弱的倾向和尚未说出口的宣言发生共鸣。"[71]显然，惠特曼在《草
叶集》中要歌颂的是一个有乡土气息、民主精神的崭新的美国民族，是一个
朝气蓬勃、积极向前的美国社会。惠特曼以"草叶"为核心意象建构出了《草
叶集》，"创造了一个没有时限的美国，一个充满想像力的美国，一个汇聚了
全世界进取精神的美国。"[72]惠特曼在《从鲍玛诺克开始》（"Starting from
Paumanok"，〈1856〉1860 年发表，1881 年定稿）第 4 章第 1 节中饱含感情
地写道：

Take my leaves, America! take them South and take them North,

Make welcome for them everywhere, for they are your own off-

spring;

Surround them East and West, for they would surround you,

And you precedents, connect lovingly with them, for they connect

lovingly with you[73].

接受我的草叶吧，美利坚，带它们到南方去，北方去，

让它们到处受到欢迎吧，因为它们是你自己的后代。

让东西两方环绕着它们吧，因为它们也会环绕着你，

你们这些先行者，和它们亲热地接连在一起吧，因为它们是亲

---

69 董衡巽主编《美国文学简史》（修订版），北京：人民文学出版社 2003 年版，第 113-
114 页。

70 李野光编选《惠特曼研究》，桂林：漓江出版社 1988 年版，第 460 页。

71 李野光编选《惠特曼研究》，桂林：漓江出版社 1988 年版，第 460 页。

72 董衡巽主编《美国文学简史》（修订版），北京：人民文学出版社 2003 年版，第 112
页。

73 Walt Whitman, *Leaves of Grass*, San Diego: Printers Row Publishing Group, 2015, p.16.

热地和你们接连在一起的[74]。

惠特曼在《草叶集》中，有一首诗歌以《美利坚》（"America"，1888 年发表，1888-1889 年定稿）为题，直接歌咏美国：

> Centre of equal daughters, equal sons,
>
> All, all alike endear'd, grown, ungrown, young or old,
>
> Strong, ample, fair, enduring, capable, rich,
>
> Perennial with the Earth, with Freedom, Law and Love,
>
> A grand, sane, towering, seated Mother,
>
> Chair'd in the adamant of Time[75].

> 平等的女儿，平等的儿子的中心，
>
> 大家，大家都一样受宠爱，不论是已长成未长成，青年或老年，
>
> 健壮、宽广、公正、持久、能干、富足，
>
> 和大地和自由，法律与爱一样悠久，
>
> 一位庄严、理智、高大的坐着的母亲，
>
> 稳坐在时间的磐石一样坚固的宝座上[76]。

林志豪在《草叶集》译本卷首页《关于作品》中写道："草叶是最为普通、最有生命力的东西，象征着美国千万个像惠特曼一样顽强奋斗的普通劳动者，也象征着当时正在蓬勃发展的美国。"[77]

六、诗集篇什

《草叶集》中"草叶"的第六重意蕴是《草叶集》中之篇什。吉·洛文在《沃尔特·惠特曼》一书中对"草叶"作了一定解释可资参考："草"本来是印刷工人口头的行话，意指那种不见得有什么价值的文字。"叶"即"书页"，印刷工人口语中也用它来指一捆捆的纸张。《草叶集》初版是惠特曼同印刷界朋友罗姆在罗姆印刷间一起排印的，所以这可能是诗集命名的一个由

---

74 〔美〕沃尔特·惠特曼著《草叶集》（上册），赵萝蕤译，南京：江苏凤凰文艺出版社 2020 年版，第 38 页。

75 Walt Whitman, *Leaves of Grass*, San Diego: Printers Row Publishing Group, 2015, p.469.

76 〔美〕沃尔特·惠特曼著《草叶集》（下册），赵萝蕤译，南京：江苏凤凰文艺出版社 2020 年版，第 897 页。

77 〔美〕沃尔特·惠特曼著《草叶集》，林志豪译，天津：天津教育出版社 2006 年版，卷首页。

来[78]，"草叶"也就自然可以用来指代《草叶集》中的诗篇了。惠特曼在《从鲍玛诺克开始》中呼吁道："接受我的草叶吧，美利坚，带它们到南方去，北方去，／让它们到处受到欢迎吧，因为它们是你自己的后代。"据此，常耀信在《精编美国文学教程》中断言："草叶象征他的诗篇：'接受我的这些草叶吧'。"[79]

惠特曼认为，模仿没有前途，于是在《草叶集》中摆脱传统的桎梏，大胆革新，创作出了自由体诗歌。这些诗歌在《草叶集》1855 年出版之后并未立即为社会所接受，相反，倒是招来了一片责难之声。但是，由于这样的诗歌毕竟适应了时代发展的需要，具有强大的生命力，所以到 1871 年《草叶集》第五出版之后终于赢得了普遍赞誉，为整个社会所认可。迈尔考姆·考利（Malcolm Cowley）在《草叶集》第一版序言中论及惠特曼的代表作《我自己的歌》时说，这首诗歌"应该评为西方世界偶尔出现的最富创见（且有时是疯狂的）预言式作品"[80]，一下子拈出了"预言"的问题。拉尔夫·沃尔多·爱默生（Ralph Waldo Emerson, 1803-1882）认为，诗人是独立自主的预言家，惠特曼十分赞同这一观点。这里所谓"预言"可以推而广之，作出多种阐释。常耀信在《精编美国文学教程》中批评惠特曼道："他的诗像草叶一样自由生长，不怕践踏。一行诗像一片草叶，一首诗像一株草，《草叶集》则似到处蔓延滋生的野草，历久而不衰。"[81]常耀信在这里说的"到处蔓延滋生的野草，历久而不衰"不再是预言，而已是事实描述了。

惠特曼《草叶集》中的新诗歌富有美国民族特色，能够反映当时的时代精神。作为美国 19 世纪最杰出的浪漫主义诗人，他是完全同时代合拍的。德国文艺理论家约翰·哥特弗雷德·赫尔德（Johann Gottfried Herder, 1744-1803）认为，"真正伟大的诗歌永远（有如荷马或《圣经》的赞美诗）是一种民族精神的产物"[82]，惠特曼十分推崇这一理论。他早在 1856 年《草叶

78 李野光著《惠特曼研究》，上海：上海外语教育出版社 2003 年版，第 95 页。

79 常耀信著《精编美国文学教程》（中文版），天津：南开大学出版社 2005 年版，第 81 页。

80 Malcolm Cowley, "Introduction", *Leaves of Grass* (The First Edition), New York: The Viking Press, 1959, p.11.

81 常耀信著《精编美国文学教程》（中文版），天津：南开大学出版社 2005 年版，第 81 页。

82 《〈十一月的树枝〉序言·〈过去历程的回顾〉》（1888），惠特曼著《草叶集》，李野光译，北京：北京燕山出版社 2005 年版，第 559 页。

集》第二版面世之前就已"破天荒地提倡富有美国民族特色、反映时代精神的新诗歌"[83]，而且已在自己的诗歌创作中进行了大胆而成功的尝试，对"草叶"这一意象的运用即是具体事例。张冲在《新编美国文学史》第一卷中论述道：

> 历代西方诗人在他们的作品中都沿用玫瑰、夜莺或云雀之类长期文化沉淀的意象，在使用它们时增添其象征的内涵。惠特曼却没兴趣运用已用滥了的传统意象或象征，也许受当时开始为读者接受的"叶子"意象的启发，独独选中了普通的青草叶，用富于独特个性的洋洋洒洒的诗句，从多方面赋予其多重的含义，传达他对平凡、平等的理念，从而创造了一个新鲜的意象，一个为世界各国一代代读者乐于接受的意象[84]。

在《草叶集》出版之前，已有几种以"叶子"为题的文学作品面世，如玛丽·斯普纳（Mary A.Spooner）的《采下的叶子》（*Gathered Leaves*, 1848）、米塔·富勒（Meta V. Fuller）的《原于大自然的叶子》（*Leaves From Nature*, 1852）、范妮·弗恩（Fanny Fern）的《范妮标本夹里的蕨叶》（*Fern Leaves From Fanny Fern's Portfolio*, 1853），这些文学作品大受读者欢迎，其中，《范妮标本夹里的蕨叶》销售十万余册，成为畅销书，在其影响之下，"许多女孩带着标本夹去搜集和辨认叶片，一时成为时髦"[85]。然而，斯普纳、富勒的"叶子"（"leaves"）和弗恩的"蕨叶"（"Fern Leaves"）同惠特曼的"草叶"（"leaves of grass"）的内涵是不一样，"草叶"不是对"叶子"、"蕨叶"的简单抄袭，不可将二者混为一谈。惠特曼以"草叶"为题出版诗集《草叶集》，并在其中将"草叶"建构成了核心意象，可谓推陈出新、别具一格。尽管《草叶集》中"草叶"之意蕴多达六重，但是无论哪一重意蕴都含有平凡之意，而平凡的事物又是惠特曼所看重的，他在《平庸》（"The Commonplace"，1891 年发表，1891-1892 年定稿）中一开始便吟颂说，"我讴歌平庸"[86]（The

---

83 张冲著《新编美国文学史》第一卷，上海：上海外语教育出版社 2000 年版，第 413 页。

84 张冲著《新编美国文学史》第一卷，上海：上海外语教育出版社 2000 年版，第 410 页。

85 张冲著《新编美国文学史》第一卷，上海：上海外语教育出版社 2000 年版，第 410 页。

86 〔美〕沃尔特·惠特曼著《草叶集》（下册），赵萝蕤译，南京：江苏凤凰文艺出版社 2020 年版，第 995 页。

Commonplace I sing[87]）。平凡的事物之所以成为他歌唱的对象，是因为平凡与
伟大并非截然对立、水火不容，而是相辅相成、合二为一的，他在《我的诗歌
的主题是渺小的》（"Small the Theme of My Chant"，1867 年发表，1888-1889
年定稿）中写道："我诗歌的主题渺小，然而又是最伟大的——"[88]（Small
the theme of my Chant, yet the greatest[89]）在世间看似平凡的千千万万种事物中
往往蕴涵着真正的伟大，而真正伟大的事物无疑是值得纵声歌唱的。从深层
次来看，"草叶"是特定的惠特曼在特定的文化中创造出的特定意象，具有
鲜明的美国文化色彩。可以毫不夸张地说，没有特定的美国文化，就没有"草
叶"孕育的肥沃土壤，当然也就没有"草叶"的顺利诞生和茁壮生长。"草
叶"成为《草叶集》中的核心意象自然而然、绝非偶然。金莉、秦亚青《美国
文学》评曰："惠特曼无愧于美国新世界一个勇敢的精神开拓者。他的诗歌
以崭新的内容和崭新的形式为美国诗歌开辟了一片新天地，把 19 世纪美国浪
漫主义文学推向了最高潮。"[90]信乎。

---

87 Walt Whitman, *Leaves of Grass*, San Diego: Printers Row Publishing Group, 2015,
　　p.503.

88 〔美〕沃尔特·惠特曼著《草叶集》（下册），赵萝蕤译，南京：江苏凤凰文艺出版
　　社 2020 年版，第 929 页。

89 Walt Whitman, *Leaves of Grass*, San Diego: Printers Row Publishing Group, 2015,
　　p.481.

90 金莉、秦亚青著《美国文学》，北京：外语教学与研究出版社 1999 年版，第 50 页。